Philipp Kaul
Goldene Ähren

AF191664

Philipp Kaul

Goldene Ähren

Tragikomödie – Lesedrama

Bibliografische Information der Deutschen Nationalbibliothek:
Die Deutsche Nationalbibliothek verzeichnet diese
Publikation in der Deutschen Nationalbibliografie;
detaillierte bibliografische Daten sind im Internet
über http://dnb.dnb.de abrufbar.

© Dezember 2024, Philipp Kaul

Verlag: BoD · Books on Demand GmbH, In de Tarpen 42,
22848 Norderstedt
Druck: Libri Plureos GmbH, Friedensallee 273, 22763 Hamburg
ISBN: 978-3-7693-2164-7

Inhaltsverzeichnis

Dramatis personae

Donatella della Rovere, Contessa – Oberhaupt der Roverefamilie; Donna Tella genannt

Geronimo di Moro – Ehemann der Contessa und Oberhaupt der di Moro Familie; Don Nimo genannt

Ernesto Salvatore di Moro – Sohn der Contessa und Don Nimo

Laura/Laure Evangeline Rombrasteux – Verlobte von Ernesto

Rosa di Moro – Schwester von Ernesto

Luigi Palumbo – Waffenbruder von Ernesto

Celeste Marie Rombrasteux – Mutter von Laura; Madame Celeste genannt

Robert Jean Rombrasteux – Vater von Laura; Roro genannt

Paullanna Papa, geb. della Rovere – Schwester der Contessa; Lanna genannt

Antonio Papa – Sohn von Paullanna; Anno genannt

Quadri Giano – Consigliere der Casagrande, Vetter von Don Nimo

Michelangelo Gennaro – Capo der Corleonesi

Violanda Greco – Consigliere der Grecos

Libero Lorravi – Clanoberhaupt der Lorravis

Ombretta Montanari – Clanoberhaupt der Montanaris

Cesare Mori – der eiserne Präfekt

Giacomo Matteotti – Politiker

und andere (bedeutungslose) Charaktere

Erster Akt

Initiation

Erste Szene – Roma im Mai 1924

Schauplatz: Palazzo Montecitorio. Im Plenarsaal finden feurige Debatten statt. Abgeordnete aller Fraktionen dröhnen, rufen sich zu, wedeln heftig mit den Händen, werfen wuchtig mit Papieren um sich, hämmern auf die Tische. Der Parlamentspräsident ruft mehrmals zur Ordnung auf und lädt den ehrenwerten Giacomo Matteotti, Generalsekretär des Partito Socialista Unitario, zum Rednerpult. Von rechts wird unzufrieden zugerufen.

MATTEOTTI: Meine sehr geehrten Parlamentskollegen und vor allem die wütenden Herren zu meiner Rechten, kein italienischer Wähler hatte in dieser Wahlperiode die Freiheit, nach eigenem Willen und Ermessen zu entscheiden. Kein Wähler hatte die Freiheit, sich die Frage zu stellen, ob er diese Politik, oder besser gesagt, das Regime der faschistischen Regierung billigen würde oder nicht.

Proteste und Zurufe auf der rechten Seite.

MATTEOTTI: Niemand war frei – weil jeder Bürger bereits im Voraus wusste, dass, selbst wenn er es gewagt hätte, für die Oppositionsparteien und ihre Politik zu stimmen, der Regierung eine höchst autokratische Macht zur Verfügung stand, mit der seine Stimme und seine Entscheidung annulliert würde.

Weitere Zurufe von rechts.

MATTEOTTI: Und um diesen Zweck der Regierung zu unterstützen, gibt es eine bewaffnete Miliz.

PARLAMENTSPRÄSIDENT: Ehrenwerter Abgeordneter Matteotti, bleiben Sie beim Thema.

MATTEOTTI: Aber ich spreche zum Thema, Herr Präsident. Ich spreche von den Wahlen – und es gibt eine bewaffnete Miliz. Ihr grundlegendes Ziel ist es, eine bestimmte Regierung und einen bestimmten Regierungschef, der einstweilen zum Oberhaupt des Faschismus ernannt wurde, mit Gewalt zu unterstützen. In ganz Italien, und besonders im ländlichen Raum, waren zahlreiche Soldaten stationiert, das konnten wir beobachten. Und um die Illusion der Einhaltung eines offen verletzten Gesetzes zu erwecken, waren den Gemeinden Listen und Wahlzettel hinterlegt worden. Diese Absicht der Regierung, sich die benötigte Mehrheit mit Gewalt zu erkämpfen, und die Tatsache, dass einer Partei, wie jene zu meiner Rechten, eine solche bewaffnete Miliz zur Verfügung steht, machen klar und deutlich: Die freie Meinungsäußerung des demokratischen Souverän, des Volkes, ist behindert – und die militärische Blockade der letzten Wahl macht sie schlicht und ergreifend ungültig.

FASCHISTISCHER ABGEORDNETER: Es ist Zeit für Sie, zum Ende zu kommen. Sie entwerten das Parlament!

MATTEOTTI: Dann lösen Sie es auf.

FASCHISTISCHER ABGEORDENETER: Sie respektieren die Mehrheit nicht und wollen nicht auf sie hören. Wieso sollen wir Sie respektieren und Sie anhören, Herr Matteotti?

MATTEOTTI: Ich wiederhole. Die Wahl der Mehrheit ist unserer Meinung im Wesentlichen ungültig.

Weitere Zurufe von rechts.

MATTEOTTI: Ich möchte hier einmal deutlich darum bitten, dass zumindest die Kollegen, über deren Wahl wir hier und heute debattieren, keinen Lärm machen. Danke.

Gelächter von rechts.

MATTEOTTI: Eine Wahl beginnt immer mit einem Wahlkampf. Das heißt: Eine wesentliche Voraussetzung einer Wahl ist, dass jene Kandidaten, die sich zur Wahl aufstellen lassen möchten, ihre Meinung auf öffentlichen Kundgebungen und auch in privaten Veranstaltungen kundtun können. In Italien war dies an den meisten Orten, ja fast überall nicht möglich.

Zustimmung von mitte-links, Proteste von rechts.

MATTEOTTI: In achttausend italienischen Gemeinden wurden die Kampagnenrechte von tausend Oppositionspolitiker und -kandidaten eingeschränkt. Der Beginn des Wahlkampfes 1924 fand in Genua statt mit einer privaten Konferenz auf Einladung eines ehrenwerten Parteikollegen, des Herrn Gonzales. Nun, bevor diese Konferenz überhaupt begann, drangen die Faschisten in die Räume ein und hinderten den Redner mit Gewalt daran, überhaupt den Mund zu öffnen.

FASCHISTISCHER ABGEORDNETER: Das ist eine Lüge! Niemand wurde gehindert.

MATTEOTTI: Gut, dann korrigiere ich: Wenn der ehrenwerte Gonzales mehr als acht Tage im Bett verbringen musste, bedeutet das, dass er sich lediglich verletzt hat und nicht mit einer Brutalität zusammengeschlagen wurde.

Gekicher von links.

MATTEOTTI: Ich stelle hier bloß Fakten dar, meine ehrenwerten Parlamentskollegen. Sie sollten aufhören, sich selbst zu belügen, verehrte Kollegen zu meiner Rechten.

FASCHISTISCHER ABGEORDNETER: Fakten? Er improvisiert doch nur – das sieht man seinem aufgeregten Gemüt an.

ENRICO GONZALES: Er improvisiert nicht.

MATTEOTTI: Fakten, meine ehrenwerten Parlamentskollegen. So sage ich, dass den Kandidaten keine Freiheit gelassen wurde, ihre Gedanken der Öffentlichkeit gegenüber frei zu äußern, ja sie konnten nicht einmal frei in ihren Wahlkreisen zirkulieren; rund 60 von 100 unserer Kandidaten. Dies ist das Werk der bewaffneten Miliz, von der ich zuvor gesprochen habe.

Zurufe und Protest von rechts.

MATTEOTTI: Und kommen Sie mir jetzt nicht damit, dass die faschistischen Soldaten lediglich Vergeltung geübt haben, weil wir, die Oppositionspolitiker, sie dazu provoziert haben. Ihre Miliz stiftet keine Ordnung, sie untergräbt sie.

Heftiger Protest von rechts; von links kommen Zurufe nach rechts.

PARLAMENTSPRÄSIDENT: Ehrenwerter Matteotti, bitte unterlassen Sie unnötige Zuspitzungen und Aufwiegeleien.

MATTEOTTI: Ich widerspreche. Nicht ich bin es, der zuspitzt und aufwiegelt, Herr Präsident. Wenn Sie aber glauben, dass ich das tue, werde ich mich hinsetzen und schweigen.

PARLAMENTSPRÄSIDENT: Also sind Sie fertig? Dann hat der ehrenwerte Rossi das Recht zu sprechen.

MATTEOTTI: Einspruch. Ich berichte nur Fakten, Herr Präsident, und ich habe das Recht, zu sprechen und angehört zu werden, solange ich etwas zu sagen habe.

PARLAMENTSPRÄSIDENT: *sichtlich genervt* Nun denn, Herr Matteotti, wenn Sie sprechen möchten, dann fahren Sie fort – aber mit Bedacht.

MATTEOTTI: Ich werde nicht mit Bedacht sprechen, ich werde parlamentarisch sprechen.

Applaus von links und mitte-links, Gelächter von rechts.

MATTEOTTI: Die Kandidaten hatten also keine Bewegungsfreiheit. Viele von ihnen konnten nicht einmal in ihren eigenen Häusern wohnen, nicht einmal umziehen. Diejenigen, die dort blieben, wo sie waren, sahen bald den Konsequenzen ins Auge. Viele haben die Kandidatur nicht angenommen. Sie waren sich dessen bewusst, dass die Annahme der Kandidatur bedeutet, am nächsten Tag keine Arbeit mehr zu haben, das Land zu verlassen und ins Ausland auswandern zu müssen. Natürlich…

Widerspruch von rechts und wenigen Abgeordneten von mitte-links.

MATTEOTTI: Natürlich, es gehört zum Alltag eines Wahlkämpfers und Politikers, das Schicksal ebenjenes Kampfes zu ertragen. Aber es ist ein schändliches Attentat auf die Demokratie, wenn jegliches oppositionelles Denken in unserem Königreich, ungeachtet dessen, ob es der Wähler oder der Gewählte ist, der oppositionell denkt, militärisch bekämpft und unterdrückt wird. Ja selbst die Presse, die den Bürger über das politische Geschehen und von unterschiedlichen Meinungen und Ansichten unterrichten sollte, ist nicht unabhängig. Denn wie jeder weiß, wurden auch während der Wahlen unsere Flugblätter beschlagnahmt, Zeitungen überfallen und Druckereien zerstört.

Zustimmung bei den Oppositionsfraktionen.

MATTEOTTI: Doch in den meisten Fällen bestand keine Notwendigkeit für Sanktionen. Das arme Fußvolk wusste, dass jeglicher Widerstand nutzlos war – es musste sich dem Willen des Stärkeren unterwerfen, dem Gesetz ihrer Herrn, welche vor allen Dingen die Vertreter der faschistischen Bewegung sind.

GIACOMO SUARDO: Der ehrenwerte Matteotti beleidigt nicht uns freigewählte Abgeordnete, er beleidigt das italienische Volk. Im Interesse meiner Würde und der Bürger, die mich und uns gewählt haben, verlasse ich jetzt den Plenarsaal.

Heiterkeit ganz links.

GIACOMO SUARDO: Meine Stadt hat Duce Mussolini auf Knien gepriesen und gelobt. Herr Matteotti berichtet keine Fakten. Er ist ein Lügner. Und ich verlasse nun dieses Haus.

Unzufriedenes Geflüster von rechts.

PARLAMENTSPRÄSIDENT: Ehrenwerter Suardo, bitte kommen Sie zurück.

MATTEOTTI: Wie dem auch sei. Ehrenwerte Parlamentskollegen, wissen Sie, ich möchte mich nicht damit befassen, die faschistische Regierung und ihr politisches System mit einer Plakette zu versehen, die die Verhinderung des Rechts auf Meinung und die Verhinderung des Volkswillens bezeichnet. Tatsache ist, dass diejenigen Menschen, die noch und tatsächlich ihre Stimme frei abgeben konnten, eine sehr kleine Minderheit waren; hier glaubte man, sie seien keine Sozialisten. Denn unsere Männer waren es, wir Sozialisten, die mit Gewalt gehindert wurden. Wir danken dieser kleinen freien Minderheit, mit ihren Stimmen gegen die Unterdrückung des faschistischen Regimes abgestimmt und demonstriert zu haben.

Applaus ganz links. Lärm aus anderen Fraktionen.

MATTEOTTI: *erhobener Stimme* Deshalb, aus all diesen genannten Gründen, meine verehrten Parlamentskollegen, aus diesen Gründen fordern wir die pauschale Annullierung dieser Mehrheitswahl.

Lauter Applaus von rechts und der Mitte.

FASCHISTISCHER ABGEORDNETER: Müssen wir das ertragen? Einige Abgeordnete scheinen einen kurzen Aufenthalt in der Anstalt zu brauchen und nicht im Parlament.

SOZIALISTISCHER ABGEORDNETER: Da ist Ihre Partei doch Stammkunde!

MONARCHISTISCHER ABGEORDNETER: Geht doch nach Russland.

PARLAMENTSPRÄSIDENT: Ruhe! Und Sie, Herr Matteotti, kommen zum Schluss.

MATTEOTTI: a*n die Abgeordneten des Partito Nazionale Fascista* Ihr Beifall zeigt doch nur, wie recht ich habe. Sie lachen über meine Forderungen – über die Forderungen der Opposition. Sie lachen über die Demokratie. Doch Sie werden es bereuen, hören Sie? Sie erklären jeden Tag, dass Sie die Autorität des Staates und des Gesetzes wiederherstellen wollen. Machen Sie es, solange Sie noch die Zeit dazu haben; andernfalls ruinieren Sie all das, was das innere Wesen, die moralische Vernunft der Nation ausmacht. Machen Sie nicht länger damit weiter, unsere Nation in Herren und Untertanen zu spalten – ein solches System führt zu Zügellosigkeit und Aufruhr. Jedoch, wenn jedoch Freiheit gewährt wird und das Ausleben demokratischer Prinzipien, dann mag es zwar zu Fehlern und vorübergehenden Ausschreitungen kommen, ja, aber das italienische Volk hat bewiesen, dass es diese selbst korrigieren kann. Ja! Unsere Leute erholen sich, sie bilden sich weiter, auch durch unsere Arbeit hier. Aber Sie, die dort sitzen zu meiner Rechten, Sie wollen uns zurückdrängen.

Protest und Zwischenrufe der Abgeordneten des PNF.

MATTEOTTI: Wir, die Parlamentarier, wir, die Sozialisten, verteidigen die freie Souveränität des italienischen Volkes, dem ich im Namen meiner Partei herzlichste Grüße sende, und wir glauben, dass wir die Würde unseres Volkes wiederherstellen werden, indem wir den Wahlrat auffordern, die von Gewalt betroffenen Wahlen zu annullieren. Jetzt und unverzüglich. Vielen Dank.

Applaus vom linken Teil des Plenarsaals, Protest und Zurufe von rechts. Einige Abgeordnete des PNF stehen auf und verlassen empört den Saal. Der Parlamentspräsident wirft einen raschen, hilflosen Blick auf Benito Mussolini, der ihn bereits ansieht und ein Handzeichen gibt.

PARLAMENTSPRÄSIDENT: Danke, Herr Abgeordneter Matteotti. Ich erteile nun dem ehrenwerten Rossi das Rederecht.

Zweite Szene

Die Sitzung ist vorbei, die Abgeordneten verlassen den Palazzo. Giacomo Matteotti, Enrico Gonzales und zwei Leibwächter laufen eine Seitenstraße neben dem Palazzo entlang.

GONZALES: Mussolini hatte bei Ihrer Rede keinerlei Mimik gezeigt, Giacomo.

MATTEOTTI: Heute hat dieser sogenannte Duce del Fascismo sehenden Auges die Stärke und Robustheit der Opposition erfahren. Die Demokratie lässt sich nicht so leicht herunterkriegen, Enrico. Fürs Erste mag die Wahl so vonstattengegangen sein, aber wir werden nie aufhören, uns zu widersetzen. Ich hoffe auf den Rückhalt der Partei.

GONZALES: Wir stehen hinter Ihnen.

MATTEOTTI: Bereiten wir eine Tagung der Partei vor, es wird Zeit, dass wir Kampagnen gegen die Regierung und die Wahl starten.

Ihnen kommen zwei junge Männer mit ernster Miene und in dunklen Anzügen entgegen, ihre Namen lauten Ernesto und Antonio. Die Leibwächter stellen sich vor Matteotti und Gonzales.

ERNESTO: Ich gratuliere, Herr Matteotti, für die ergreifende Rede.

Die Leibwächter halten sie zurück.

MATTEOTTI: Meine Herren, was wollen Sie?

ERNESTO: Wir sind hier, um Sie abzuholen, Herr Matteotti. Sie erinnern sich an den Briefwechsel mit Don Nimo?

MATTEOTTI: *grübelt*

GONZALES: Giacomo, kennen Sie diese Männer?

MATTEOTTI: Don Nimo, der Name ist mir nicht unbekannt. Ich hatte vor längerem einen recht interessanten Briefverkehr.

ANTONIO: *räuspert sich* Vielleicht können wir uns unter acht Augen unterhalten.

MATTEOTTI: *drängt sich durch die Leibwächter und die beiden Herren* Es tut mir leid, aber ich habe derzeit Arbeit zu erledigen. Berichten Sie Ihrem Don Nimo, er könne in Zukunft nicht auf meine Unterstützung hoffen.

ERNESTO: Es ist sehr dringend, Herr Matteotti. Wollen Sie wirklich ein Treffen mit Don Nimo verpassen?

MATTEOTTI: *hält inne* Ich möchte nichts mit Ihren Machenschaften zu tun haben.

ERNESTO: Selbst wenn es um die Sicherheit der Nation geht, um den… Erhalt der Demokratie?

MATTEOTTI: *dreht sich um und tritt ganz nah an Ernesto heran* Seit wann schert sich Ihresgleichen um den Erhalt der Demokratie?

ANTONIO: Wir werden uns nicht wiederholen.

ERNESTO: Und im Übrigen ist die Einladung von Don Nimo keine Bitte.

MATTEOTTI: Keine Bitte? Das ist so lächerlich, dass es beinahe interessant ist. Wenn ich zusage, wohin bringen Sie mich dann?

ERNESTO: Kennen Sie das Café Frutticello?

Dritte Szene

Ein schwarzer Bentley hält vor dem Café Frutticello, die Abenddämmerung lässt die Straßen erröten. Ernesto, Antonio und Giacomo Matteotti steigen aus dem Wagen aus.

MATTEOTTI: Nun denn, bringen Sie mich zu dem geheimnisvollen Don Nimo, der mich so dringend sehen möchte.

ERNESTO: Er befindet sich im Café. *Hält Matteotti die Türen ins Café auf*

MATTEOTTI: Werde ich dieses Café lebend verlassen?

ERNESTO: Wir sind keine Mörder, Herr Matteotti. Wir sind Geschäftsleute.

MATTEOTTI: In Ihrem Jargon bedeutet Mord doch Geschäft.

Die drei Herren betreten das Café Frutticello. Ein verdunkeltes, leicht geheimnisvolles Ambiente umfing das Interieur, die livrierten Kellner und Männern mit ernsten Blicken und in dunklen Anzügen, die entweder Canasta spielen oder sich bei Gläsern provenzalischen Sekts unterhalten, werfen alle gleichzeitig einen Blick auf die Eingetretenen und beenden kurzzeitig ihre Gespräche und Spiele.

ERNESTO: Wie Sie sehen, erwartet man Sie mit größter Neugierde.

MATTEOTTI: Neugierde? Der Mann dort drüben sieht aus, als würde er mir die Kehle durchschneiden wollen.

ERNESTO: Das ist Vittore – er ist blind.

MATTEOTTI: Ach so.

ANTONIO: Gehen wir weiter. Don Nimo erwartet uns.

Die drei Herren schlängeln sich durch das Etablissement, bis sie an einen großen Tisch im hinteren Teil des Cafés ankommen, an dem mehrere Personen sitzen und sich dezent unterhalten. Sie sitzen alle um den Capo herum, der den drei angekommenen Herren mit dem Rücken gekehrt saß.

ERNESTO: *spricht den Capo an* Don Nimo, wir haben ihn hergebracht.

Don Nimo erhebt sich vom Tisch und dreht sich ohne auch nur Mimik zu zeigen um. Seine markanten Augenbrauen, kantigen Gesichtszüge und sein kalter, starrer Blick verleihen ihm den Habitus eines skrupellosen, sizilianischen Mafia-Bosses, der mit einer bloßen Fingerbewegung Berge räumen kann. Die Augen des Capo mustern den sozialistischen Abgeordneten. Dann spitzt er seinen moustachierten Mund und lächelt trocken.

DON NIMO: Es freut mich, Ihnen nun von Angesicht zu Angesicht zu begegnen, ehrenwerter Herr Matteotti. *Er reicht Matteotti die Hand* Ich hoffe doch, Sie sind ohne Schwierigkeiten hierhergekommen und verkraften dieses unser kleines Intermezzo. Im Namen meiner Familie versichere ich Ihnen, es wird sich lohnen, für uns alle.

MATTEOTTI: *schüttelt die Hand des Capo* Nun denn, ich bin ein beschäftigter Mann. Aber Sie scheinen wirklich mit mir reden zu wollen. Fahren Sie fort, Don Nimo.

Don Nimo zeigt Matteotti einen Sitzplatz ihm gegenüber. Sie setzen sich, Ernesto und Antonio setzen sich neben Don Nimo.

DON NIMO: Es spricht sich bereits herum, Herr Matteotti. Ich meine Ihre Rede heute vor dem Parlament. Damit haben Sie wortwörtlich Wellen geschlagen. Aber nicht nur wir haben das mitbekommen – auch Ihre Gegner.

MATTEOTTI: Worauf wollen Sie hinaus?

DON NIMO: Benito Mussolini, einstweilen ein selbstproklamierter Duce, wird Ihre Rede als eine Saat empfinden, eine Saat, mit der Sturm geerntet wird.

MATTEOTTI: Was soll die Metaphorik?

DON NIMO: Meinen Informanten in der Regierungsebene ist es gelungen, einige wichtige Pläne zu entdecken, Pläne, die in den Hinterzimmern Mussolinis geschmiedet werden und wurden. Ich rede nicht von harmlosen Politgeschäften. Es geht um mehr, um sehr viel mehr. Und all das hängt mit Ihnen zusammen, nicht nur mit der politischen Opposition im Parlament, sondern mit den Andersdenkenden im gesamten Königreich.

MATTEOTTI: Es ist kein Geheimnis, dass die Regierung Mussolinis der Opposition gegenüber feindlich eingestellt ist.

DON NIMO: Herr Matteotti, es geht um viele Menschenleben. Denn Willkür ist auf dem Marsch, die bestehende Ordnung zu zerbrechen. Willkür gepaart mit militärischem Größenwahnsinn.

MATTEOTTI: Was meinen Sie damit?

DON NIMO: Mussolini wird nicht davor zurückschrecken, all diejenigen, die sich gegen seine Machenschaften erheben, aus dem Weg zu räumen. Sie und Ihre Parteikollegen haben es selbst an den Wahlkämpfen gesehen. Das war erst der Anfang. Ich kann Ihnen alle Informationen über die Vorhaben der Regierung beschaffen, Herr Matteotti, damit Ihnen der Ernst der Lage bewusst wird. Und damit Sie zusammen mit meiner Familie diese Regierung aufhalten.

MATTEOTTI: Wollen Sie einen Putsch? Dann sind Sie nicht besser als Mussolini.

DON NIMO: Es geht nicht darum, besser oder schlechter zu sein, Herr Matteotti. Ich habe Ihnen soeben ein Angebot gemacht, ein Geschäft unter zivilisierten Leuten, die ein gemeinsames Ziel verfolgen, nämlich die Welt zivilisiert zu belassen.

MATTEOTTI: Ich bin mir nicht sicher, inwiefern ihre Familien zivilisiert sind. Aber Sie haben recht, was die Bewahrung der Zivilisation betrifft. Welche Art von Geschäft steht Ihnen denn im Sinn?

DON NIMO: Wir beide werden davon profitieren. Und ich komme gleich auf den Punkt.

Ernesto und Antonio stehen auf und distanzieren sich vom Tisch.

ANTONIO: Ist etwas, Cousin Erno?

ERNESTO: Vater weiß Bescheid, dass ich jetzt gehen muss. Ich wollte, dass du mich begleitest.

ANTONIO: Wohin gehen wir?

ERNESTO: Du erinnerst dich doch noch an die Tochter der französischen Adelsfamilie?

ANTONIO: Familie Rombrasteux?

ERNESTO: Genau. Ich werde die Tochter zu meiner Frau nehmen. Und wir werden sie sogleich empfangen.

ANTONIO: *überrascht* Das hatte ich gar nicht gewusst. Aber ich gratuliere dir, Erno. Das ist eine noble Familie und gewiss wird es eine glückliche Ehe.

ERNESTO: Ich danke dir, Anno. Fahren wir jetzt zum Bahnhof. In wenigen Augenblicken müsste der Express hier sein.

Die beiden verlassen das Café Frutticello, während Don Nimo und Giacomo Matteotti weiterhin im Geschäftsgespräch vertieft sind.

ANTONIO: Bist du aufgeregt?

ERNESTO: Weshalb?

ANTONIO: Der Ehe wegen.

ERNESTO: Ich bin mir nicht sicher. *Fängt an zu grinsen* Aber ich bin der festen Überzeugung, dass die Ehe nicht so ist, wie alle immer sagen.

ANTONIO: Wie sagen alle denn immer?

ERNESTO: Die Alten sprechen natürlich von Verpflichtung, Anständigkeit und solcherlei. Gleichaltrige Genossen wirken skeptisch.

ANTONIO: Skeptisch?

ERNESTO: Ja, ich weiß nicht. Skeptisch. Oder vielleicht will die Jugend einfach nur rebellisch bleiben.

ANTONIO: *lacht* Na dann, los gehts.

Vierte Szene

Im Speisewaggon eines Metropolzuges, der sich eilend und zischend auf den Gleisen fortbewegt und der Roma Capitale nähert, sitzen an einem Tisch auf der einen Seite die prunkvoll und teuer bekleidete Familie Rombrasteux, bestehend aus Madame Celeste, Robert Jean Rombrasteux oder Roro genannt und Laure, auf der anderen Seite ein älteres, französisches Paar, das gebannt den Worten der sprachkräftigen Celeste Rombrasteux lauscht.

MADAME CELESTE: Wie dem auch sei. Da saß ich am Ende mit der Gräfin und habe diesen Kontrakt unterzeichnet. Natürlich sind wir keine Autokraten. Laure durfte selbst entscheiden, ob ihr dieses Bündnis gefällt oder nicht. Und siehe da, sie hatte nichts einzuwenden.

RORO: Nun sind wir auf dem Weg nach Sizilien. Der Sohn der Gräfin wird uns hier in Rom empfangen und zu ihrem Heimatort begleiten.

Das ältere Paar ist begeistert und gratuliert Laure.

MADAME CELESTE: Ich muss Ihnen noch die Bilder von Sizilien zeigen, die uns unser künftiger Schwiegersohn geschickt hat. Das Gefilde ist wahrlich betörend, das Meer ein hinreißender Anblick. Ich kann es kaum erwarten, mich zu entblößen und in das Dickicht von H Zwei O zu werfen.

Die ältere Dame des Pärchens zog die Brauen zusammen.

MADAME CELESTE: Aber nein, selbstverständlich ist unsere Reise rein geschäftlicher und »familiärer« Natur. Die Hochzeit von Laure und – wie heißt noch einmal der Junge?

RORO: Ernesto.

MADAME CELESTE: Sehr richtig. Die Hochzeit von Laure und Ernesto muss erst geplant werden, es wurde schließlich überhaupt nichts vorbereitet.

Das ältere Paar nickte.

RORO: *reibt sich die Hände* Ach das wird ein Spaß. Die vielen Kleider, die vielen Blumen, die prickelnden Weine und die köstlichen Speisen.

MADAME CELESTE: Es wird ein einmaliges Erlebnis sein – für uns alle.

Das ältere Paar gratuliert den Dreien. Der Zug pfiff auf einmal, es zischt und knirscht – allmählich verlangsamt sich der Zug.

RORO: s*chaut aus dem Fenster* Wir sind sogleich da. Laure, halte Ausschau nach deinem Verlobten.

LAURE: Ich weiß doch nicht, wie er aussieht.

RORO: Ach ja, stimmt.

MADAME CELESTE: Die Gräfin und ihr Gatte sind anmutige Menschen mit namhafter sizilianischer Grazie. Schaut schlicht nach einem athletischen, jungen Italiener aus und wir haben unseren Emil.

LAURE: Er heißt Ernesto.

MADAME CELESTE: Aber ja doch.

Der Metropolzug kommt im Bahnhof der Roma Capitale an und mit einem dampfenden Getöse zum Stillstand. Die Rombrasteux Familie und das ältere Paar verabschieden sich und gehen getrennte Wege.

MADAME CELESTE: Roro, sag diesem livrierten Herrn, er möge unser Gepäck holen und uns begleiten.

Roro bittet das Zugpersonal um Hilfe. Sie verlassen nun den Zug und stehen auf dem lebendigen Gleis voll Menschen, die mit ihren Koffern und Taschen umherirren.

MADAME CELESTE: *sieht sich um* Laure, siehst du jemanden, der gebannt nach adligen Parisern sucht?

LAURE: *sieht sich auch um* Hier scheint uns jeder anzuschauen, und hier sehen nun mal alle sehr italienisch aus.

Jemand erscheint hinter ihnen. Es sind Ernesto und Antonio.

ERNESTO: Wir sehen nicht italienisch aus, eher sizilianisch.

Überrascht begrüßt Familie Rombrasteux die beiden.

MADAME CELESTE: *lässt sich von Ernesto die Hand schütteln* Sieh an, genau so jemanden haben wir erwartet. *Zwinkert Laure zu*

ERNESTO: *nimmt Laures Hand und führt sie an seine Lippen* Schön, dich zu sehen.

LAURE: *schmunzelt freundlich und schüchtern*

ERNESTO: *errötet und wirkt sprachlos bei dem Anblick ihres Lächelns*

ERNESTO: *in Gedanken* Was ist das für ein Lächeln?

MADAME CELESTE: *zu Antonio* Und ich nehme an, Sie sind der Chauffeur?

ANTONIO: *grinst* Eher der Cousin. Aber ich kann auch den Wagen fahren, wenn Sie möchten.

ERNESTO: *kann seinen Blick von Laures Lächeln nicht abwenden*

MADAME CELESTE: Amüsant. Aber die Zugfahrt war alles andere als amüsant. Zwar hatten wir gute Gesellschaft, aber das Abteil und die Speisen – nun ja, Sie wissen sicher, was ich meine.

ANTONIO: *nickt grinsend*

ERNESTO: *in Gedanken* Wie kann… ein Lächeln so schön sein?

LAURE: *sieht Ernesto nun etwas verwundert an* Habe ich etwas in meinem Gesicht?

ERNESTO: *errötet noch mehr* Aber nein. Doch, eigentlich schon. Aber nein. Ich meinte…

MADAME CELESTE: Mein lieber Emmanuel, ich störe euch beide ja ungern beim Plaudern. Doch unsere Mägen verlangen einen Tribut nach dieser langen Reise und den schlechten Speisen.

ERNESTO: Selbstverständlich. Bitte, kommt mit. Mein Vater hat einen Tisch in dem nobelsten Restaurant Italiens, wenn nicht sogar der ganzen Welt, reserviert.

Die Familie folgt Ernesto und Antonio aus dem Bahnhof.

LAURE: *hält Madame Celeste auf* Mutter, bitte. Er heißt Ernesto. Nicht Emil, nicht Emmanuel. Ernesto. Das ist nicht nur unhöflich, sondern arrogant.

MADAME CELESTE: *aufgebracht* Du liebe Zeit, aber natürlich. Verzeih mir. Ernesto – das merke ich mir. Ernesto. Ernesto.

Fünfte Szene

An einer Hauptstraße nahe des Ponte Sant'Angelo halten zwei Wägen vor dem höchstberühmten Ristorante da Maestro, ein livrierter Herr öffnet Madame Celeste und Roro die Tür, Ernesto steigt aus und öffnet Laure die Tür.

MADAME CELESTE: *schaut sich die Fassade des Restaurantgebäudes an* Das hat wahrlich Geschmack.

ERNESTO: Es gehört der Frau des Vetters meines Vaters. Von der Kritik in keiner Weise kritisiert – hier gibt es Speisen, die den Mägen der Familie Rombrasteux würdig sind.

RORO: Es ist sehr nett, dass dein Vater uns das gönnt, Ernesto. Kommt er denn auch?

ERNESTO: Ich bin mir nicht sicher, er hat noch Geschäftliches zu erledigen.

Der livrierte Herr öffnet die Türen ins Restaurant.

ERNESTO: Nun denn, tretet bitte ein.

Die Familie Rombrasteux betritt das Ristorante da Maestro. Ernesto hält Antonio vor den Türen auf.

ERNESTO: Anno, hättest du geglaubt, dass Laure so ist, wie sie ist?

ANTONIO: *grinst* Wie ist sie denn, Erno?

ERNESTO: *begeistert* Wie aus einem Märchen.

Die beiden betreten nun das Ristorante. Drinnen erwartet sie ein langes Foyer mit Springbrunnen, porzellanen Statuetten, von Meisterauge erwählten Blütendekorationen, filigranen Arkaden und am Ende des Foyers ein offenes Tor, das in einen betischten Ballsaal führt. Familie Rombrasteux erstaunt bei diesem Anblick – natürlich

28

sind Adlige ihres Kalibers an derartige Etablissements gewöhnt. Sie
werden vom Oberkellner begrüßt und in den Ballsaal zu einem
Rundtisch geführt. Im Zentrum des Saals befindet sich ein weiter
Kaskadenbrunnen mit klarem Wasser, auf der Tribüne beginnt ein
Orchester den ersten Satz Antonio Vivaldis »La primavera« zu
spielen. Die Familie setzt sich hin, Ernesto und Antonio sitzen
Laure gegenüber. Der Oberkellner verteilt die Menükarten.

ERNESTO: Diese Menükarten sind wirklich schön angefertigt, man könnte sie als Souvenir zu Hause aufstellen lassen.

Ein wohlgenährter kleiner Herr mit spitzen Schuhen, Ziegenbart und einer runden Brille, die leicht verdunkelt ist und seine Augen weniger sichtbar macht, stolziert ihnen entgegen.

ERNESTO: e*rhebt sich erfreut von seinem Stuhl* Das ist er, der Vetter meines Vaters und Gemahl der Restauranteigentümerin.

QUADRI GIANO: *verbeugt sich* Mesdames et Messieurs, bienvenue dans notre modeste restaurant. Cela est un honneur pour moi de pouvoir accueillir une si noble famille.

MADAME CELESTE: *geschmeichelt* O wie großzügig. Und Ihr Französisch ist wahrlich ausgefeilt.

QUADRI GIANO: Mein Name ist Giano, Quadri Giano. Im Namen meiner wundervollen Gemahlin Giano, Romina Giano, begrüße ich Sie alle und wünsche einen sehr schönen Aufenthalt im Ristorante da Maestro.

ANTONIO: Quadri, setz dich doch zu uns.

MADAME CELESTE: Wir werden uns an Ihrer Gegenwart sicher delektieren, Monsieur Giano.

QUADRI GIANO: *greift sich einen Stuhl* Ein Gläschen wird nicht schaden. *Setzt sich zwischen Madame Celeste und Roro; zu Roro* Trinken Sie Roten?

RORO: *hustet grinsend* Ich bin schließlich nicht umsonst Pariser.

Der Oberkellner erscheint erneut, um die Bestellungen und Wünsche aufzunehmen.

QUADRI GIANO: *zum Oberkellner* Holen Sie bitte unseren Hauswein, den roten.

Der Oberkellner nickt.

LAURE: Ich hätte sehr gerne das »Piccolo Mediterraneo«.

ERNESTO: Ich nehme dasselbe.

Der Oberkellner nickt.

ANTONIO: Heute bitte den großen Salat und eine Limonade.

Der Oberkellner nickt.

MADAME CELESTE: *blättert durch die Menükarte* Ja, ich nehme ebenfalls den großen Salat und das »Grande Macellaio«, aber ohne die Champignons bitte, und ebenso das »Piastra Grande«, den gewürzten Taler und zwei »Estratto di Lavanda«. *Zu Roro* Nehmen wir noch etwas zur Nachspeise?

RORO: *nickt*

MADAME CELESTE: Also zwei Creme-Soufflés nach Nonna Fridas Art und diese hausgemachte Sahnetorte als Ganzes. Aber bringen Sie sie uns erst, nachdem wir mit dem Hauptgang fertig sind.

Der Oberkellner nickt, sammelt die Menükarten ein und verschwindet.

ERNESTO: Nach dem Essen werden wir mit dem Express in den Süden fahren und mit einer Fähre von Kalabrien nach Syrakus.

RORO: *nickt* Gut zu wissen.

MADAME CELESTE: *stupst Quadri Giano mit dem Ellenbogen an* Der junge Erwin, *räuspert sich* der junge Ernesto und meine bezaubernde Tochter werden den Bund eingehen.

LAURE und ERNESTO: *ihre Blicke treffen sich, beide erröten*

QUADRI GIANO: Ich habe von der Vermählung gehört. Meine Gemahlin und ich sind zu dem Hochzeitsfeste eingeladen. *Zu Ernesto und Laure* Und wir kommen sehr gerne.

ERNESTO: Danke, Quadri. Das wissen wir zu schätzen. Und mein Vater wird sich freuen.

MADAME CELESTE: *schaut sich um* Monsieur Giano, wie lange benötigen Ihre Köche für die Speisen?

Quadri Giano und Madame Celeste unterhalten sich über den Service, während Ernesto zu Laure spricht.

ERNESTO: Du, möchtest du vielleicht zu diesem Brunnen?

LAURE: *schaut abwechselnd zu Ernesto und dem Kaskadenbrunnen* Nun ja, wieso nicht.

Sie stehen beide auf und begeben sich zum Brunnen. Ernesto lehnt sich an der Brunnenbrüstung an.

ERNESTO: Sehr schön, findest du nicht?

LAURE: *betrachtet das ruhige Fließen des klaren Wassers, wie es leise rauschend von ganz oben Plattform um Plattform hinunterfließt und im großen Becken mündet, um dann wieder ganz oben von einem Speier fontänenhaft ausgespien zu werden* Es ist sehr beruhigend. Aber auch schön, das stimmt.

ERNESTO: Nicht vieles ist schön auf der Welt – aber vor kurzem bin ich etwas viel Schönerem begegnet.

LAURE: Wovon sprichst du?

ERNESTO: *schmunzelt* Das weißt du. *Atmet auf* Laure, ich muss dir etwas ehrlich und offen sagen.

LAURE: *fährt sich mit ihrer Hand durch die Haare und richtet sie anschließend wieder*

ERNESTO: Bisher kennen wir uns nur aus Briefen. Und selbst dadurch kennen wir uns kaum. Ich meine, natürlich kennen wir uns, aber nicht so wirklich. Das ist ja auch das erste Mal, dass wir uns sehen.

LAURE: *verschränkt ihre Arme hinter dem Rücken und schaut sich weiterhin die Kaskade an*

ERNESTO: *wird verlegen* Das heißt nicht, dass das schlecht ist. Nein, ich finde dich sogar sehr sympathisch.

LAURE: *hebt leicht die Brauen*

ERNESTO: *schluckt* Ich meine, sympathisch und sehr anziehend. Wirklich, Laure, du bist eine sehr schöne Frau.

LAURE: *schmunzelt leicht* Du bist sehr direkt mit deinen Komplimenten.

ERNESTO: *wird noch verlegener* Ist das schlecht?

LAURE: *beginnt leise zu lachen*

ERNESTO: *lächelt innerlich* Ich sage eben, was ich auf dem Herzen habe.

LAURE: Natürlich. Ich habe das nicht als schlecht beschrieben. Deine Art amüsiert mich ein wenig.

ERNESTO: *kratzt sich am Hinterkopf* Das ist dann wohl ein Kompliment.

LAURE: Der Herr weiß seine Stimme zu benutzen, Ernesto. Die Dame weiß seine Worte zu hören. Ich verstehe, was du mir sagen möchtest. Und ich pflichte dir bei – es wäre für uns beide das Beste, würden wir uns näher kennenlernen. Letztlich werden wir in Bälde den Bund eingehen.

ERNESTO: *freut sich* Ja, lass uns das machen.

LAURE: *schenkt Ernesto ihr Lächeln*

ERNESTO: *in Gedanken* Nicht schon wieder dieses Lächeln. Wenn sie mich noch weiter so anlächelt, schmelze ich noch hin.

LAURE: *sieht jetzt hinüber zu ihrem Tisch* Unsere Speisen werden gebracht.

ERNESTO: Tatsächlich. Lass uns später noch einmal reden.

Die beiden kehren zum Tisch zurück, an dem bereits der Oberkellner und zwei weitere Kellner die Speisen und Trunk auslegen. Ernesto setzt sich wieder neben Antonio hin.

ANTONIO: *flüsternd* Und? Was hat sie gesagt?

ERNESTO: *sieht Laure zu, wie sie sich hinsetzt; stolz* Wir sind einer Meinung.

ANTONIO: *sieht ebenfalls zu Laure* Verstehe.

MADAME CELESTE: *sieht sich die gebrachten Speisen an* Der Anblick ist wahrlich himmlisch. Ich kann es kaum erwarten, von all dem zu kosten.

QUADRI GIANO: Meine Gemahlin ist sehr geübt, was die Ästhetik und die Perfektion ihrer Arbeit angeht – in jeder Hinsicht geübt.

MADAME CELESTE: *zu Laure* Habt ihr etwas Wichtiges besprochen, du und *macht eine kurze Pause* Ernesto?

LAURE und ERNESTO: *ihre Blicken treffen sich und sie schmunzeln sich an*

LAURE: Ich werde dir später davon erzählen.

MADAME CELESTE: *hebt die Brauen* O, wir sind nun klandestin geworden?

RORO: *lacht*

OBERKELLNER: *räuspert sich auf manierliche Weise* Ich bitte um Entschuldigung für diese Unterbrechung. Eine Nachricht hat unser Büro erreicht. Don Nimo möchte Ihnen allen mitteilen, dass er es rechtzeitig zu dem Essen nicht schafft. Er wird erst später erscheinen können.

MADAME CELESTE: Ach, der beschäftigte Don Nimo wird uns mit seiner attraktiv ominösen Anwesenheit also doch noch beehren?

ERNESTO: *sieht Antonio an* Das wussten wir alle nicht – dass er überhaupt kommt.

RORO: *zu Quadri Giano* Dann brauchen wir eine weitere Flasche des Hausweins.

Sechste Szene

An einem Tisch im hinteren Teil des Café Frutticello sitzen die Mafiosi und der Capo, Don Nimo, mit Giacomo Matteotti und beenden ihren Geschäftsdiskurs.

MATTEOTTI: Es tut mir leid. Ihre Vorschläge und Pläne sind möglich, aber nicht realisierbar. Zumindest nicht mit mir und meiner Partei.

DON NIMO: *hebt die Brauen* Sie haben noch nicht alle Seiten dieser Initiative beleuchtet, Herr Matteotti.

MATTEOTTI: Ich bin ein Demokrat, Don Nimo. Nicht nur bin ich der Menschlichkeit verpflichtet. Menschlichkeit, Don Nimo, ist Ihnen dieser Begriff bekannt? Ich bin auch und vor allem dem geltenden Recht verpflichtet und untergeordnet. Eher werde ich am helllichten Tage auf der Straße entführt und ermordet, als mich diesem Pakt von Gesetzlosen und Kriminalbesoffenen anzuschließen.

DON NIMO: *immer noch ernst und kühl* Ich bitte Sie, Herr Matteotti, beleidigen Sie mich nicht in meinem Hause.

MATTEOTTI: Sie haben mich in meinem Hause beleidigt, und mein Haus ist Italien. *Erhebt sich vom Tisch und reicht Don Nimo die Hand* Sehen Sie diese Verhandlung als gescheitert.

DON NIMO: *ignoriert Matteottis Hand* Wir sehen uns wieder, Herr Matteotti, ob Sie nun gehen oder nicht.

MATTEOTTI: Das brauche ich nicht. Lassen Sie mich meine Arbeit machen oder ich werde es sein, der Ihnen Probleme machen wird.

DON NIMO: Leere Worte, Herr Matteotti. Nun denn, *er zeigt zum Ausgang* Sie wollten gehen?

Matteotti verlässt das Café Frutticello. Die Mafiosi bleiben sitzen.

MAFIOSO: Was passiert jetzt, Don Nimo?

DON NIMO: *grübelt*

MAFIOSO: Gibt es denn irgendwelche Alternativen?

DON NIMO: Wir brauchen keine Alternativen. Wir werden unserer Sache nachgehen mit all den Mitteln, die uns zur Verfügung stehen. Wenn es uns beim zweiten Mal nicht gelingt, Giacomo Matteotti für uns zu gewinnen, müssen wir unsere Sache ohne die Unterstützung der Politik zu Ende bringen. Doch unser Sieg ist keine Frage der Bedingung, sondern lediglich eine Frage der Zeit.

ALLE MAFIOSI: *nicken*

DON NIMO: *erhebt sich* Matteotti wird sich zu dem Treffen begeben, in der Zwischenzeit werdet ihr die restlichen Dokumente vorbereiten, die wir Matteotti anschließend geben werden. Das sollte ihn umstimmen.

MAFIOSO: Was werden Sie machen, Don Nimo?

DON NIMO: Ich werde meinen Sohn und seine Verlobte aufsuchen.

Draußen vor dem Café Frutticello hat Giacomo Matteotti bereits ein Taxi herbeigepfiffen und steigt ein. Der Fahrer fragt nach dem Zielort.

MATTEOTTI: *nimmt eine Notiz hervor, auf der eine Adresse gekritzelt steht, und atmet skeptisch auf* Zum Palazzo Montecitorio.

Das Taxi bringt Matteotti vor den Palazzo und lädt ihn dort ab.

MATTEOTTI: *reicht dem Fahrer das Geld* Grazie.

Das Taxi fährt ab und Matteotti bleibt schweigend vor dem Gebäude des Palazzos stehen.

MATTEOTTI: Despotische Machenschaften in den Hinterzimmern des Palazzo? *Schaut sich die Notiz mit der Adresse ein weiteres Mal an* Don Nimo, Sie sind ein verrückter Mann.

Matteotti betritt den Palazzo, im Foyer eilen einige Ministeriale und Beamte umher, sie tauschen flüchtig leise Worte und rascheln mit Papieren und Dokumenten. Zwei fraktionsfremde Abgeordnete grüßen Matteotti beim Vorbeigehen. Dieser begibt sich schweigend achtsam in den zweiten, dann in den menschenleeren, dritten Stock. Kurz vor einer Gabelung wird Matteotti von einer Sekretärin aufgehalten.

SEKRETÄRIN: Herr Abgeordneter Matteotti?

MATTEOTTI: *hebt die Brauen* Das ist mein Name.

SEKRETÄRIN: *etwas verunsichert* Werden Sie von jemandem erwartet?

MATTEOTTI: Was ist das für eine Frage?

SEKRETÄRIN: Es ist lediglich, *zögert kurz* Sie werden hier nicht erwünscht im Moment. Wäre es nicht möglich, dass Sie den Palazzo für einige Augenblicke verlassen könnten?

MATTEOTTI: Wie bitte?

SEKRETÄRIN: Sie sind hier-

MATTEOTTI: Ich habe Sie verstanden. Und wer sind Sie denn? Ich habe Sie hier noch nie gesehen.

SEKRETÄRIN: Ich bin-

MATTEOTTI: Sie sind wohl neu hier, das merkt man Ihnen an. Wenn Sie der Würde dieses hohen Hauses den nötigen Respekt zollen möchten, gehen Sie jetzt.

SEKRETÄRIN: Herr Abgeordneter Matteotti, es wäre besser, wenn Sie nicht-

MATTEOTTI: Gehaben Sie sich wohl.

SEKRETÄRIN: *schweigt*

MATTEOTTI: *wendet sein Antlitz von ihr ab*

Die Sekretärin verschwindet. Nach wenigen Augenblicken geht Matteotti weiter und betritt einen engen, sehr spärlich beleuchteten Korridor. An seinem Ende ist eine Doppeltür, die einen schmalen Spalt weit offen ist, wodurch Licht auf den Boden fällt. Je näher Matteotti sich den Türen nähert, umso deutlicher werden tiefe, kratzige Stimmen. An den Türen angekommen, späht Matteotti in den Raum hinein. Er erkennt zwei auf einem Diwan sitzende Männer, den Kriegsminister Antonino di Giorgio und den Kolonialminister und Senatspräsidenten Luigi Federzoni, sowie einen am Fenster stehenden Unbekannten. Im Raum sind noch drei weitere Personen, die Matteotti nicht sieht: der Ministerpräsident und Duce Benito Mussolini, der Faschist Amerigo Dumini und Vittorio Emanuele III, der König von Italien, Re d'Italia.

MUSSOLINIS STIMME: Wie Minister di Giorgio bereits erwähnt hat, verlangt die Situation einen Eingriff unsererseits. Eine Verschärfung dieses oppositionellen Aufruhrs können wir uns unter keinen Umständen leisten.

FEDERZONI: Mit Verlaub, Antonino hat doch recht. Aber müssen wir denn gleich so offen verfahren? Damit die ganze Welt sieht, was wir im Schilde führen?

DI GIORGIO: Es geht nicht um die Welt, sondern um uns, Luigi.

FEDERZONI: Italien ist die Welt. *An Mussolini* Bedenken Sie noch einmal meinen Vorschlag. Indes haben Sie die passende Truppe dafür.

AMERIGO DUMINIS STIMME: Das stimmt. Meine Männer und ich sind bereit.

MUSSOLINIS STIMME: Ich pflichte dir bei, Luigi. Und dennoch, beide Varianten erscheinen mir notwendig.

FEDERZONI: Beide?

MUSSOLINIS STIMME: Ja. Wir müssen alle subversiven Elemente bekämpfen. Es ist mir gleich, ob wir nun für Aufsehen erregen oder hinterhältig sind.

DI GIORGIO: Wenn ich sagen darf, grundsätzlich bin ich nicht gegen Luigis Vorschlag. Aber Mord deucht mir wenig parlamentarisch. Schließlich sind wir Träger hoher Würden und Verantwortung.

MUSSOLINIS STIMME: Wie vernünftig du bist. Jedoch wird uns bloßer Idealismus nicht zu unserem eigentlichen Ziel führen. Ich bin nun der festen Überzeugung, dass wir beide Vorschläge umgehend realisieren müssen.

FEDERZONI: Einverstanden.

DI GIORGIO: Nun gut, ich werde Ihnen mit meinen Mitteln zur Verfügung stehen.

MUSSOLINIS STIMME: *an Dumini* Hole deine Truppe her, zeige mir, wie scharf deine Messer sind.

AMERIGO DUMINIS STIMME: Ich werde sie alle umgehend benachrichtigen.

MUSSOLINIS STIMME: *an den Re d'Italia* Mein König?

DIE STIMME DES RE D'ITALIA: So sei es.

Die Herren nicken zufrieden.

MUSSOLINIS STIMME: Kommen wir zu unserem wichtigen Unterfangen, die Rechtsordnung in unserem Königreich wiederherzustellen.

Der Unbekannte am Fenster dreht sich zu den Herren.

MUSSOLINIS STIMME: Meine Herren, das hier ist Cesare Mori. Er ist sicher für seine Untaten bekannt, für die er in Rechenschaft gezogen worden ist, doch stets war ein treuer Mann des Staates.

CESARE MORI: *verbeugt sich kurz*

MUSSOLINIS STIMME: Minister Federzoni wird in Bälde sein Amt wechseln und für die Rekrutierung Moris sorgen.

FEDERZONI: Einverstanden.

MUSSOLINIS STIMME: Unser Augenmerk liegt auf dem Süden. Sizilien und Kalabrien.

CESARE MORI: Dort, wo sich der kriminelle Abschaum aufhält. Diejenigen, die sich als Ehrenmänner und Ehrenfrauen bezeichnen. Die Mafia.

MUSSOLINIS STIMME: Moris alter Erzfeind. Und genau deshalb werden wir ihn dort einsetzen. Die Kriminalität des Südens könnte unserer Rechtsprechung fatalen Schaden anrichten. Und wir müssen umso gewiefter und strategischer vorgehen, da der Untergrund vollkommen von der Mafia besetzt ist.

DI GIORGIO: Wie sieht der Plan konkret aus? Vielleicht kann ich behilflich sein – immerhin ist Sizilien meine Heimat.

CESARE MORI: Ihre Hilfe wird nicht benötigt, Herr Minister.

MUSSOLINIS STIMME: Das stimmt. *An di Giorgio* Es ist besser, du konzentrierst dich auf die Ausschaltung der Opposition. Für die Mafia haben wir einen eigenen Plan erstellt. Dafür wird Mori nach Sizilien beordert und erhält unbegrenzte Autorität für alle Maßnahmen, die er für nötig erachtet.

DI GIORGIO: Unbegrenzte Autorität? Sie meinen Willkür?

CESARE MORI: Nennen Sie es, wie Sie wollen, Herr Minister. Die Mafia ist ein gut organisiertes Pack. Um effektiv vorzugehen, muss ich das Recht besitzen, alles zu tun.

DI GIORGIO: *an Mussolini* Das gefällt mir nicht, Benito. Bedenken Sie bitte, dass eine derart heikle Situation ein moderates Vorgehen erfordert.

MUSSOLINIS STIMME: Ich kann mich nicht daran erinnern, dich um Erlaubnis gebeten zu haben. Mori hat völlig recht: Wenn die Mafia alles andere als moderat ist, weshalb müssen wir moderat sein?

CESARE MORI: Herr Minister darf gerne mit nach Sizilien kommen und mit eigenen Augen erfassen, wie effektiv meine Maßnahmen sein werden. Sie kennen sicher die berüchtigten Familien di Moro und della Rovere?

DI GIORGIO: Sie zählen einstweilen zu den einflussreichsten unter den sizilianischen Familien.

CESARE MORI: Sehr richtig. Doch im kriminellen Dickicht braut sich ein Konflikt zusammen. Ein Zwei-Fronten-Krieg zwischen großen Bündnissen wie damals schon mit den Versuchen der sogenannten Wiedervereinigung. Bald werden sich die Oberstern ihrer Reihen treffen und über eine friedliche Lösung verhandeln – welch eine Ironie, nicht? Aber ich werde eigenhändig dafür sorgen, dass diese Verhandlungen scheitern und die Bündnisse sich bis zum letzten Mann bekriegen.

FEDERZONI: Woher wissen Sie all das?

CESARE MORI: Ich habe meine Kontakte. Wenn sich die Bündnisse schließlich bekämpft und verletzt haben, führen wir den letzten Todesstoß aus. Dieser Hieb wird vor allem die beiden Familien di Moro und della Rovere treffen. Wenn diese Familien vernichtet sind, ist der gesamte Zweig der Mafia zerbrochen und die sogenannten Ehrenmänner werden fliehen wie die Ratten.

DI GIORGIO: Was ist mit den großen Clans Montanari und Casa Grande? Nicht zu vergessen die kalabrische Mafia. Die Familien di Moro und della Rovere haben keinen Einfluss auf sie.

CESARE MORI: Ich würde mir nicht zu sicher sein. Ich kann noch keine genauen Details nennen, aber ich versichere Ihnen allen, dass meine Kampagne erfolgreich sein wird.

MUSSOLINIS STIMME: Dessen sind wir uns sicher. Ich schlage vor, dass wir unsere Sitzung nun beenden. Ich muss mich Anderweitigem widmen.

Die Herren nicken einverstanden.

MUSSOLINIS STIMME: Unterdessen veranlasse ich die Vereinbarung eines Termins mit den Ministern. Sie alle werden ebenfalls eingeladen. Dort besprechen wir die Details der Unterstützung unserer Vorhaben.

Während sich die Herren die Hände schütteln und verabschieden, weicht Giacomo Matteotti von den Türen und läuft hinaus in den Gang.

MATTEOTTI: *fasst sich entsetzt an die Stirn* Bei Gott – es stimmt alles. Dieser elende Mafiachef hatte Recht.

Matteotti verlässt den dritten Stock und begibt sich zum Foyer des Palazzo, wo er einen Fraktionskollegen trifft.

MATTEOTTI: Mein Kollege, eilen Sie zum Abgeordneten Enrico Gonzales, es ist sehr wichtig, dass ich ihn spreche. Und informieren Sie ebenso die Mitglieder des Vorstands. Haben Sie verstanden?

Der Kollege nickt und verschwindet. Matteotti seufzt und schaut sich um. Die Sekretärin von vorhin mit zwei livrierten, breiten Männern mit ernsten Mienen gehen auf ihn zu. Matteotti tritt einige Schritte zurück.

SEKRETÄRIN: Auf ein Wort, Herr Abgeordneter Matteotti.

MATTEOTTI: *eilt zum Ausgang hinaus* Ich habe keine Zeit.

Siebente Szene

Im Speisesaal des Ristorante da Maestro sitzen die
Herrschaften Familie Rombrasteux, Ernesto, Antonio und
Quadri Giano zu Tische und sind im Begriff, den Nachtisch zu
verzehren.

MADAME CELESTE: *schiebt sich eine Ladung Sahnetorte in den
Mund* Köstlich.

QUADRI GIANO: Meine Köche sind leider nicht käuflich,
Madame.

MADAME CELESTE: Das werden wir noch sehen.

ERNESTO: *erhebt sich vom Tisch* Seht, dort kommt Papa.

*Aus dem Foyer erscheint Don Nimo in seiner dunklen Mafiaboss-
Aura und nähert sich dem Tisch.*

MADAME CELESTE: *dreht sich um* Jesus, Sie sind noch
attraktiver, als Ihre Frau beschrieben hatte, Don Nimo. *Erhebt
sich und schüttelt seine Hand*

DON NIMO: *sieht jeden abwechselnd an* Hallo, alle.

QUADRI GIANO: *schiebt einen Stuhl daher* Setz dich, Nimo.
Einen Roten oder einen Roten?

DON NIMO: *nickt*

ERNESTO: Wie lief die Verhandlung mit dem
»Korrespondenten«.

DON NIMO: *sieht währenddessen Quadri Giano zu, wie dieser
Rotwein in sein Glas einschenkt* Ernüchternd.

ERNESTO: *verzieht sein Gesicht* Das hätten wir kommen sehen
müssen. Aber wir haben sicherlich einen Plan, oder?

DON NIMO: *nickt*

MADAME CELESTE: *zeigt Quadri Giano und Don Nimo ihre Unterarme* Ich bekomme ja Gänsehaut bei solchen düsteren Geschäftsgesprächen. Worum geht es denn?

DON NIMO: Das ist jetzt nicht wichtig. Vielmehr bedarf es der öffentlichen Gratulation. *Steht auf und hebt sein Glas* Mein Sohn Erno, meine künftige Tochter Laure, ich erhebe mein Glas im Namen eurer Zweisamkeit. *Trinkt das Glas leer*
Die anderen rufen Prosit und trinken ebenfalls.

DON NIMO: Ich bitte um Entschuldigung für meine Verspätung. Ich hoffte, mit euch allen speisen zu können.

MADAME CELESTE: Jetzt sind Sie doch hier.

ANTONIO: Wir dürfen aber nicht vergessen, dass unser Zug in den Süden in Bälde abfahren wird.

RORO: Sehr wohl, wir wollen hier ja keine Wurzeln schlagen.

MADAME CELESTE: Hoffentlich ist der Service in den italienischen Zügen angenehmer. *An Don Nimo* Sie werden doch mitfahren, nicht?

DON NIMO: Unglücklicherweise werde ich Sie verlassen müssen. Erst nach Beendigung meiner Geschäfte hier in Rom werde ich zurück nach Syrakus fahren.

ERNESTO: Beeile dich bitte, sonst verpasst du noch unser Hochzeitsfest.

MADAME CELESTE: Und das wäre eine Schande!

DON NIMO: Das wird nicht passieren, ich versichere es. In der Zwischenzeit wird meine Gemahlin alles mit Ihnen vorbereiten.

RORO: *sich die Hände reibend* Das wird ein Spaß.

DON NIMO: Bis auf die Initiation – aber diese Formalität ist nun mal Pflicht.

ERNESTO: *mit weiten Augen* Ach du meine Güte, ich habe die Initiation ganz vergessen.

RORO: Was ist das denn? Diese Initiation?

MADAME CELESTE: Davon hat uns die Gräfin doch unterrichtet, Roro. Hast du das vergessen?

DON NIMO: Nun, Monsieur Rombrasteux, damit Ihre Tochter die Gattin meines Sohnes werden kann, muss sie erst ein Glied unserer Familie werden. Dies erfolgt durch die Initiation.

Alle Blicke richten sich nun auf Laure, die währenddessen stumm auf ihren leeren Teller blickt und allmählich errötet.

DON NIMO: Unglücklicherweise hat sich die Familie di Moro und della Rovere ein etwas blutiges Ritual zur Tradition gemacht. Aber ich bin mir sicher, dass Laure nicht versagen wird – das darf sie nicht. Im Übrigen, Madame und Monsieur Rombrasteux, sollte Ihre Tochter einen Rufnamen annehmen, der weniger fremdartig wirkt.

RORO: Sie meinen einen italienischen Namen?

DON NIMO: *nickt*

RORO: Was ist so fremdartig an dem Namen Laure?

MADAME CELESTE: Die französische Aussprache natürlich. Wir haben doch alles besprochen, Roro. Der Name Laure ist ungeeignet für die Gemahlin eines sizilianischen Mafioso.

RORO: Einverstanden. Aber das hätten wir uns wirklich sparen können. *Nippt an seinem Weinglas*

ERNESTO: *schwärmenden Blickes an seine Geliebte* Ich finde, Laure ist ein schöner Name. Doch wahrlich hängt deine Schönheit nicht am Namen, sondern am Herzen und an deiner Seele.

LAURE: *errötet noch stärker*

ANTONIO: *scherzhaft* Von wo hast du das? Grillparzer?

ERNESTO: Nein, meine Worte stammen aus meinem *in französischer Aussprache* Intérieur.

MADAME CELESTE: *schaufelt sich eine weitere Ladung Sahnetorte in den Mund* O wie romantisch. Roro, wieso bist du nicht so expressionistisch wie der gute Eduard?

LAURE: *tritt gegen den Fuß ihrer Mutter*

MADAME CELESTE: Hust, ich meinte, wie der gute Ernesto.

ERNESTO: Ich bin nur ehrlich und aufrichtig.

DON NIMO: *räuspert sich*

Alle verstummen.

DON NIMO: Verzeiht mir bitte, *schaut auf seine Armbanduhr* die Zeit ist gekommen. Ich muss mich nun verabschieden.

Erhebt sich vom Stuhl und verabschiedet sich

ERNESTO: Wie gesagt, Papa, komm bitte rechtzeitig nach Hause zurück.

DON NIMO: Das mache ich. *Verlässt das Ristorante da Maestro*

ANTONIO: Unsere Zeit ist auch gleich gekommen, liebe Freunde. Wir müssen bald zum Bahnhof.

MADAME CELESTE: Sehr wohl, aber essen wir zuerst die Nachspeisen auf.

Achte Szene

Nachdem die Vorigen ihre Nachspeisen aufessen, verabschieden sie sich von Quadri Giano und verlassen das Ristorante da Maestro auf dem Weg zum Bahnhof der Roma Capitale. An den Gleisen stehen mehrere massive Dampfmaschinen, die mit Reisenden und ihrem Gepäck beladen werden. Ernesto und Antonio führen ihre Gäste zum Gleis mit dem Anschlusszug und anschließend in ihr reserviertes Abteil, ein paar Bahnhofsmitarbeiter helfen mit dem Gepäck und tragen es in die Gepäckabteilung des Zuges.

ANTONIO: *mit darbietender Geste* Wir haben das gesamte Abteil für uns – ein großzügiges Geschenk unserer Eltern.

RORO: Großzügig, in der Tat.

MADAME CELESTE: *setzt sich an einen gedeckten Tisch* Ob man noch die Menükarte bekäme?

ANTONIO: Ich werde nach jemandem rufen.

ERNESTO: Magst du das Reisen, Laure?

LAURE: *grübelt* Ich denke nicht, nein. Ich bleibe lieber sesshaft.

ERNESTO: Und wie findest du diese Reise nach Sizilien? Ich meine, ist es für dich schwer, deine Heimat zu verlassen und quasi in eine völlig fremde Gegend umzuziehen.

Alle Blicke haften an Laure.

LAURE: *grübelt weiter* Ich denke nicht, dass es schwer ist. Ich hoffe lediglich, Sizilien bald als meine Heimat sehen zu dürfen.

ERNESTO: *schmunzelt* Du wirst unsere Ländereien lieben, das verspreche ich dir.

MADAME CELESTE: Roro und ich werden selbstnatürlich wieder zurück nach Paris fahren. Unsere Lungen vertragen keine Inselluft und unsere Geschmackszotten und italienischer Alkohol sind Staatsfeinde – versteht sich.

ERNESTO: Sie sind immer herzlich Willkommen.

MADAME CELESTE: Und die Pariser Türen werden euch ebenso geöffnet sein. Außerdem muss ich der Gräfin noch meine neuen Gardinen zeigen, die ich ihr nur brieflich habe beschreiben können.

RORO: Meinst du die im Billardzimmer?

MADAME CELESTE: Nein, die im vierten Badezimmer.

ERNESTO: Wie lange kennen Sie und meine Mutter sich eigentlich schon?

MADAME CELESTE: Seit Ausbruch der grande guerre. Sie und ich waren in einem Lazarett nahe Verdun stationiert. *Beginnt zu lachen* Ich erinnere mich an unser erstes Zusammentreffen, als wäre es erst gestern gewesen. Sie war mit der Schichtleitung betraut und als ich als neue Schwester hingekommen war und sie danach fragte, wie viele wir verloren hatten, sagte sie: ein paar Beine, und der arme Henri seine beiden Arme. *Jetzt wieder ernst* Natürlich war das grauenvoll – aber deine Mutter hat immer dazu geneigt, die Dinge nicht zu ernst zu nehmen. Und damals wussten wir noch nicht, was in Verdun geschehen würde.

ERNESTO: Ihr hattet das Lazarett kurz vorher verlassen.

49

MADAME CELESTE: So war es. Und seit diesem Moment haben wir immer gut zusammengearbeitet, deine Mutter und ich. Nach Kriegsende haben wir uns in Paris zum Dinner getroffen und so besser kennengelernt. Da erfuhr ich auch, welcher Tätigkeit sie – wieder – nachging. Die große Sache.

ERNESTO: *lacht* Ja, so nennen wir das hier.

MADAME CELESTE: Nun denn. Letzten Endes hat uns unsere Bekanntschaft bis hierhin geführt, zur Hochzeit von Laure und dir. Erstaunlich, nicht?

ERNESTO: Ja, erstaunlich und schön. *Sieht zu Laure rüber, die aus dem Fenster schaut*

RORO: Sag mal, Ernesto, du und dein Cousin, ihr habt gedient während des Krieges, ist es nicht so?

ERNESTO: Ja. Wir haben auf der Seite der Briten gekämpft.

MADAME CELESTE: Auf der Seite der Gewinner.

ANTONIO: Im Krieg gibt es keine Gewinner, Madame. Nur Verlierer.

MADAME CELESTE: *verständnisvoll* Aber selbstverständlich.

RORO: *an Ernesto* Interessant. Sind die anderen Familien und Clans oder wie ihr euch nennt nicht neutral gewesen?

ERNESTO: Ja, aber wir haben uns schon immer für die Politik interessiert und mischen uns überall ein. Das ist aber nicht nur ein bloßes Interesse, sondern auch eine Verpflichtung. Wir sind mit Abstand die stärkste Familie auf Sizilien – um die kleineren Clans im Griff zu haben, müssen wir mit anderen Größen mitspielen.

RORO: Mit dem Parlament?

ERNESTO: Ja. Oder so ähnlich.

RORO: Deshalb ist wohl Don Nimo in Rom. Seine Geschäfte sind politischer Natur.

ERNESTO: Ja, Sie haben es durchschaut.

Ein langer Pfiff stört das Gespräch. Nach wiederholtem Zischen und Ruckeln beginnt der Zug zu rollen.

RORO: Ah ja, was mir immer noch nicht einleuchtet ist diese Geschichte mit den Familiennamen. Von Nachnamen bist du di Moro.

ERNESTO: Ja.

RORO: Und eure Familie heißt ebenso di Moro.

ERNESTO: Ja.

RORO: Doch die Gräfin scheint einer anderen Familie anzugehören, oder nicht?

ERNESTO: Eigentlich nicht. Der Clan meiner Mutter und der meines Vaters haben sich kurz vor der Jahrhundertwende zu einem großen Bündnis verschmolzen. Aber das ist eine sehr lange Geschichte.

MADAME CELESTE: *zu Roro* Diese Geschichte über die Wiedervereinigung.

RORO: *nickt*

Ein Zugmitarbeiter erscheint mit einer Menükarte.

MADAME CELESTE: Sehr gut. Bleiben Sie gleich hier, wir bestellen sofort.

ANTONIO: Hat Ihnen das Essen im Ristorante da Maestro nicht gefallen? Oder sind Sie nicht satt?

MADAME CELESTE: Letzteres.

Während Celeste etwas von der Menükarte bestellt, gesellt sich Ernesto zu Laure, die aus dem Fenster schaut und die italienische Landschaft betrachtet, die wie in einem Panorama Form, Farbe und Kontur in der zügigen Eile wechselt.

ERNESTO: Schön, nicht wahr?

LAURE: In der Tat. Allerdings erscheint mir Italien sehr flach.

ERNESTO: Und Frankreich ist nicht flach?

LAURE: *grinst* Nicht überall natürlich.

ERNESTO: Magst du bergige Landschaften?

LAURE: Ich denke schon. Es erscheint mir wie etwas Schützendes, wenn man von Bergen und Hügel umgeben ist. Beim Blick auf weite Landschaften und den unendlichen Horizont dünkt mir die Welt so übergroß und unüberschaubar.

ERNESTO: Nun, Sizilien ist auch bergig, aber eine Insel ist von allen Seiten von weiten Meerflächen umgeben.

LAURE: Übergroß und unüberschaubar.

ERNESTO: *nimmt sie am Arm, sie erschrickt leicht* Ich werde bei dir sein – und wenn du möchtest, werde ich jeden Berg auf Sizilien verschieben, damit Sizilien deine Heimat wird, damit du dich beschützt fühlst.

LAURE: *errötet*

ERNESTO: Jedes meiner Worte meine ich mit vollstem Ernst.

LAURE: *flüsternd* Dessen bin ich mir sicher.

MADAME CELESTE: *unterbricht die beiden* Möchtet ihr etwas bestellen? *Zeigt Laure die Menükarte* Es gibt sogar Croissants, stell dir das vor.

Laure und Ernesto lehnen ab.

LAURE: Darf ich dich etwas fragen, Ernesto?

ERNESTO: *aufmerksam* Aber natürlich.

LAURE: Was wird während der Initiation passieren? Dein Vater hatte etwas von blutig erwähnt.

ERNESTO: *atmet tief ein* Ja, es wird Blut fließen, das stimmt. Aber mache dir bitte keine Sorgen, es wird nicht schmerzvoll sein, das verspreche ich. Dieses dumme Ritual sollte schon längst abgeschafft sein, aber meine Eltern sind ziemlich konservativ – das wirst du noch erleben.

LAURE: Auch meine Eltern sind nicht gerade liberal.

ERNESTO: *lacht* Stimmt. Aber wie gesagt, die Initiation wird ganz schnell vorbei sein. *Erfreut* Und danach können wir heiraten.

LAURE: *schmunzelt* Darf ich ehrlich mit dir sein?

ERNESTO: Ich bitte dich sogar darum. Was gibt es?

LAURE: Selbst wenn diese Ehe arrangiert ist, empfinde ich dennoch ein Gefühl von Freude und auch Hochachtung.

ERNESTO: *lächelt*

LAURE: Die Ehe ist ein schönes Ideal, findest du nicht? Ein Ideal, das nach außen hin Zusammenhalt und Verpflichtung verkörpert und nach innen das jene Gedenken an etwas, an das Liebende gedenken.

ERNESTO: Ich hätte es nicht besser ausdrücken können.

Er reicht ihr die Hand, sie nimmt sie in die ihre – beide schauen sie aus dem Fenster auf die Gefilde.

Neunte Szene

Im Obergeschoss des berüchtigten Café Frutticello steht Don Nimo in seinem Büro vor einem Fenster und schaut auf die Straße hinunter. Ein schwarzer Wagen hält vor dem Café. Der Capo der Corleonesi, Michelangenlo Gennaro, steigt mit einer Begleitung von zwei breiten Leibwächtern aus und betritt es. Der Consigliere der di Moro Familie betritt das Büro Don Nimos.

DER CONSIGLIERE: Don Nimo, soeben ist der Capo der Corleone Familie eingetroffen.

DON NIMO: Ich sehe es.

DER CONSIGLIERE: Glauben Sie, er kommt mit guten Absichten?

DON NIMO: Das sollte er. Bitte ihn hierher in mein Büro. Ich möchte nicht, dass die anderen im Café uns zuhören.

DER CONSIGLIERE: Sehr wohl. *Verschwindet wieder*

DON NIMO: *setzt sich an seinen Bureau, zieht seine Lesebrille auf und studiert ein Dokument* Es wird Zeit, neue Freunde als solche anzuerkennen.

Nach wenigen Augenblicken betreten Michelangelo Gennaro, seine Leibwächter und der Consigliere das Büro des Don Nimo.

GENNARO: *an seine Leibwächter* Wartet vor dem Büro auf mich. *An Don Nimo* Hallo, Don Nimo, lange nicht mehr gesehen.

DON NIMO: *sitzend* Michelangelo. *Zeigt auf einen Stuhl vor ihm* Nimm Platz.

GENNARO: *nimmt Platz*

DER CONSIGLIERE: Soll ich gehen, Don Nimo?

DON NIMO: Nein, bleib hier. Unsere Konversation sollte von einer dritten Person bezeugt werden.

GENNARO: Sehr formell. Also, Don Nimo. Sollen wir gleich zum Geschäftlichen kommen?

DON NIMO: Deshalb bist du doch hergekommen, oder etwa nicht?

GENNARO: Ja. Und ich habe sehr gründlich nachgedacht, über Ihr Angebot. Im Angesicht der derzeitigen Lage und der langjährigen Feindschaft zwischen den Corleonesi und den Montanaris halte ich es für sehr klug, ein Bündnis mit Ihrer Familie einzugehen.

DON NIMO: Sehr klug?

GENNARO: Ja, sehr klug. Wir könnten beide davon profitieren. Meines Wissens ist noch kein Plan erstellt worden, keine Strategie, wie wir Palermo vom Montanari-Gift befreien können. Und ich hatte mir gedacht-

DON NIMO: *hebt seine Hand* Halt. So läuft das Geschäft nicht, Michelangelo. Mein Angebot mitsamt allen Details, die dir sicher bekannt sind, gilt nur in seiner jetzigen Form und nur in dieser. Entweder du nimmst das Angebot an und wir erbauen ein solches Bündnis oder du lehnst es ab und verlässt mein Haus.

GENNARO: Ja sicher, aber-

DON NIMO: Es wird Krieg geben, Michelangelo, und deine Familie wird nicht unversehrt bleiben. *Lehnt sich nach vorn zu ihm* Wir wissen beide, welches Haus in Palermo Ombretta Montanari zuerst angreifen wird.

GENNARO: s*chluckt*

DON NIMO: Ich will dich nicht einschüchtern, mein Freund. Aber deine Lage scheint ausweglos zu sein. Die beste Entscheidung, die du für deine Familie treffen kannst, ist die Annahme meines Angebots – wir garantieren dir permanenten Schutz.

GENNARO: *nickt* Und im Gegenzug erhält deine Familie die de facto-Kontrolle über die meine.

DON NIMO: In schwierigen Zeiten müssen alle ein Opfer erbringen.

GENNARO: Verstanden, Don Nimo. Sie haben wohl recht, meine Lage ist ausweglos.

DON NIMO: Sieh es doch von der anderen Perspektive: Wir beide haben es uns zum Ziel gemacht, Süditalien von den aggressiven Elementen zu befreien. Dein Onkel, Salvatore, hat vor etwa 25 Jahren dasselbe versucht. Wir waren auf derselben Seite und auch heute würde er mir zur Seite stehen.

GENNARO: Er hatte mir von den Abenteuern auf Schloss Anselm erzählt, ja. Aber Sie brauchen keine weiteren Argumente vorzulegen, Don Nimo. Ich bin wirklich überzeugt.

DON NIMO: *gibt ein Zeichen an den Consigliere, der wiederum ein Dokument hervorholt*

GENNARO: Tatsächlich war ich bereits vor dieser Unterhaltung überzeugt. Mit meinem Kommen wollte ich meine Solidarität bekunden, Don Nimo.

DON NIMO: *hebt die Brauen*

DER CONSIGLIERE: Don Nimo, Signore Gennaro, bitte setzen Sie hier unten im Vertrag Ihre Signatur.

Erst Gennaro, dann Don Nimo unterzeichnen den Vertrag. Der Consigliere stempelt ihn ab.

DER CONSIGLIERE: Somit ist die Abmachung rechtskräftig.

DON NIMO: Sehr gut.

GENNARO: *erleichtert* Ich freue mich, dass wir so rasch zu einem Ergebnis gekommen sind, Don Nimo. Wann kommt es zu einem Treffen, um die Strategie zu besprechen?

DON NIMO: Das werde ich dir noch rechtzeitig mitteilen. Bis auf Weiteres schlage ich vor, deine Familie hält sich vorerst zurück. Je weniger Aufsehen erregt wird, umso mehr Spielraum ergibt sich für uns.

GENNARO: Ja sicher.

Es klopft an der Tür.

DON NIMO: Herein.

Ein Mafioso der di Moro Familie tritt ein.

MAFIOSO: Don Nimo, da ist ein Anruf für Sie.

DON NIMO: *steht auf; an Gennaro* Warte hier, ich bin gleich zurück.

Don Nimo und der Mafioso verlassen das Büro und gehen zum Telefonapparat im Erdgeschoss.

DON NIMO: *nimmt ab* Sprecht.

QUADRI GIANOS STIMME: Hier spricht der braune Bär.

Kannst du mich hören, Pazifischer Ozean?

DON NIMO: Hör auf mit den Kosenamen, Quadri. Auf dieser

Leitung werden wir nicht abgehört.

QUADRIS STIMME: Eh, ja. Natürlich.

DON NIMO: Weshalb rufst du mich an?

QUADRIS STIMME: Komm sofort rüber ins Ristorante, Nimo.

Soeben ist ein wertvoller Gast erschienen, der für unser

Vorhaben von großer Wichtigkeit sein könnte.

DON NIMO: Wer?

QUADRIS STIMME: Niemand Geringeres als die Consigliere

der Palermo-Grecos.

DON NIMO: Violanda Greco.

QUADRIS STIMME: Komm schnell, ich weiß nicht, wie lange

sie bleiben wird. Wir müssen diese Chance nutzen und sie auf

unsere Seite holen.

DON NIMO: Halte sie so lange es geht auf. Ich bin auf dem

Weg. *Legt auf und begibt sich zurück in sein Büro, wo der

Consigliere und Michelangelo Gennaro auf ihn warten*

GENNARO: Wäre das nun alles, Don Nimo?

DON NIMO: Packe deine Leibwächter ein, Michelangelo, wir

begeben uns zum Ristorante da Maestro.

GENNARO: Aber ich habe keinen Hunger.

DON NIMO: Wir gehen – jetzt.

Zehnte Szene

Der Zug hat die Gefilde Roms und seiner Umgebung verlassen und befindet sich auf halbem Wege nach Kalabrien. Im Privatabteil der di Moros speisen Madame Celeste, Roro und Antonio, während Ernesto und Laure sich am Fenster unterhalten.

ERNESTO: Sehr spannend. Aber du bist katholisch erzogen?

LAURE: Meine Eltern haben keinen anderen Weg gesehen.

ERNESTO: Trotzdem finde ich es sehr tapfer, dass du klare Kante zeigst.

LAURE: *flüsternd* Das bedeutet nicht, dass ich Atheist bin. Mehr so etwas wie eine Agnostikerin.

ERNESTO: Meine Mutter wird dich lieben, aber mein Vater ist sehr… strikt, um es einfach auszudrücken.

LAURE: *lacht* Dann wird er sich gut mit meinen Eltern verstehen.

ERNESTO: *lacht mit*

LAURE: Und wie sieht es mit dir aus, Ernesto? Du bist auch gläubig, oder nicht?

ERNESTO: Ich denke schon. Seit Ende des Krieges habe ich mich mehr mit meinem Glauben auseinandergesetzt. Es hat doch etwas Ermunterndes, wenn es jemanden gibt, der einen durch die dunkelsten Täler begleitet.

LAURE: *nickt* Wie sieht denn dieser jemand für dich aus?

ERNESTO: *grübelt* Das weiß ich nicht. Ich denke, es gibt viele Antworten darauf. Aber ich weiß, dass es diesen jemand gibt, ob dieser jemand nun ein Gefühl ist oder eine Person in Fleisch und Blut.

LAURE: Ich teile deine Ansicht.

ERNESTO: Das freut mich.

LAURE: Wenn es dir nicht missfällt, würde ich dich gerne fragen, wie denn der Krieg war. Du hast erzählt, du hattest auf der Seite Großbritanniens gekämpft.

ERNESTO: Ja. Zusammen mit einem guten Freund und Kameraden, Luigi, der übrigens auch zur Hochzeit eingeladen ist. Wir waren zwar nur Reservisten, die in den hintersten Reihen kämpften, aber den Schrecken des Krieges haben wir alle miterlebt.

LAURE: Das denke ich mir. Und du warst noch sehr jung.

ERNESTO: Ich trauere mehr um die anderen Jungen, die gefallen sind.

LAURE: Natürlich.

ERNESTO: Sie sind die wahren Helden – sie verdienen alle Orden. Hoffen wir, dass der Frieden, für den sie gefallen sind, lange bis ewiglich anhält.

LAURE: *nickt*

ERNESTO: Es tut mir leid, ich wollte nicht unsere Zusammenzeit mit Erinnerungen an den Krieg verderben.

LAURE: *nimmt seine Hand* Es ist in Ordnung. Wir tragen alle Narben davon mit uns.

ERNESTO: *schmunzelt* Wenn wir uns schon befragen, hast du noch etwas, das du mich fragen möchtest?

LAURE: Nun, tatsächlich sehr viel. Immerhin werden wir heiraten.

ERNESTO: Und das ist keine kleine Sache, nicht?

Beide lachen.

LAURE: Ich möchte aber keineswegs aufdringlich wirken. Es wäre besser, wir erfahren einander mit der Zeit.

ERNESTO: Indem wir etwas gemeinsam machen? Wandern zum Beispiel?

LAURE: Ich liebe das Wandern. La randonnée. Währenddessen kann man viel nachdenken und die Natur und Umgebung auf sich einwirken lassen.

ERNESTO: Das stimmt. Ich kann dir die weiten Felder unserer Ländereien zeigen; an der Küste entlang des Wassers spazieren und durch die Gassen Palermos wandern und vieles mehr, überall wo du willst.

LAURE: Ich freue mich.

ERNESTO: Und ich erst. Nicht mehr lange und wir sind in Kalabrien. Dann geht es mit der Fähre direkt nach Hause. Ich bin wirklich aufgeregt.

LAURE: O ja, ich auch.

Elfte Szene

Vor dem Ristorante da Maestro halten zwei Wagen, Don Nimo und der Consigliere sowie Michelangelo Gennaro und seine Leibwächter steigen aus. Am Eingang des Ristorante steht Quadri Giano und redet fuchtelnd wütend mit einem Ober.

DON NIMO: Quadri, wir sind hier.

QUADRI GIANO: *dreht sich um* O gut, sehr gut. Ich kämpfe hier gerade darum, das Essen, das die Greco-Frau bestellt hat, verspätet servieren zu lassen, aber mein lieber Herr Ober hier ist anderer Ansicht.

DON NIMO: Das spielt jetzt keine Rolle mehr. Gehen wir hinein und sprechen mit Violanda.

QUADRI GIANO: *bemerkt Gennaro* Wie ich sehe sind deine Verhandlungen gut gelaufen.

DON NIMO: Sie sind dann gut gelaufen, wenn Violanda auf unserer Seite ist. Ist sie alleine?

QUADRI GIANO: Sie ist in Begleitung zweier Männer, sehr wahrscheinlich ihre Leibwächter.

Sie betreten alle das Ristorante und folgen Quadri Giano zum Tisch, an dem Violanda Greco, eine griechisch-italienische, gesittete Dame mittleren Alters, deren Garderobe deutlich über ihrem Stand ist und die das Amt der Consigliere der Greco-Familie bekleidet, und zwei Leibwächter sitzen.

VIOLANDA GRECO: *sieht erst Quadri Giano* Ich warte immer noch auf das Essen. *Bemerkt Don Nimo und Gennaro* Wen haben wir denn da? Die Mafia in Fleisch und Blut.

Grecos Leibwächter wollen aufstehen, aber Violanda gibt ihnen Befehl, sitzen zu bleiben. Don Nimo und Michelangelo Gennaro setzen sich ihr gegenüber hin. Quadri Giano verschwindet in die Küche.

DON NIMO: Signora Greco.

VIOLANDA: Signora Greco? Ich dachte, wir duzen uns, Geronimo. Aber ich verstehe schon, die Zeiten sind schwierig und noch schwieriger sind ihre Schwierigkeiten.

DON NIMO: Wie dem auch sei. Du weißt, weshalb ich hier bin.

VIOLANDA: Ich nehme an, du möchtest etwas essen, das möchten so gut wie alle, die hier in diesem Saal sind.

DON NIMO: Ich bin nicht hier, um mich mit dir zu amüsieren, Violanda. Also lass die Scherze und kommen wir zum Geschäftlichen.

VIOLANDA: Halt halt, mein lieber Geronimo. Ich sitze hier eine halbe Ewigkeit und kann es nicht mehr erwarten, mein Essen zu bekommen.

Quadri Giano und ein Kellner, der Grecos Speise trägt, erscheinen.

QUADRI GIANO: Hier ist Ihre Bestellung, Signora Greco.

VIOLANDA: Na endlich. *An Quadri Giano* Setz dich zu uns, mein lieber Amtskollege, und auch du darfst mich natürlich duzen. *An Don Nimo* So, wir können fortfahren.

DON NIMO: Ich komme gleich zum Punkt. Meine Mitstreiter und ich wollen ein Bündnis großer Familien errichten, um uns gegen die wachsende Gefahr der expandierenden Clans Montanari und Dos Rudos zu schützen. Viele Familien haben sich unserer Sache angeschlossen – mit deiner Familie wird unser Bündnis noch stärker und wird deinen Leuten nur Vorteile bringen.

VIOLANDA: Dass die Montanaris ihren Unfug in Palermo treiben ist mir bekannt. Und dieser Schutz, von dem du sprachst, wird dann ein Krieg sein?

DON NIMO: Zumindest ist ein Krieg unausweichlich. Die Situation ist eine ganz andere als im Vergleich von vor 25 Jahren. Damals konnte man noch miteinander sprechen, aber die Montanaris von heute haben sich in ihrer Angriffslust und Risikobereitschaft radikalisiert.

VIOLANDA: Wer ist noch mal ihr Capo? Das ist doch diese verrückte junge Frau, die sieben oder acht Geschwister hat.

QUADRI GIANO: *mit Degout in der Stimme* Ombretta Montanari.

DON NIMO: Sie ist die Tochter des Bruders Salvatrice Montanaris, der Matriarchin, die vor der Jahrhundertwende die Wiedervereinigung zum Scheitern brachte.

VIOLANDA: Ich kann mich daran erinnern. Meines Wissens waren jedoch mehr Personen am Scheitern beteiligt als nur Salvatrice Montanari.

DON NIMO: Das spielt jetzt keine Rolle mehr. Fakt ist, dass wir sie und ihresgleichen beseitigen müssen.

VIOLANDA: Ich bin ja grundsätzlich nicht gegen diesen Gedanken.

DON NIMO: Aber?

VIOLANDA: Wie es uns Griechen im Blute liegt, sind auch wir Grecos sehr demokratisch. Ich bin nur eine Beraterin, eine Verwalterin meines Clans. Um deiner Vereinigung beizutreten, werden die Stimmen des gesamten Vorstands benötigt.

GENNARO: Ihr seid ja eine ganz lustige Bande.

VIOLANDA: Das gehört nun einmal zu unserer Tradition. *An Don Nimo* Ich kann mich gerne an den Vorstand wenden, aber ich kann nicht versichern, dass dein Angebot auf große Zustimmung hoffen darf.

DON NIMO: Ich hatte bereits geahnt, dass du so etwas sagen würdest. *Gibt ein Zeichen an seinen Consigliere, der aus seiner Aktentasche einen Umschlag mit Papieren hervornimmt und diesen Violanda Greco übergibt* Meine Späher haben eine briefliche Konversation verfolgen können zwischen dem Montanari Clan und der obersten Führungsebene der faschistischen Partei.

VIOLANDA: *sieht sich entsetzt die Papiere an und schüttelt den Kopf* Eine Verschwörung?

DON NIMO: Wenn nicht noch schlimmer.

GENNARO: *bittet Violanda um die Papiere* Ich habe diese Briefe nicht gesehen, Don Nimo. Sie haben sie mir nicht gezeigt.

DON NIMO: Jetzt weißt du davon. *An Violanda* Nimm diese Papiere mit, zeige sie deinen Oberhäuptern und sie werden sich unserer Sache anschließen.

VIOLANDA: Nein, ich brauche sie nicht. Sie werden mir ohnehin glauben. *Besorgniserregt* Wenn Montanari von der

Regierungspartei höchst selbst Unterstützung bekommt, werden wir mit einem Schlag ausradiert, wenn sie uns angreifen.

DON NIMO: Und das werden sie. Deshalb ist es umso wichtiger, dass wir jetzt ein starkes Bündnis errichten und mit gemeinsamer Kraft zuerst zuschlagen.

VIOLANDA: Ich fürchte, ich sehe da schwarz. Sie werden uns sicher zuvorkommen, bestimmt ist bereits etwas im Gange hinter unseren Rücken.

GENNARO: Möglich wäre es. In letzter Zeit ist es still um Palermo. So, als hätten sie sich zurückgezogen.

QUADRI GIANO: Die Ruhe vor dem Sturm.

DON NIMO: Also, Violanda, was sagst du?

VIOLANDA: Wie gesagt, ich befürworte deinen Plan. Aber ich muss erst den Vorstand überzeugen.

DON NIMO: Ich bin sicher, er wird die richtige Entscheidung treffen.

VIOLANDA: *schaut sich alle Anwesenden an* Wie ich sehe, sind hier Angehörige von mindestens vier Clans anwesend. Wer ist sonst noch Mitglied deines Bündnisses?

DON NIMO: Diejenigen, die du hier siehst, und der Clan meiner Gattin.

VIOLANDA: Ach ja, eure beiden Clans sind ja zu einem verschmolzen. Das macht dann fünf Clans und Familien gegen… die Montanaris, Dos Rudos und die Regierungspartei. Werden wir denn überhaupt eine Chance haben gegen ihre Stärke?

DON NIMO: Selbstverständlich. Die faschistische Partei wird nicht ihre gesamte Streitmacht nach Sizilien beordern, also sind wir unseren Feinden zahlenmäßig überlegen.

GENNARO: Die Dos Rudos beherrschen den Großteil Südsiziliens.

DON NIMO: Vor allem die Regionen um San Leone. Allerdings werden sie von Palermo und den Montanaris abgeschottet sein, wenn uns die Grecos beitreten und sie ihr Territorium im Süden Palermos verriegeln. Die Casagrande *er verweist auf Quadri Giano* kontrolliert außerdem den Übergang zum italienischen Festland.

QUADRI GIANO: Unsere Festung in Messina steht fest, doch in Catania sind wir immer noch verwundbar, Nimo. Der Ätna hat letztes Jahr unser Hauptquartier dem Erdboden gleichgemacht.

DON NIMO: Wir werden uns darum kümmern, Quadri.

VIOLANDA: Wie mir scheint, habt ihr ja einen ganz großen Plan, wie ihr unsere Feinde angreifen wollt.

DON NIMO: *nickt* Es wird sorgfältig geplant. Unsere Strategie muss wirksam sein, alles andere ist unbedeutsam.

VIOLANDA: Wenn der Vorstand seine Entscheidung getroffen hat, werden wir euch unverzüglich zur Seite stehen, auch in der Planung.

DON NIMO: Bis es so weit ist, wird es bereits zur Durchführung gekommen sein.

Zwölfte Szene

In einem kalabrischen Hafen betreten die Familie Rombrasteux, Ernesto und Antonio die Fähre nach Sizilien.

Als diese ablegt, stehen Ernesto und Laure vorn am Deck und schauen geradeaus in Richtung des Horizonts. Die Fähre hupt mehrmals.

LAURE: Obgleich ich das Meer nicht mag, ist das Wasser hier so schön. Die Wellen, wie sie so gleichförmig, so harmonisch die Oberfläche des Wassers formen, getrieben durch die Kühle der Meereswinde, ihr Anblick ist wohltuend.

ERNESTO: Ich hätte es nicht besser sagen können.

LAURE: Es fühlt sich anders an, wenn man auf dem Festland ist.

ERNESTO: *grinsend* Als Pariserin bist du wohl nicht an die salzige See gewöhnt.

LAURE: Nun, bei uns daheim, da haben wir die Seine. Aber die Seine ist nicht das Mittelmeer.

ERNESTO: Ich sage dir, du wirst Sizilien und alles, was mit Sizilien zu tun hat, über alle Maße lieben.

LAURE: *schmunzelt*

Die Fähre ist nun weit aufs offene Meer hinausgefahren und starke Mittelmeerwinde ziehen durch das Schiff.

LAURE: *hält sich fest zusammen* Es ist kalt geworden und windig. Ich ziehe mich zurück in den Wartebereich.

ERNESTO: Ist gut. Wenn es dir nichts ausmacht, würde ich noch gerne hierbleiben.

LAURE: Nein, keineswegs.

ERNESTO: Bis gleich, Laure.

Laure verschwindet unter Deck, zur gleichen Zeit taucht Antonio auf und gesellt sich zu Ernesto.

ANTONIO: Laure und du seid unzertrennlich, man sieht euch ja nur noch zu zweit.

ERNESTO: *in Phantasien schwelgend* Ach, Anno. Das ist wahre Liebe, das sage ich dir.

ANTONIO: *lehnt sich an der Reling an* Es ist gut, wenn Menschen sich verstehen und miteinander auskommen. Vor allem, wenn sie kurz davor sind zu heiraten.

ERNESTO: *grinsend* Du hörst dich an wie ein weiser Ratgeber.

ANTONIO: Ich freue mich einfach für euch.

ERNESTO: Danke dir, Anno, das bedeutet mir sehr viel.

Beide blicken gen Horizont.

ANTONIO: Es ist schön, wieder nach Hause zu kommen.

ERNESTO: O ja, ich warte schon sehnlichst darauf, Sizilien am Horizont zu sehen. Ich möchte am liebsten nicht hier weggehen, sondern nur zusehen, wie wir ihr näherkommen, unserer Heimat. Wie lange waren wir jetzt weg?

ANTONIO: Etwa zehn Tage.

ERNESTO: Es kam mir länger vor.

ANTONIO: Wir hatten viel zu erledigen.

ERNESTO: Jetzt ist es nicht mehr lange bis nach Catania. Wir halten doch in Catania, oder?

ANTONIO: Genau, Rosa sollte uns dort empfangen.

ERNESTO: Meine Schwester ist sicher gespannt, Laure zu treffen.

ANTONIO: Wir sind und waren alle gespannt, sie zu treffen.

ERNESTO: Natürlich, sie ist die Sensation in unserer Familie. Und wenn wir erst einmal sizilianischen Boden unter den Füßen haben, wird diese Sensation noch sensationeller!

Es windet nun noch heftiger.

ANTONIO: Vielleicht gehen wir doch lieber. Wir können ja drinnen nach Land ausschauhalten.

ERNESTO: Einverstanden.

Ernesto und Antonio betreten das Innere der Fähre. Ein Deck mit vielen Sitzplätzen und Tischen ist vollkommen für die beiden und die Familie Rombrasteux reserviert. Madame Celeste, Roro und Laure spielen Skat.

MADAME CELESTE: *legt Karten; zu Ernesto* Ich bin ja ganz aufgeregt, wie dieses Sizilien denn aussehen wird. Bilder sind ja eines, aber mit lebendigen Augen – das wird außergewöhnlich.

RORO: *legt Karten* Das sind wir alle, ja.

LAURE: *legt Karten* Und noch gespannter sind wir auf die Familie.

MADAME CELESTE: *sieht sich ihre Karten an und schüttelt den Kopf* Passez-moi les cartes.

RORO: Wir spielen Skat, nicht Baccarat.

MADAME CELESTE: *verdutzt*

RORO: *an Ernesto* Eine Sache noch: Ich komme da nicht drum rum und es kreist mir durch meine Gedanken, diese Sache mit der Namensänderung von Laure.

MADAME CELESTE: Aber Roro, das ist doch schon alles besprochen.

RORO: Nein nein, noch ist die Sache nicht besprochen. Ich finde es nicht einleuchtend, tatsächlich missbillige ich es.

ERNESTO: *hebt die Brauen*

RORO: Nur weil ihr eure Bräuche nun mal so gebraucht, hat das noch lange nicht zu bedeuten, dass Laure ihren Namen und damit auch ihre Identität schlicht und ergreifend eliminieren soll. Versteh mich bitte nicht falsch, Ernesto, ich habe weder vor, wütend zu werden, noch möchte ich euch beleidigen, aber ich als Laures Vater habe ein Recht, in dieser Angelegenheit mitzusprechen.

ERNESTO: Ich verstehe das, Monsieur Rombrasteux. Die Initiation ist aber kein Brauch, sondern Gesetz in Santa Fortezza Delle Nubi und in unserer Familie. Und Laure würde niemals ihre Identität aufgeben. Es ist eher umgekehrt, sie würde ihre Identität durch die Initiation in unsere Familie erweitern.

RORO: Ich denke, wir werden nie dieselben Ansichten haben, Ernesto. Ich werde noch einmal mit deinem Vater und deiner Mutter darüber reden-

MADAME CELESTE: Das wirst du nicht, Roro.

RORO: O doch, das werde ich. Ich werde mich mit ihnen unterhalten – und sollte es doch nicht zu dem kommen, was ich erwarte, dann akzeptiere ich nur unter einer Bedingung: Laure wird über ihren neuen *mit Betonung* italienischen Namen selbst entscheiden.

ERNESTO: Natürlich wird sie das.

MADAME CELESTE: *schmeißt ihre Karten hin* So. Nun aber Schluss mit diesem Thema. Und Schluss mit diesem elenden Skat, das ich nicht zu spielen begreife. Emilio, Antonio… ich meinte, Ernesto und Antonio, setzt euch zu uns und lasst uns alle eine Partie Durak spielen. Das ist weniger komplex wie dieses Skat.

LAURE: Du magst doch überhaupt keine Kartenspiele, Mama.

MADAME CELESTE: *stolz* Durak geht immer.

Ernesto und Antonio setzen sich an den Tisch. Roro mischt und verteilt die Karten, es wird gespielt.

RORO: Pique ist Atout.

MADAME CELESTE: Wundervoll.

Sie spielen weiter.

ANTONIO: Wie lange werden Sie hierbleiben auf Sizilien, Madame und Monsieur Rombrasteux?

MADAME CELESTE: So lange, wie es nötig ist.

RORO: Zumindest bis zum Hochzeitsfest. Schließlich treten Laure und Ernesto danach ihre lune de miel an. Die Gräfin wird sicherlich anderweitig beschäftigt sein, also werden wir zurückkehren.

ERNESTO: Stimmt, an unsere luna di miele habe ich noch gar nicht gedacht.

MADAME CELESTE: Wie? Und du weißt gar nicht einmal, wohin ihr gehen wollt?

ERNESTO: *sieht Laure an* Wenn du Vorschläge hast?

LAURE: *schüttelt den Kopf*

MADAME CELESTE: *legt Karten* O Himmel, da müsst ihr aber ganz schnell etwas finden.

ANTONIO: Halt, Madame, diese Karte geht nicht. Sie müssen Kreuz legen oder Trumpf, wenn sie kein Kreuz haben.

MADAME CELESTE: Wir haben doch Herz Atout.

RORO: Nein, Pique.

MADAME CELESTE: *lacht* Mein Fehler. *Legt andere Karten hin*

RORO: Ihr könnt uns während der lune de miel gerne in Paris besuchen. Laure kann dir ihre Heimat zeigen, die Orte, an denen sie aufgewachsen ist.

ERNESTO: Das würde mich sehr interessieren.

MADAME CELESTE: Ach was, lass das Jungblut ohne uns feiern, was wären wir Alten bloß für eine Gesellschaft. *Lacht*

ERNESTO: Allerdings hoffe ich sehr, dass Laure Sizilien als ihre Heimat sehen wird.

LAURE: Das werde ich, ganz sicher.

RORO: *hebt die Brauen und legt Karten*

Sie spielen weiter Durak, mehrere Partien. Nach einer langen Zeit ertönt eine Hupe. Land ist in Sicht, es ist die Heimatinsel: Sizilien. Laure und Ernesto kommen hoch aufs offene Deck und betrachten an der Reling gelehnt die immer näherkommende Insel.

ERNESTO: Da ist es, unsere Heimat.

LAURE: Wunderschön.

Je weiter die Zeit voranschreitet, weitet sich die Insel über den gesamten Horizont mit all ihren Gefilden, ihren Konturen und dem Relief, mit all ihrer Fülle und ihren Farben, sie erscheint immer detailreicher, größer, riesiger, undurchschaubarer.

ERNESTO: Dort ist der Ätna, der wohl bekannteste Vulkan Siziliens. Und am Fuße des Berges liegt unser Hafen, in Catania. Wenn wir ankommen, musst du den Boden mit Gefühl betreten, du musst die Ruhe der Insel fühlen, die Standhaftigkeit und Energie. Die Insel steckt voller Leben, voller Leidenschaft und auch voll Liebe.

Die Fähre hupt ein weiteres Mal, sie läuft nun den Hafen von Catania an. Laure und Ernesto treffen im Oberdeck auf Madame Celeste, Roro und Antonio, die wie andere Passagiere auf die Ankunft warten.

MADAME CELESTE: Ein schönes Städtchen, dieses Catania. Von dieser Seite hat es einen idyllischen Charakter. So ganz dem Ätna unterwürfig.

RORO: So stelle ich mir eine sizilianische Stadt vor.

Die Fähre fährt die Pier an. Als sie hält, wird eine Übergangsrampe auf die offene Reling an der Backbordseite gelegt, damit die Passagiere das Schiff verlassen. Auch die Vorigen betreten nun – mit Gefühl – sizilianisches Land und Boden.

ERNESTO: Und, Laure? Fühlst du die Kraft der Insel?

LAURE: O ja, in der Tat. Der Boden unter den Füßen scheint mir Kraft zu geben.

MADAME CELESTE: *riecht tief mit ihrer Nase* Oder wohl eher der Fischgeruch.

ERNESTO: Kommt, dort vorne sehe ich meine Schwester.

Die Vorigen laufen hinaus zum Quai, wo Rosa di Moro, Ernestos Schwester, und ein Chauffeur auf sie warten.

ROSA: *mit offenen Armen* Meine Liebsten, meine Liebsten! *Gibt Ernesto und Antonio dicke Küsschen auf die Wangen* Und meine zukünftige Schwägerin *gibt Laure ein dickes Küsschen auf die Wangen* und ihre Eltern *schüttelt die Hände von Madame Celeste und Roro*

ERNESTO: Madame und Monsieur Rombrasteux, meine Schwester Rosa. Rosa, meine künftigen Schwiegereltern Madame und Monsieur Rombrasteux.

ROSA: *enthusiastisch* Ich habe sie alle auch so schon erkannt! Herzlich Willkommen, ganz herzlich Willkommen auf dem wunderschönen Sizilien!

RORO: Das ist sehr freundlich, danke.

ROSA: Steigen wir sofort in die Automobile ein, wir fahren geradewegs nach Sarausa.

MADAME CELESTE: Wohin?

ERNESTO: Nach Syrakus.

ROSA: Aye. Auf gehts!

Sie gehen alle den Quai entlang zu einer Straße, an der zwei Automobile parken. Madame Celeste und Roro steigen in eines, Ernesto, Rosa, Antonio und Laure in das andere. Sie fahren los. Im ersten Automobil reden Madame Celeste und Roro miteinander.

MADAME CELESTE: Eine nette junge Dame, diese Rosa. Sie kommt ganz nach ihrer Mutter.

RORO: Ich kann nicht aufhören, an diese verdammte Initiation zu denken.

MADAME CELESTE: *holt aus ihrem Ridikül einen Fächer und haut ihn* Du hörst damit auf, Roro. Wenn du die Gräfin oder

Don Nimo in ihrem Hause in irgendeiner Weise beleidigst, wird es dir ganz schlecht ergehen.

RORO: Jaja. Du scheinst dir ja keine Sorgen zu machen um Laure oder wie auch immer sie jetzt heißen wird nach dieser Initiation.

MADAME CELESTE: *seufzt* Benimm dich wenigstens. Sonst wird man noch denken, wir wären von schlechtem Hause. Der Hochzeit von Laure und Embroso, ich meinte Ernesto, darf nichts im Wege stehen. Auch du nicht mit deinen Gedanken und Sorgen.

RORO: Jaja. Ich werde wieder schweigen.

MADAME CELESTE: Die Welt kann doch so einfach sein, wenn es nicht diejenigen gäbe, die sie kompliziert machen.

RORO: *rollt die Augen* Lass uns lieber die Landschaft ansehen. *Zeigt durch ein Fenster hinaus* Sieh, dort ist eine Orangenplantage.

MADAME CELESTE: *holt ein kleines Binokel aus ihrem Ridikül* In der Tat.

Im zweiten Automobil reden Ernesto, Rosa, Antonio und Laure miteinander.

ROSA: Und wie findest du uns so bis jetzt, Laure? Du hast ja schon ein paar von unserer Familie kennengelernt.

LAURE: Ihr seid alle wirklich sehr sympathisch. Ich freue mich sehr, euch bald meine Familie nennen zu dürfen.

ROSA: *lächelt*

ERNESTO: Und wir freuen uns, dich bei uns zu haben – und vor allem ich freue mich.

ROSA: Sehr schön, sehr schön. Und freust du dich schon auf die Hochzeit? Mamma und ich haben wirklich mit großer Freude die Vorbereitungen geplant.

LAURE: Selbstverständlich freue ich mich. Es wird der Höhepunkt meines Lebens sein.

ROSA: Ganz fein! Und natürlich ist Sizilien der beste und schönste Ort, um sich zu vermählen.

ERNESTO: Und der beste und schönste Ort, um zu wohnen und leben.

ROSA: Das auch, ja.

LAURE: Wo genau werden wir denn leben?

ERNESTO: Nachdem wir geheiratet haben, noch vorerst im Schloss der Roveres. Danach beziehen wir eines der Herrenhäuser. Ich habe da schon ein paar Favoriten, die ich dir auf jeden Fall zeigen werde.

LAURE: Ich freue mich darauf.

ROSA: *zu Ernesto und Antonio* Wie steht es mit euch? Freut ihr euch, endlich wieder nach Hause zu kommen.

ERNESTO: O ja.

ANTONIO: Die Zeit in Roma hat sich sehr lange angefühlt.

ROSA: Und Papa kommt erst später?

ERNESTO: Er ist noch mit seinen Verhandlungen und Geschäften beschäftigt.

LAURE: Don Nimo hat versprochen, vor der Hochzeit zurückzukehren.

ERNESTO: Das stimmt, das hat er.

ROSA: Na dann.

ERNESTO: Weiß Mamma, wann wir eintreffen werden in Santa Fortezza?

ROSA: In etwa. Sie hat Cardinaldi, *an Laure* unseren Butler, gebeten, ein Dinner zu veranstalten, wenn wir eintreffen. Ein bisschen Tee, Zitronenlimonade und warmes Gebäck von Großtante Imelda.

ANTONIO: Wir sind sicher alle noch satt vom Essen im Ristorante und im Zug.

ERNESTO: Egal, es geht um die Gastfreundlichkeit. Madame und Monsieur Rombrasteux sollen die Herrlichkeit von Santa Fortezza erleben.

LAURE: Was ist dieses Santa Fortezza?

ROSA: Es ist das Privatschloss der Familie von Rovere. Wir sind gerade auf dem Weg dorthin, bald werden wir es sehen können.

ERNESTO: Es liegt am südlichsten Punkt von Syrakus, an einer Klippe, wo es über dem peitschenden Meer thront.

LAURE: Das hört sich majestätisch an.

ERNESTO: Das ist es auch.

Die beiden Automobile befahren über Landstraßen die Region um Syrakus. Als sie über eine Hügelkette fahren und den höchsten Punkt erreichen, haben sie Aussicht auf eine Steilküste, an deren höchster Erhebung das Schloss neoromantischen Baustils Santa Fortezza Delle Nubi residiert, Domizil des Adelsgeschlechts della Rovere und Verwaltungssitz der Grafschaft Syrakus-Rovere. Erbaut von Ludwig II., König von Bayern, im Zuge seiner Sommerreisen nach Sizilien, war es ein Geschenk seiner bayrischen Majestät an die

Grafen von Rovere für die Gastfreundlichkeit, die sie ihm während seiner Besuche entgegenbrachten. Als Zeichen höchster Dankbarkeit und letztes Abschiedsgeschenk hängt seit 1886 die Flagge des Königreiches Bayern an den Fahnenmasten des Schlosses und eine Gravur des königlichen Wappens befindet sich auf der Pforte des Nordeingangs. Santa Fortezza ist der Geburtsort einzig der Rovereschwestern sowie von Ernesto und Rosa di Moro. Vor dem Schloss selbst erstrecken sich auf seiner Nordflanke weite Broderiegärten und seiner Westflanke ein weiter Platz mit Kaskadenbrunnen, um den herum Automobile parken. Von Osten bis Süden führen steile Klippen hinab zum Ufer und Meer.
Die Automobile fahren den großen Platz an. Vor dem Eingangstor stehen in Reih und Glied versammelt erst Donatella della Rovere, Gräfin von Rovere und Verwalterin von Santa Fortezza Delle Nubi, Imelda Lo Volveratto, geborene di Moro und eine Tante entfernten Grades von Don Nimo, und ihr Ehemann, Colonnello Salvatore Lo Volveratto in seiner Militärparadeuniform, im Rollstuhl vor ihr und Paullanna Papa, geborene della Rovere und Schwester der Gräfin, sowie hinter ihnen in einer Reihe die Bediensteten des Schlosses sowie der Consigliere der Roverefamilie, der Weinkellerer Matteo Vino und der Butler des Hauses Cardinaldi. Die Automobile halten vor ihnen, die Chauffeure öffnen die Türen und Madame Celeste, Roro aus dem ersten und Ernesto, Rosa, Antonio und Laure aus dem zweiten Automobil steigen aus.

GRÄFIN VON ROVERE: *höchst erfreut, aber mit graziöser Stimmlage* Herzlich Willkommen auf Syrakus. Es ist mir eine Freude, euch alle hier begrüßen zu dürfen.

Sie umarmen sich alle nacheinander.

ERNESTO: Es ist schön, dich zu sehen, Mamma.

DONATELLA: Willkommen zu Hause, mein liebster Sohn.

GRÄFIN VON ROVERE: *an Madame Celeste und Roro* So sieht man sich wieder – diesmal in Person.

MADAME CELESTE: O welch eine Freude, Donatella, welch eine Freude.

Sie küssen sich an den Wangen.

RORO: Wir fühlen uns geehrt.

GRÄFIN VON ROVERE: Die Ehre ist ganz unsererseits. Es ist lange her, dass wir unseresgleichen auf Santa Fortezza begrüßen durften. *An Laure* Und du wirst meine Schwiegertochter werden. Laure, schön, dich kennenzulernen.

Sie umarmen sich.

GRÄFIN VON ROVERE: Kommt nur herein, es wartet ein Dinner auf uns. *Gibt dem Butler ein Zeichen* Cardinaldi hat für jeden ein Zimmer organisiert und Kammerdiener und Zofen eingeteilt.

CARDINALDI: Sehr wohl.

MADAME CELESTE: Der Empfang ist ganz herrlich, Donatella. Man fühlt sich wie die Könige.

ROSA: Das ist die Gastfreundschaft von Santa Fortezza Delle Nubi. Habe ich nicht recht, Cardinaldi?

CARDINALDI: Sehr wohl.

Paullanna tritt vor zu Antonio, sie umarmen sich.

LANNA: *an Madame Celeste und Roro* Ich bin die Mutter von Antonio und die Schwester von Donatella.

MADAME CELESTE: Sehr erfreut.

Imelda Lo Volveratto fährt ihren Ehemann vor.

GROßTANTE: Ich bin die Großtante, Imelda mein Name. Und hier sitzt mein Gatte, Salvatore.

GROßONKEL: *mit Salut* Colonnello Lo Volveratto – zu Ihren Diensten.

MADAME CELESTE: Wie ehrenhaft.

GRÄFIN VON ROVERE: Nun denn, lasst uns hineingehen, sonst bekommen wir alle noch einen Sonnenstich.

Sie betreten alle das Schloss über das Eingangstor, die Bediensteten gehen durch den Dienstboteneingang an der Seite des Schlosses hinein. Durch das prunkvolle, mit Blumendekorationen bestückte Foyer gelangen sie in den großen Salon, wo sie auf Diwanen, Sesseln platznehmen oder im stehen alkoholische Getränke zu sich nehmen und Obstspieße verzehren.

MADAME CELESTE: Ein ganz schickes Interieur, Donatella, wirklich sehr schick. Mir gefallen die Gardinen.

GRÄFIN VON ROVERE: Du hast die Langstoren in der dritten Bibliothek noch nicht gesehen.

MADAME CELESTE: Ich bin sehr gespannt.

Während jeder sich mit jedem unterhält, gesellt sich Ernesto zu Laure, die etwas abseits steht und sich die Plaudereien ansieht.

ERNESTO: Wie findest du Santa Fortezza?

LAURE: Ich bin sprachlos. Es ist wie ein königlicher Palast.

ERNESTO: Stimmt. Und wie findest du den Rest meiner Familie?

LAURE: Deine Mutter scheint eine sehr nette Dame von Integrität zu sein.

ERNESTO: Das ist ein gutes Kompliment. Das ist sie natürlich auch.

Cardinaldi kommt auf sie zu mit einem Tablett mit Sektgläsern.

ERNESTO: Möchtest du ein Glas?

LAURE: Nein, danke, es geht.

ERNESTO: *nimmt eines* Haben Sie vielen Dank, Cardinaldi.

CARDINALDI: Sehr wohl, Don Ernesto.

ERNESTO: Zur Hochzeit sind natürlich ein paar mehr eingeladen, Freunde aus der Gegend und entfernte Verwandte aus Deutschland und Spanien. Das Haus wird voll werden.

LAURE: Sie werden alle hier übernachten?

ERNESTO: Solange es genügend Platz gibt.

LAURE: Und muss ich sie alle kennenlernen?

ERNESTO: *lacht* Nein, du musst nicht mit allen reden. Die meisten kenne selbst ich nicht. Es sind mehr die Freunde von Mamma und Papa.

Paullanna steuert mit einem infantilen Grinsen auf sie zu.

ERNESTO: *flüsternd zu Laure* Das ist Tante Lanna, die jüngere Schwester von Mamma. Antonio ist ihr Sohn.

LAURE: Ich habe es vorhin mitbekommen.

LANNA: *umarmt Ernesto und Laure mit weiten Armen* Ich bin so überglücklich, euch endlich zu sehen.

ERNESTO: Das sind wir auch, Tante Lanna. Das hier ist Laure.

LANNA: Aber natürlich weiß ich, wer Laure ist. Ich freue mich so für euch – das wievielte Jubiläum ist es denn? Holz oder Kupfer?

ERNESTO: Eh, wir sind noch nicht verheiratet, Tante Lanna.

LANNA: *hält kurz inne* Ach die Ehe ist so schön. Mein Gatte, möge er in Frieden ruhen, hat mir eine so glückliche Zeit gegeben.

Paullanna sieht Cardinaldi und läuft zu ihm hin, um sich ein Sektglas zu nehmen.

LAURE: Deine Tante hat wohl etwas verwechselt.

ERNESTO: *grinst* Ach nein, sie ist manchmal nur etwas verwirrt.

Donatella und Madame Celeste probieren Gebäck von Großtante Imelda.

GROßTANTE: Und wie mundets, Mädchen?

MADAME CELESTE: Vorzüglich. Ich kann nicht beschreiben, wie gerne meine Geschmackszotten von diesem Keks hier kosten.

GRÄFIN VON ROVERE: Ich schließe mich dem an. Sehr gut, Tante Imelda. *Sieht Ernesto und Laure* Wenn ihr mich kurz entschuldigt.

Donatella gesellt sich zu Ernesto und Laure.

LAURE: Vielen lieben Dank für den herzlichen Empfang, Gräfin.

GRÄFIN VON ROVERE: Du darfst mich natürlich Donatella nennen, Liebes. Und ich nehme den Dank sehr gerne an. Es tut gut zu wissen, seinen Sohn in die Hände der richtigen Frau abgeben zu dürfen.

LAURE: *errötet geschmeichelt*

ERNESTO: Und wie geht es dir, Mamma?

DONATELLA: Dies, das, jenes. Deine Schwester und ich haben schon mit der Planung für die Hochzeitsvorbereitungen begonnen. Mit der Hilfe von Celeste und Robert wird alles sehr viel schneller gehen.

ERNESTO: Zuerst kommt jedoch die Initiation.

DONATELLA: Sehr richtig.

ERNESTO: Ich wollte mit dir auch noch unter vier Augen sprechen, Mamma. *An Laure* Wenn du uns kurz entschuldigst. *Ernesto und Donatella gehen in das Nebenzimmer. Laure sieht sich weiterhin die Plaudereien im Salon an. Lanna geht mit einem Sektglas an ihr vorbei.*

LANNA: Ich finde ja Scotch immer noch besser als diese trübe Flüssigkeit in meinem Glas.

LAURE: *hebt amüsiert die Brauen*

Dreizehnte Szene

Im Nebenzimmer des großen Salons setzen sich Donatella, die Gräfin von Rovere, und Ernesto auf einen Diwan.

DONATELLA: Erzähl, Salvatore, was gibt es?

ERNESTO: Nenn mich doch Ernesto.

DONATELLA: Nun gut, Ernesto. Aber Salvatore gehört auch zu deinen Namen, vergiss das nicht.

ERNESTO: Es geht um die Initiation.

DONATELLA: Ja?

ERNESTO: Es geht um etwas, was Laures Vater während der Zugfahrt gesagt hat, betreffend die Initiation.

DONATELLA: Weiter.

ERNESTO: Er findet, es sei nicht fair, Laures Namen zu verändern. Ich glaube, er will den Namen überhaupt nicht verändern.

DONATELLA: Ich dachte mir, dass er so denken würde. Celeste hatte mir seine Bedenken bereits brieflich mitgeteilt. Dieser Roro scheint ein großer Miesepeter zu sein.

ERNESTO: Das denke ich auch. Und er wollte auch noch mit dir und Papa darüber sprechen. Er wird euch wahrscheinlich überreden wollen.

DONATELLA: Aber die Initiation mitsamt ihren Details ist Gesetz unter diesem Dach.

ERNESTO: Ich habe versucht, ihm das zu erklären.

DONATELLA: *schlürft ihr Sektglas leer und seufzt* Nun denn. Wir können nicht einfach tun und lassen, was Robert momentan für angemessen hält oder nicht. Er hat sich wie wir alle den Gesetzen des Hauses unterzuordnen. *Lacht auf* Stell dir vor, ein Haus ohne Gesetz, das ist unvorstellbar.

ERNESTO: Das denke ich auch. Obwohl…

DONATELLA: Obwohl was?

ERNESTO: Vielleicht hat er recht.

DONATELLA: Womit?

ERNESTO: Vielleicht sollte Laure selbst entscheiden, ob sie das machen möchte oder nicht.

DONATELLA: Nun, sie bekommt eine Liste mit Namen – und daraus wird sie einen wählen dürfen. Das ist keine öffentliche Hinrichtung.

ERNESTO: Ich weiß.

Beide grübeln.

DONATELLA: Ich bin mir sicher, dass wir am Ende zu einem erträglichen Ergebnis für uns alle kommen.

ERNESTO: *nickt*

DONATELLA: Wie dem auch sei. Wie findest du denn das Mädchen – Laure?

ERNESTO: Wie ich sie finde? Hinreißend. Sie ist ganz anders, als du es mir berichtet hast. Sie ist noch besser.

DONATELLA: Noch besser? Na das freut mich aber. Sie sieht auch wirklich anmutig aus, da gebe ich dir recht. *Lacht* Man könnte meinen, sie wäre niemals die Tochter von Celeste und Robert.

ERNESTO: Ich kann die Zeit mit ihr zusammen kaum erwarten. Gleich morgen werde ich sie mit auf die Felder nehmen.

DONATELLA: O ja, die sind wirklich sehr schön.

ERNESTO: Wie steht es um die Vorbereitungen?

DONATELLA: Wie gesagt, alles wird geplant. Mache dir keine Sorgen, mein Sohn, wir werden in Windesschnelle ein Hochzeitsfest veranstalten, wie es seit Generationen nicht gefeiert wurde.

ERNESTO: Das hört man gerne. Wo ist eigentlich Tante Veffa? Ich habe sie nicht gesehen.

DONATELLA: Sie ist vorgestern nach Istanbul aufgebrochen. Sie hilft unseren Partnern dort, den Handelsmarkt unter Kontrolle zu behalten.

ERNESTO: Aha, ich verstehe.

DONATELLA: Überall wird unsere Hilfe angefordert. Bald gehen uns die Männer aus, so viele Aufträge haben wir.

ERNESTO: Es ist schade, dass sie die Hochzeit verpassen wird. Und Papa ist immer noch in Rom. Seine Verhandlungen mit dem Politiker scheinen gescheitert zu sein, aber die anderen werden sicher gut verlaufen.

DONATELLA: Das ist von großer Wichtigkeit. Er wird uns bestimmt informieren, wenn er erfolgreich war und wann er kommt.

An der Tür zum Salon klopft es, Cardinaldi tritt ein.

CARDINALDI: Vostra eccellenza, der Herr Colonnello und seine Gemahlin haben sich in ihre Gemächer zurückgezogen, weil sie müde waren.

GRÄFIN VON ROVERE: Ich habe verstanden. Vielen Dank, Cardinaldi.

CARDINALDI: *nickt und geht ab*

DONATELLA: So, wo waren wir?

ERNESTO: Wir haben alles besprochen, was ich mit dir bereden wollte.

DONATELLA: Wenn es noch etwas gibt, mein Sohn, ich bin immer für dich da.

ERENSTO: Ich weiß.

Sie nimmt seine Hände in die ihre.

Vierzehnte Szene

Im großen Salon des Schlosses befinden sich Madame Celeste, Roro, Laure, Paullanna, Antonio, Rosa und Cardinaldi.

ROSA: Wahrscheinlich in ein oder zwei Wochen.

MADAME CELESTE: *zu Roro* So lange wirst du es wohl aushalten, mein lieber Ehemann.

RORO: Was hält uns davon ab, die Hochzeit nächste Woche zu veranstalten?

ROSA: Es sind noch nicht einmal alle Vorbereitungen getroffen. Und unser Vater ist noch nicht hier. Er würde die Hochzeit ungerne verpassen.

MADAME CELESTE: Vor allem dann nicht, wenn sie wegen deiner Ungeduld verschoben würde. *Lacht*

RORO: Nun gut.

LAURE: Es wird dir bestimmt gefallen hier in Santa Fortezza. Die Familie ist sehr freundlich zu uns.

RORO: Und dafür bin ich dankbar, keine Frage.

ROSA: Und selbst nach der Hochzeit sind Sie alle immer herzlich Willkommen hier. Bitte vergessen Sie das nicht.

MADAME CELESTE: Vielen Dank, Rosa.

Ernesto und Donatella betreten den Salon.

GRÄFIN VON ROVERE: Darf ich um Aufmerksamkeit bitten.

Alle werden ruhig und lauschen den Worten der Contessa.

GRÄFIN VON ROVERE: Die Initiation wird bald beginnen.

Alle blicke wandern kurz zu Laure und danach wieder zur Contessa.

GRÄFIN VON ROVERE: Bis dahin müssen wir uns vorbereiten, das heißt, muss Laure sich vorbereiten. Der

Prozess wird in der Kapellhalle des Schlosses stattfinden. Ich bitte Madame und Monsieur Rombrasteux, sich in wenigen Stunden dort einzufinden, ebenso Ernesto und Lanna. Laure, du kommst jetzt mit mir mit.

RORO: Und was genau müssen wir machen?

GRÄFIN VON ROVERE: Meine Schwester wird euch einweisen, wenn Sie in der Kapellhalle sind.

LANNA: Was muss ich tun?

GRÄFIN VON ROVERE: Du wirst es schon wissen.

LANNA: *nickend* Alles klar.

ROSA: Darf ich dabei sein?

GRÄFIN VON ROVERE: Die Initiation ist kein Festakt, bei dem jeder mir nichts dir nichts zusehen kann. Also nein. Ernesto wird dabei sein, weil er ihr künftiger Lebensgefährte ist, und Lanna, um mich bei dem Ritual zu unterstützen.

RORO: *mit gehobenen Brauen* Ritual. Ich verstehe.

GRÄFIN VON ROVERE: So ist es. *An Laure* Nun, kommst du mit, mein Kind?

LAURE: *sieht Vater und Mutter an* Ich denke ja.

Die Gräfin von Rovere und Laure verschwinden.

RORO: Ich hoffe, es war nicht das letzte Mal, dass wir unsere Tochter gesehen haben.

MADAME CELESTE: *rollt die Augen*

ERNESTO: Es wird alles gut, Monsieur Rombrasteux. Ich verspreche es.

RORO: Wie gut, dass ich nichts auf die Worte anderer lege.

Die Gräfin von Rovere führt Laure durch das Schloss in eine Garderobenhalle.

GRÄFIN VON ROVERE: Also gut, Laure. Wir fangen nun mit den Vorbereitungen für die Initiation an.

LAURE: *leicht zitternd* Wird es schmerzvoll werden?

GRÄFIN VON ROVERE: Die Vorbereitungen nicht, nein. Aber beim Prozess, beim Ritual selbst wird ein wenig Blut fließen – dein Blut.

LAURE: *schluckt*

GRÄFIN VON ROVERE: *bereitet ein Kleidungsstück vor* Tatsächlich ist es das erste Mal, dass ich eine Initiation in unsere Familie durchführe. Dieses Ritual hat seit Jahrzehnten niemand mehr durchlaufen. Die einzelnen Schritte musste ich im Gesetzesbuch von Santa Fortezza nachlesen.

LAURE: Das überrascht mich. Musste Ihr Ehemann, Don Nimo, nicht auch in die Familie eingegliedert werden?

GRÄFIN VON ROVERE: Gemäß Hausgesetz schon. Aber unsere Vermählung war ursprünglich politischer Natur. Unsere beiden Familien sind sozusagen verschmolzen, obwohl wir beispielsweise immer noch zwei Berater haben oder von einigen getrennt betrachtet werden. Stell dir vor, unsere Ehe und Familie wären ein Staat. Dann wären die Moros und die Roveres jeweils Teilstaaten – unabhängig voneinander und doch miteinander verbunden.

LAURE: Ich verstehe.

GRÄFIN VON ROVERE: Die Situation zwischen dir und Ernesto ist nun mal eine ganz andere. Damit mein Sohn dich heiraten darf, musst du ein Teil der Familie werden.

LAURE: Ich respektiere Ihre Gesetze. Ich werde nichts zu vermeiden versuchen.

GRÄFIN VON ROVERE: Ich danke dir, Laure. Ich weiß, dass du eine respektable junge Frau bist mit einem Verständnis für Anstand und Moral. Deshalb freut es mich, dass du die Ehefrau meines Sohnes wirst. Wenn ich an ein perfektes Pendant für meinen Sohn denke, dann erscheinst du mir vor meinem geistigen Auge.

LAURE: Sie schmeicheln mir. Aber Ernesto und ich empfinden einander ebenso. Trotz der kurzen Zeit, die wir uns kennen, haben wir uns zusammengeschweißt wie zwei Stücke Metall in heißer Glut.

GRÄFIN VON ROVERE: Sehr schön. *Hält ihr die vorbereitete Kleidung hin* Nun, du musst dich entkleiden und dies hier anziehen.

LAURE: *gehorcht ihr*

GRÄFIN VON ROVERE: Es heißt, es wäre eine traditionelle Damenrobe der Roverefamilie. Vor Jahrhunderten wurde sie von Mutter zu Tochter und deren Tochter, Generationen um Generationen, weitergegeben. So hat sie sich als fester Bestandteil gefestigt – alle Frauen, die Teil der Roverefamilie sein wollen, müssen diese Tracht bei der Initiation tragen.

LAURE: *betrachtet sich in einem bodenlangen Wandspiegel* Es sieht aus als gehörte es zur Garderobe einer Hofdame des fünfzehnten Jahrhunderts.

GRÄFIN VON ROVERE: Ja, es sieht etwas altbacken aus, da gebe ich dir recht.

LAURE: Und besitzen die Männer ebenfalls eine traditionelle Tracht?

GRÄFIN VON ROVERE: *unterdrückt ein Lachen* O ja.

Laure setzt sich auf Anordnung der Gräfin auf einen Sessel.

GRÄFIN VON ROVERE: Ich muss deine Haare richten. Du wirst später eine Kopfbedeckung aufziehen, deshalb müssen deine Haare locker und offen sein. *Gibt Laure eine Notiz* Hier sind die Phrasen, die du sagen musst. Lerne sie auswendig.

LAURE: *liest sich die Notiz mehrmals durch* Verstanden.

Die Gräfin richtet Laures Haar.

GRÄFIN VON ROVERE: Gut, das sollte passen.

LAURE: Ich habe mir die Worte eingeprägt.

GRÄFIN VON ROVERE: Sehr gut. Dann wollen wir einen Namen für dich aussuchen.

LAURE: Ach ja, das hatte ich vergessen.

GRÄFIN VON ROVERE: *gibt ihr ein weiteres Papier* Dies ist eine Liste mit Namen, die du verwenden möchtest. Es wird sozusagen eine Namenstaufe.

LAURE: *liest sich das Papier durch* Die Hälfte der Namen weiß ich nicht mal auszusprechen.

GRÄFIN VON ROVERE: Welche denn?

LAURE: *zeigt auf die Namen*

GRÄFIN VON ROVERE: Guilietta? Arietta? Gut, Fantaghiro finde ich auch etwas seltsam.

LAURE: Galdina, Consilia, Maralda, Orsina. Das hört sich alles befremdlich für mich an.

GRÄFIN VON ROVERE: Acquanetta ist gut. Oder Selvaggia.

LAURE: Ich bin mir sehr unsicher.

Während die Gräfin grübelt, betritt Paullanna die Halle.

LANNA: Tella, die Madame und der Monsieur sind in der Kapellhalle. Ich habe ihnen gesagt, was sie zu tun haben.

GRÄFIN VON ROVERE: Sehr gut.

LANNA: Was macht ihr?

GRÄFIN VON ROVERE: Einen neuen Namen für Laure aussuchen.

LANNA: *tritt zu ihnen* Zeig mir einmal die Liste.

LAURE: *zeigt ihr die Liste*

LANNA: Suggerimenti finde ich gut.

GRÄFIN VON ROVERE: Das ist die Überschrift des Dokumentes.

LANNA: Achso, ich habe meine Lesebrille vergessen.

GRÄFIN VON ROVERE: Wie dem auch sei. Lass uns unsere Ritualroben anziehen, Lanna.

Die Gräfin und ihre Schwester ziehen die schwarzen, bodenlangen Roben mit Kapuzen an.

LAURE: Das wirkt unheimlich.

GRÄFIN VON ROVERE: Bei der Mafia soll nun einmal alles irgendwie unheimlich wirken.

LANNA: *sieht sich im Spiegel an* Ich sehe wie Urgroßtante Capucine aus, als sie noch Nonne war.

LAURE: Ich fürchte, ich bin mir bei der Wahl eines neuen Namens immer noch unsicher.

GRÄFIN VON ROVERE: *grübelt weiter*

LAURE: Soll ich jetzt so lange hier sitzen, bis ich etwas Passendes gefunden habe?

GRÄFIN VON ROVERE: Nein, das wäre nicht die Lösung. *Voll Elan* Doch die Lösung liegt vor unseren Augen. Kommt, Laure und Lanna, gehen wir zur Kapellhalle. Beginnen wir mit der Initiation.

LAURE: Und der Name? Ich habe noch keinen ausgesucht.

GRÄFIN VON ROVERE: Ich kenne einen Namen, der in jeder Hinsicht zu dir passen wird.

Fünfzehnte Szene: Das Initiationsritual

In der Kapellhalle – ähnlich einem Kirchenschiff barocken Baustils – sitzen Madame Celeste, Roro und Ernesto in der ersten Sitzreihe und starren auf den Steinsitz am Altar, um den Kerzen aufgestellt sind. Vor dem Steinstuhl steht eine Massivurne aus altem Gold und ungenauen Verzierungen.

MADAME CELESTE: An diesem Ort verspüre ich eine heilige Aura.

RORO: Ich will nicht wissen, was in dieser Urne ist.

ERNESTO: Sie werden es noch erfahren.

Es klopft an den Holztüren, die Anwesenden verstummen. Mit lautem Knarren öffnen sich die Türen und die Gräfin von Rovere und Paullanna in ihren schwarzen Roben betreten gefolgt von Laure in ihrer Ritualtracht die Kapellhalle. Sie laufen vor zum Altar, Laure setzt sich auf die Anweisung der Gräfin hin auf den Steinstuhl, Paullanna nimmt ein mit Weihrauch gefülltes Rauchfass und lässt es herumschwingen.

RORO: *flüsternd zu Celeste* Das ist doch lächerlich.

MADAME CELESTE: *ebenso flüsternd* Halte deinen Rand.

Die Gräfin führt nun das Ritual durch:

GRÄFIN VON ROVERE: Laure Evangeline Rombrasteux – dieser Name erklingt ein erstes und ein letztes Mal in den Hallen dieser Gruft. Ich setze dir, die du da nun sitzt auf dem Stuhl aus Steine, das Diadem auf dein Haupt – es ist die Krone unserer Familie. Dein Wissen möge auf ewig ihren Belangen dienen, wie auch sie deinen Belangen dienen möge. Möge deine Robe formen dein Leben und deinen Körper, wie sie die

Leben und Körper anderer vor dir geformt hat und formen wird, und möge sie selbst durch dein Leben und deinen Körper geformt werden. Ich übergebe dir nun den Ahnendolch, du wirst der Familie und der großen Sache, der sie dient, geben, was deinem Leben am wertvollsten ist. Erhalten wirst du, was dir zusteht.

LAURE: Ich nehme den Ahnendolch an mich. Die Urne, die vor mir steht, möge nehmen, was mir am wertvollsten ist. So schneide mich der Dolch, dass fließt mein Blut an seiner Klinge – und tropft hinunter in das Gefäß aus Gold, das die Familie eint.

GRÄFIN VON ROVERE: Der Mond ist neu, erwacht aus seinem Schlaf. Er steht still und wacht über die Nacht. Ein neuer Name hallt durch das Dunkel – er wird fortan deiner sein, die du dein Blut gegeben hast dem Gefäß aus Gold. Erhöre ihn.

ALLE: Erhöre ihn.

GRÄFIN VON ROVERE: Laura.

Sechzehnte Szene

Im Kabinett Don Nimos im Obergeschoss des Café Frutticello sitzen Don Nimo vor seinem Bureau, sein Consigliere daneben, Michelangelo Gennaro und Giacomo Matteotti vor ihnen.

DON NIMO: Ich gebe zu, Ihr Kommen ist sehr unerwartet, Signore Matteotti. Die Verhandlungen waren doch gescheitert.

MATTEOTTI: Nun, tatsächlich waren die Verhandlungen gescheitert. Allerdings habe ich das getan, was sie mir in Ihrer Notiz empfohlen hatten. Ich war im Palazzo Montecitorio und habe das Geheimtreffen zwischen Mussolini, dem König und anderen mithören können.

GENNARO: Welches Geheimtreffen?

DON NIMO: Später. *Zu Matteotti* Und nun wollten Sie mich ein weiteres Mal aufsuchen.

MATTEOTTI: So ist es. In der Tat ist das eine erschreckende Enthüllung gewesen. Ich leugne nicht, dass ich Ihnen nicht geglaubt hatte. Aber jetzt bin ich hier.

DON NIMO: Heißt das, Sie möchten mit mir arbeiten?

MATTEOTTI: Ich denke nicht, nein. Ich könnte es nicht – niemals. Aber ich frage mich trotzdem, was Sie von mir erwarten, was Sie von der Opposition erwarten. Was werden Sie gegen Mussolini unternehmen?

DON NIMO: Es brächte nichts, Ihnen davon zu erzählen.

MATTEOTTI: Sagen Sie es, bitte.

DON NIMO: Wieso? Würden Sie Ihre Meinung überdenken und dann doch mit mir zusammenarbeiten?

MATTEOTTI: *brummt unzufrieden* Nein. Allerdings habe ich nicht vor, tatenlos herumzusitzen und abzuwarten, bis die Faschisten unser Parteibüro erstürmen. Und Sie sollten ebenfalls nicht abwarten, Don Nimo. Mussolini hat seine Schergen auch nach Sizilien entsandt.

DON NIMO: Das ist mir alles bekannt. Und denken Sie nicht, ich würde meinen Feinden planlos entgegentreten.

MATTEOTTI: Das hatte ich auch nicht gedacht.

DON NIMO: Was ich von Ihnen erwarte? Vom Parlament? *Lehnt sich zu Matteotti vor* Ich erwarte, dass Sie Ihre Arbeit machen, Signore Matteotti, Ihre parlamentarische Arbeit. Sie wissen von dem Geheimtreffen, Sie haben die Pläne der Faschisten gehört. Gehen Sie damit an die Öffentlichkeit. Reden Sie vor dem Parlament und setzen die Feinde unter Druck.

MATTEOTTI: *hört ihm sehr ernst zu*

DON NIMO: Noch weiß unser Feind nicht, dass wir von seinen Vorhaben längst Kenntnis haben. Wir müssen ihre Bestrebungen noch vor jeder Durchführung zum Erliegen bringen.

MATTEOTTI: Ich verstehe. Doch ohne Beweise wird es mehr als nur schwierig sein, die Öffentlichkeit, geschweige denn das Parlament zu überzeugen – es ist nicht nur schwierig, es ist unmöglich. Man wird uns auslachen, die Faschisten würden uns vorwerfen, Märchen zu verbreiten, weil wir nichts besseres zu tun hätten, nichts besser erbringen könnten.

DON NIMO: Ja und nein. Wenn unsere Feinde erfahren, was wir wissen, werden sie sehr behutsam mit ihren Aktionen fortfahren. Sie werden denken, dass wir längst gewappnet sind und ein Ass im Ärmel haben.

MATTEOTTI: Haben wir denn ein Ass im Ärmel?

DON NIMO: Wir haben die Kraft der Demokratie, Signore Matteotti.

MATTEOTTI: Die Kraft der Demokratie? Meinen Sie, das brächte etwas gegen die Faschisten? Das sind Antidemokraten, mit denen wir es zu tun haben – und das ist noch sehr höflich formuliert.

DON NIMO: Glauben Sie mir, wenn Sie mit Ihren Informationen an die Öffentlichkeit gehen, werden sie zurückschrecken. Das versichere ich Ihnen.

MATTEOTTI: *unbeeindruckt* Nun, ich denke darüber nach. Doch jetzt ruft die Zeit. Entschuldigen Sie mich, Don Nimo, ich habe noch ein Treffen mit der Partei.

DON NIMO: Denken Sie gut nach, Signore Matteotti.

Matteotti ab.

DER CONSIGLIERE: Möglicherweise verläuft alles doch nach Plan A.

GENNARO: Plan A? Was hat denn ein sozialistischer Politiker mit uns zu tun? Von welchem Geheimtreffen war die Rede, Don Nimo?

DON NIMO: Ruhig, Michelangelo. Ich werde dir alles zum rechten Zeitpunkt erklären.

GENNARO: Sie verschweigen mir sehr viel.

DON NIMO: Brechen wir jetzt auf. Ich habe Quadri gesagt, er und Violanda sollen mich vor dem Marktplatz treffen. Wir werden dort auf eine Kontaktperson treffen, die uns wichtige Informationen mitzuteilen hat über die Aktivitäten des Montanariclans und der Regierungspartei.

GENNARO: Wie? Die Regierungspartei? Langsam bekomme ich ein mulmiges Gefühl, Don Nimo.

DON NIMO: Du weißt noch nicht einmal alle Einzelheiten.

Sie stehen auf und verlassen das Kabinett und das Café Frutticello. Vor dem Café steht ein Wagen, vor dem sie stehen bleiben.

DON NIMO: *an seinen Consigliere* Bleiben Sie hier und versenden ein Telegramm nach Santa Fortezza. Sagen Sie meiner Familie, dass ich morgen nach Hause kommen werde.

DER CONSIGLIERE: Natürlich. *Verschwindet wieder im Café Don Nimo und Michelangelo Gennaro steigen in den Wagen ein. Dieser fährt los.*

GENNARO: Wer ist diese Kontaktperson?

DON NIMO: Ein Spion, der für uns die Montanaris infiltriert.

GENNARO: Deshalb scheinen Sie so viel über unsere Feinde zu wissen.

DON NIMO: Das ist mindestens so wichtig wie-

Auf einmal rammt ein großer Wagen sie von der Seite und stößt sie gegen eine Mauer – ein heftig lauter Aufprall. Maskierte Gestalten mit Gewehren steigen aus, zerren den bewusstlosen Don Nimo und verwirrten Michelangelo Gennaro aus ihrem Wagen heraus und entführen sie.

Zweiter Akt

Weite Gefilde umgeben von Gold

Erste Szene – Santa Fortezza Delle Nubi, Syrakus im Juno 1924

Im großen Salon des Rovere-Palastes Santa Fortezza haben sich Antonio, der Großonkel Colonnello Salvatore Lo Volveratto, Robert Rombrasteux, genannt Roro, versammelt und nehmen ihr Frühstück ein. Cardinaldi und ein Diener halten alles unter Kontrolle.

RORO: Ich finde es immer noch furchtbar lächerlich. Der ganze Tumult um ihren Namen – und was ist das Ergebnis? Man hat das e in ihrem Namen mit einem a ausgetauscht. Jetzt klingt er italienisch? Das beweist einzig und allein, wie lächerlich dieses halb-katholische Weihrauchspektakel war.

ANTONIO: *wischt sich den Mund mit einer Serviette* Mit Verlaub, bitte beleidigen Sie uns nicht.

RORO: *wedelt mit der Hand ab* Ich möchte niemanden beleidigen. Ich sage, was ich von diesem Ritual halte. Und ich halte es für lächerlich.

GROßONKEL: Schon gut, Sie brauchen es nicht zu wiederholen, lieber Freund.

RORO: *stachelt wild in seinem Teller umher* Es ist mir ganz zuwider.

Ernesto betritt den Salon und begrüßt alle.

RORO: Ah, mein lieber künftiger Schwiegersohn. Wir haben uns eben über das gestrige Ritual unterhalten.

ERNESTO: *nimmt sich vom Buffet Essen* Wirklich? Ich finde ja, Mamma hätte sich keinen besseren Namen aussuchen können. Es ist praktisch kaum eine Veränderung.

RORO: *hebt die Brauen* Ach ja? Nun, wie du meinst. Wo du sie schon erwähnst, wo ist sie denn und die gesamte weibliche Streitmacht unserer beider Familien?

ERNESTO: Hat man es Ihnen nicht gesagt? Sie sind bei unserem Tuchhändler und sehen sich Brautkleider für Laure, ich meinte Laura, an.

RORO: Ach ja, ich vergaß, Celeste hatte es mir erzählt. Sie sind ja ganz früh aufgebrochen, nicht einmal gefrühstückt haben sie. Celeste sieht das gar nicht ähnlich.

ANTONIO: Die Besichtigung von Brautkleidern dauert für gewöhnlich immer sehr lange.

RORO: Kennen Sie sich aus?

ANTONIO: Nicht wirklich, aber ich habe viele Hochzeiten miterlebt.

ERNESTO: Es geht vor allem darum, etwas Einzigartiges zu finden. Schließlich wird es auch ein einzigartiges Ereignis sein, unsere Hochzeit.

RORO: Das glaube ich.

Cardinaldi mischt sich ein.

CARDINALDI: Verzeihen Sie, Don Ernesto, hier ist ein Brief an Sie gekommen. Er kam mit der Morgenpost.

ERNESTO: *nimmt den Brief entgegen* Danke, Cardinaldi. *Öffnet und liest ihn*

ANTONIO: Was steht darin?

ERNESTO: *zieht die Brauen zusammen*

RORO: Nun sagen Sie schon, sonst wird es noch spannend.

ERNESTO: Das ist gar nicht gut. Der Brief ist von Luigi, Luigi Palumbo. Er war mein Waffenbruder während des Krieges und wir sind sehr gut befreundet. Er schreibt, ein feindlicher Großclan habe sein Dorf und die gesamte Region ausgenommen und er und seine Familie mussten fliehen. Sie sind irgendwo im Westen Kalabriens und fragen, ob sie nach Santa Fortezza kommen dürften.

ANTONIO: Keine Frage, natürlich.

ERNESTO: Ja, ich werde Mamma bescheid geben, wenn sie wieder hier ist.

ANTONIO: Und dieser Großclan ist dann wohl die Picciotteria.

ERNESTO: Wahrscheinlich. Mit den Lorravis sind wir nicht im Streit.

GROSSONKEL: Aber auch nicht verbündet.

ANTONIO: Das stimmt auch.

ERNESTO: *grübelt* Die Picciotteria kann zu einem ernsthaften Problem werden. Sollte sie sich mit den Montanaris verbünden, wären wir von zwei Seiten umzingelt.

RORO: O je, Clanpolitik erscheint mir allein beim Zuhören schon kompliziert.

ERNESTO: Ich hoffe, Mamma kommt schnell voran. Sie muss hiervon erfahren. *An Cardinaldi* Gibt es irgendwelche Nachrichten von meinem Vater?

CARDINALDI: Wüsste ich etwas, hätte ich Sie umgehend davon unterrichtet, Don Ernesto.

ERNESTO: Natürlich. *Grübelt* Er scheint noch mehr Zeit in Rom zu benötigen.

ANTONIO: Lass uns fürs Erste das Frühstück beenden und danach sehen, was wir machen können.

RORO: Ein sehr guter Vorschlag.

Sie essen weiter.

RORO: Nun, Ernesto, was kommt denn nun als nächstes, jetzt wo wir diese Initiation endlich hinter uns haben.

ERNESTO: Die Hochzeit selbst. Aber vorher muss noch einiges vorbereitet werden. Einladungen müssen ans Dorf verschickt werden, das Schloss muss geschmückt werden, Speisen und Getränke beschafft werden.

RORO: Wir werden natürlich helfen, deshalb sind wir hier. Und je schneller umso besser, nicht?

ERNESTO: Keine Hektik. Wir haben ja Zeit.

ANTONIO: Und es soll alles perfekt werden oder nicht, Erno?

ERNESTO: So ist es.

RORO: *nickt unbeeindruckt*

ERNESTO: Ein Schritt wird zumindest schon erledigt. Das Hochzeitskleid.

RORO: Sollen wir schon einmal anfangen, das Schloss zu schmücken?

ERNESTO: Die Blumensträuße, die Mamma bestellt hat, sind noch nicht eingetroffen, aber die restliche Dekoration können wir schon anbringen.

RORO: *legt sein Besteck weg und steht auf* Worauf warten wir dann noch? Lasst uns beginnen.

Zweite Szene

In der Stadt Syrakus sind Contessa Donatella della Rovere, Celeste Rombrasteux, Paullanna Papa, die Großtante Imelda Lo Volveratto, Rosa di Moro und die neu initiierte Laura unterwegs auf einer Allee in Richtung eines Brautkleidergeschäfts mit dem Namen »Tutto Per La Sposa«.

MADAME CELESTE: *keuchend* Jesus Maria Walter. Du hättest sagen können, dass wir eine Alpenwanderung machen, Donatella. Meine Physis hält eine solch unerträglich lange Marschroute nicht aus.

GRÄFIN VON ROVERE: Aber wir sind doch eben aus dem Automobil gestiegen, das uns hierhergefahren hat.

MADAME CELESTE: Hätte man uns nicht gleich vor die Türen des Geschäfts fahren können?

GRÄFIN VON ROVERE: Nun, wenn wir vorgehabt hätten, das Dutzend Menschen, das hier läuft und steht, zu überfahren, dann ja.

LANNA: *entsetzt* Aber dann würden sie ja alle sterben.

GRÄFIN VON ROVERE: So etwas passiert nun mal, wenn man jemanden überfährt.

GROßTANTE: So und jetzt beruhigen wir uns. Galileo steht schon vor den Türen und erwartet uns.

Die Damen nähern sich dem Brautkleidergeschäft. Ein lauchschlanker, hochgewachsener, alter Brillenmann mit Totenblässe im Gesicht steht grinsend davor und öffnet die Türen.

GALILEO: *mit einladender Geste* Meine Augen erblinden bei dem Anblick dieses Schönheitsbataillons. Meine sehr verehrten Damen, treten Sie bitte ein. Wir haben Sie alle sehnlichst erwartet.

GRÄFIN VON ROVERE: Galileo, stets freundlich und mit einem Lächeln im Gesicht.

GALILEO: Zu Ihnen kann man nur freundlich sein, Contessa. *Mit den Augen suchend* Und wer ist denn unsere Braut?

GROßTANTE: *mit tiefem Lachen* Gewiss nicht ich.

GRÄFIN VON ROVERE: *zeigt auf Laura* Das ist unsere Braut, meine zukünftige Schwiegertochter.

GALILEO: *analysiert Lauras Statur* O welch himmlisches Wesen von natürlicher Grazie. Wir werden etwas Passendes für dich finden, meine Liebe, auf dass nicht nur der Bräutigam sich ein weiteres Mal in dich verliebt, sondern die gesamte Welt.

LAURA: Wie schön sich das anhört.

Die Damen betreten das Geschäft, Galileo folgt und führt sie zu den Kleidern.

GRÄFIN VON ROVERE: Du hast deine Kollektion mächtig erweitert, Galileo. Viele Kleider habe ich noch nicht gesehen.

GALILEO: In der Tat. Ich habe einige neue Schmuckstücke erworben, *zeigt auf ein paar bekleidete Schaufensterpuppen* diese hier sind aus Frankreich, im Lager habe ich noch ein paar sizilianische.

MADAME CELESTE: O ja, die sehen mir dort sehr französisch aus.

GRÄFIN VON ROVERE: Fangen wir an, Galileo, wir haben noch vieles vor uns heute und dürfen keine Zeit verlieren.

GALILEO: *nickt und gibt seinen Helfern ein Zeichen* Wenn die Braut mir nun folgen würde, wir gehen in den Umkleideraum. Ich bitte Sie, meine Damen, hier zu warten auf dem Diwan und den Sesseln. Die Braut wird dort auf dem Steg erscheinen, wenn wir sie bekleidet haben – dann dürfen Sie ein Urteil fällen.

Es wird getan, wie Galileo befiehlt. Laura, Galileo ab. Die Contessa, Madame Celeste, Lanna, Rosa und die Großtante sitzen auf den Sitzgelegenheiten.

ROSA: *voll Feuer und Begeisterung in den Augen* Es ist das erste Mal, dass ich auf Brautkleidersuche dabei bin. Ich kann es kaum erwarten, selbst einmal ein solches Kleid zu tragen.

GRÄFIN VON ROVERE: *kühl* Aber ich kann darauf warten.

LANNA: *bückt sich vor zu Rosa* Die Ehe ist eine wunderbare Erfindung der Menschheit – und mit Abstand die schönste.

GROßTANTE: Hör, Liebes, die Ehe ist ein langes Geschäft, damit meine ich, dass es lange dauert, bis man jemanden gefunden hat, den man wirklich lieben kann.

GRÄFIN VON ROVERE: Ich bin überrascht, dass du so romantisch bist, Imelda.

GROßTANTE: Doch doch.

ROSA: Wie alt warst du, als du geheiratet hast, Großtantchen?

GROßTANTE: *denkt nach* Keine Ahnung, ich habe es vergessen.

GRÄFIN VON ROVERE: Du warst 55, Tante Imelda.

GROßTANTE: Ah ja, kann sein.

ROSA: *rechnet im Kopf* Also bist du seit etwa 40 Jahren verheiratet. Das ist wirklich lange, das stimmt.

GROßTANTE: Was? 40 Jahre? Du willst doch nicht sagen, dass ich so alt bin?

GRÄFIN VON ROVERE: *flüstert zwinkernd zu Rosa* Sie weiß es, nur will sie es nicht wahrhaben.

Galileo erscheint auf dem Steg mit ausgebreiteten Armen.

GALILEO: Ladies and gentlemen… oder nur ladies! Sehet und staunet, die Braut, die Knospe, die Blüte, die zur Sonne blüht!

Laura erscheint auf dem Steg in einem breiten Hochzeitskleid, das ihr Volumen um ein Dreifaches zu erweitern bewirkt.

LANNA und ROSA: *klatschen in die Hände*

MADAME CELESTE: Was ist das denn?

GRÄFIN VON ROVERE: *verzieht ihr Gesicht*

GALILEO: Manteau und Rock aus schneeweiß und blau gemusterter Seide, hergestellt im Modehaus Chambery-Lyon. Es heißt: Nacht der langen Wogen.

Ein kurzer Moment der Stille und des Innehaltens.

GROßTANTE: Wohl eher Nacht der fetten Wogen.

GRÄFIN VON ROVERE: *schüttelt den Kopf* Nein, Galileo, Laura sieht in diesem Kleid umfangreicher aus, als sie es ist. Nächstes Kleid.

GALILEO: Nun gut, nächstes Kleid!

Galileo und Laura ab.

ROSA: Also ich fand es nicht schlecht.

LANNA: Ich auch nicht.

GRÄFIN VON ROVERE: Das wundert mich nicht.

MADAME CELESTE: Aber Gräfin, langsam fürchte ich, dieser Saftladen wäre nicht der richtige. Möglicherweise ist hier die gesamte Kollektion so geschmacklos.

GRÄFIN VON ROVERE: Ich denke nicht. Galileos Geschäft haben schon sein Großvater und der Großvater vor seinem Großvater geführt – und wir haben immer die richtige Garderobe gefunden. Ich bin mir sogar sicher, dass wir hier fündig werden.

MADAME CELESTE: *nickt*

ROSA: *steht auf* Mamma, ich werde mich hier mal umsehen, wenn es gestattet ist.

GRÄFIN VON ROVERE: Aber verliebe dich nicht in eines dieser Kleider – deine Zeit kommt noch, aber erst sehr viel später.

ROSA: Jaja. *Verschwindet im Lager*

Die restlichen Damen warten.

LANNA: Ist es nicht schön, wie die Jugend langsam ihr Leben aufzubauen beginnt? Und wie schön ist es doch, dem zuzusehen, findet ihr nicht?

GRÄFIN VON ROVERE: Das hast du sehr gut gesagt, Lanna.

GROßTANTE: *trocken* Wenn ihr mich fragt, habe ich schon genug zugesehen.

Trommelwirbel.

LANNA: *erschreckt* Gott, was ist das? Kommen die Deutschen wieder?

Galileo erscheint auf dem Steg.

GALILEO: Ich habe einen Beweis, dass es Engel gibt, meine Damen. Denn Gott hat uns diese Schönheit hier entsandt.

Laura erscheint auf dem Steg in einem trist-braunen, formlosen Kleid.

ROSA: *erscheint aus dem Lager* Das sieht ja furchtbar aus.

GRÄFIN VON ROVERE: Immerhin ist es besser als das vorige. Denke ich.

GALILEO: Feinste Arbeit der Couturiers von Montbéliard-

MADAME CELESTE: *fuchtelt mit den Händen* Du liebe Zeit, nein o nein. Galileo, das ist das geschmackloseste Stück Bettlacken, das meine Augen je erblickt haben. Bitte *wedelt ab* bitte weg damit.

GALILEO: *leicht betrübt* Nun, wenn es nicht passt, dann passt es nicht. Nächstes Kleid…

Galileo und Laura ab.

ROSA: Ich schließe mich Madame Celeste an, für Laura gibt es hier nichts Passendes. Vielleicht sollten wir doch jemand anderes aufsuchen.

GRÄFIN VON ROVERE: Nein. Wir bleiben. Und warten, bis das Passende kommt.

GROßTANTE: Die Gräfin hat gesprochen.

MADAME CELESTE: Wenn wir schon hierbleiben und höchstwahrscheinlich übernachten werden-

GRÄFIN VON ROVERE: So lange werden wir auch nicht brauchen, um ein Kleid zu finden.

MADAME CELESTE: Gibt es hier wenigstens etwas Alkoholisches, um meinen Hals vor dem Austrocknen zu bewahren? Ein Kaffee würde auch reichen.

GRÄFIN VON ROVERE: Rosa, geh doch bitte zu Galileo und bitte ihn darum, uns ein paar Erfrischungen zu bringen.

ROSA: Bin ich eine Dienstbotin?

GRÄFIN VON ROVERE: *schießt einen scharfen Blick auf ihre Tochter*

ROSA: Schon gut. *Steht auf und verschwindet ins Lager*

LANNA: Ich frage mich immer noch, woher dieses Trommelwirbeln kam.

GROßTANTE: Donatella, sag mal, hast du schon etwas von Neffe Geronimo gehört? Der ist schon ziemlich lange weg. Wo ist er nochmal?

GRÄFIN VON ROVERE: Geronimo ist in Rom. Er sollte diese Woche kommen, allerdings haben wir lange nichts mehr von ihm gehört.

GROßTANTE: Vetter Quadri ist auch bei ihm?

GRÄFIN VON ROVERE: Romina und er besitzen ja ein Sternerestaurant in Rom, also war es eine gute Gelegenheit mitzukommen. Celeste und ihre Familie haben sie alle kennengelernt, war es nicht so?

MADAME CELESTE: O ja, der Don ist ein respektabler Mann. Und die Gianos sind Künstler des Essens und der Speisen. Ich habe die kurze Zeit in Rom sehr genossen und könnte mir durchaus vorstellen, öfter dort zu rasten.

GROßTANTE: Wie schön.

GRÄFIN VON ROVERE: Wie dem auch sei. Wir müssen uns gedulden, bis unser Don Nimo zurückkehrt.

MADAME CELESTE: Er versprach, pünktlich zur Hochzeit zu erscheinen.

GRÄFIN VON ROVERE: Und das wird er auch, sonst wird er Ärger mit mir bekommen.

Rosa erscheint wieder.

ROSA: Ich habe Galileo über euren Wunsch informiert. Er wird sofort etwas holen.

MADAME CELESTE: Danke, Rosa, das war sehr freundlich.

GROßTANTE: Wer wird noch zur Hochzeit eingeladen? Ich hoffe doch nur anständige Leute.

GRÄFIN VON ROVERE: Ich hoffe doch nicht der Bürgermeister Ubaldo – er war schon zu unseren Hochzeiten eingeladen, da war ich noch ein Kleinkind.

LANNA: Der Bürgermeister? O er ist ein netter Mensch, wenn auch etwas alt.

GROßTANTE: Ubaldo lebt noch?

GRÄFIN VON ROVERE: Sein stündlicher Kirchengang und Pakt mit dem Allmächtigen haben ihm wohl eine Ewigkeit auf Erden beschert.

MADAME CELESTE: Eine Ewigkeit auf Erden? Wer würde so etwas wollen?

LANNA: Den Gedanken fände ich nicht schlecht.

GRÄFIN VON ROVERE: Du weißt nicht einmal, über welchen Gedanken wir sprechen, Lanna. Aber um deine Frage zu beantworten, Großtante, es kommen noch sehr viele. Von der

Familie, von Freunden und Bekannten, die gesamte Stadt, halb Sizilien und ein Kardinal aus dem Heiligen Stuhl.

GROßTANTE: Was will denn ein Kardinal auf Sizilien?

GRÄFIN VON ROVERE: Geronimo will auch die Augen und Ohren des Allmächtigen bei der Feier dabei haben.

GROßTANTE: *hebt die Brauen*

MADAME CELESTE: Das ist sehr vernünftig, Donatella, wirklich sehr vernünftig. Dein Gatte ist ein Mann des Glaubens – Roro und ich schätzen das sehr.

GRÄFIN VON ROVERE: Zumindest hat er seine Ideale.

GROßTANTE: *mit gehobenem Zeigefinger und Ruhe in der Stimme* Auch Ideale können Wirkkraft besitzen.

Galileo erscheint auf dem Steg, er begleitet eine hübsche junge Dame in einem eleganten, schneeweißen Kleid, die Statur grazil und ästhetisch.

GALILEO: *mit tiefer Stimme* Meine verehrten Damen. *Er führt die Braut hinaus* Das Kronenembrassé.

Alle Blicke auf Laura.

GALILEO: Gefertigt in den Seideschmieden der Salons Haute Couture in den Avenuen der parisischen Residenzstadt, fünfhundert Diamantscherben mit insgesamt 24 Karat umwickelt in den edelsten Stoffen ostorientalischer Herkunft, ursprünglich angefertigt und maßgeschneidert für ihre königliche Majestät, die Königin von Frankreich, Marie-Antoinette von Habsbourg-Lorraine. Es ist ein Relikt der alten Welt, ein Symbol der Herrschaft aller Heiligkeit, von Prunk und von Gold, ohne Ruhe darauf wartend, von einem

würdigen Corpus in Ehre und Integrität getragen zu werden.

Alle sind sprachlos begeistert von der schillernden Brillanz der
Braut in ihrem prachtvollen Kleid.

MADAME CELESTE: *gerührt voll Tränen* Meine Laura…

LANNA: Kronenembrassé, wie himmlisch das in den Ohren
klingt.

GRÄFIN VON ROVERE: s*teht lächelnd auf* Liebe Laura, wir
haben es gefunden.

Alle strahlen begeistert.

GROßTANTE: Marie-Antoinette, das war doch die, die man
guillotiniert hat, nicht?

GRÄFIN VON ROVERE: Ich danke dir, dass du uns mit
deiner geistreichen Bemerkung daran erinnert hast.

GROßTANTE: *zuckt mit den Schultern*

GALILEO: Und was sagen Sie nun, meine Damen?

MADAME CELESTE: Es ist wie aus einer Phantasiewelt,
Galileo. Das ist es, *hoch erfreut* das ist das Kleid, das meine
geliebte Tochter auf ihrer Hochzeit tragen wird!

GRÄFIN VON ROVERE: Es passt wie angegossen, Laura.

GALILEO: O ja, nur eine echte Schönheit kann ein solches
filigranes Meisterwerk tragen.

GROßTANTE: Kein Wunder hat man Marie-Antoinette nie
damit gesehen.

ROSA: Und die Braut! Wie fühlt sich die Braut damit? Laura,
sag schon!

Alle Blicke auf Laura.

LAURA: Es fühlt sich sehr sanft an, es ist wahrlich gemacht für eine Königin.

MADAME CELESTE: Und das bist du mein Schatz, du bist die Königin.

LAURA: *lächelt errötet*

GALILEO: O ja, ich fühle es, das Kleid und die Braut sind ineinander verschmolzen. Wir haben das richtige Kleid gefunden, Contessa.

GRÄFIN VON ROVERE: Lass uns zur Bezahlung kommen.

Die Gräfin von Rovere und Galileo verschwinden in Galileos Büro.

MADAME CELESTE: *kommt hoch zu Laura auf den Steg* O mein Schatz, ich bin ja so stolz auf dich, du weißt nicht wie sehr.

LAURA: Ich weiß es, Mamma, und deshalb freut es mich so sehr.

Die beiden umarmen sich.

LANNA: Es ist herzerwärmend, die Jugend in all ihrer Frische erblühen zu sehen. Dieser schönen jungen Dame kann man nur alles Glück der Welt wünschen.

ROSA: Ich stimme dir zu. Und ich selbst bin so glücklich, als würde ich selbst heiraten.

Die Gräfin erscheint wieder.

GRÄFIN VON ROVERE: Das kann auf sich warten lassen, Rosa.

ROSA: *rollt die Augen*

MADAME CELESTE: *kommt zur Contessa hinunter* Und, Donatella, wie viel hast du bezahlt? Ich möchte etwas beitragen.

GRÄFIN VON ROVERE: Es war nicht gerade billig, aber sieh es als Geschenk an, Celeste, als Geschenk von meiner Familie an die deine.

Die beiden umarmen sich. Galileo erscheint mit Dokumenten.

GALILEO: Ich werde das Kleid behutsam und so schnell wie möglich nach Santa Fortezza schicken lassen.

GRÄFIN VON ROVERE: Sehr gut. Wir wollen keine Hochzeit, an der die Braut ohne Kleid ist.

GALILEO: Gewiss. *Begleitet Laura zurück*

GROßTANTE: Dann gehen wir jetzt?

GRÄFIN VON ROVERE: Wir müssen noch zu Agata am Marktplatz, um sie daran zu erinnern, die Blumendekorationen pünktlich zu liefern.

MADAME CELESTE: Sag bloß wir gehen zu Fuß.

GRÄFIN VON ROVERE: *nickt*

Laura, umgezogen, und Galileo erscheinen. Er begleitet die Damen hinaus aus dem Geschäft.

MADAME CELESTE: Wir bedanken uns ganz herzlich, das Kleid ist wundervoll.

GRÄFIN VON ROVERE: So ist es, vielen Dank, Galileo.

GALILEO: *verneigt sich pietätsvoll*

ROSA: Seht, dort drüben sind Erno und Anno.

Dritte Szene

Vor dem Geschäft sind die Contessa, Madame Celeste, Lanna, Laura, Rosa und die Großtante. Ernesto und Antonio kommen ihnen entgegen.

MADAME CELESTE: Nanu, die Herren sind hier. Allen voran der Bräutigam.

ERNESTO: Guten Morgen zusammen. Anno und ich wollten zu euch kommen.

GRÄFIN VON ROVERE: Aber sicher nicht ohne Grund?

ERNESTO: Nein, tatsächlich nicht. Ich habe heute einen Brief von Luigi bekommen, meinem Waffenbruder aus Kalabrien. Er und seine Familie fliehen vor den feindlichen Clans und bitten uns um Asyl.

MADAME CELESTE: Du meine Güte – wie politisch sich das alles anhört.

ERNESTO: Mit Verlaub, Madame Celeste, das ist eine ernste Sache. *An seine Mutter* Wir dürfen nicht zulassen, dass ihnen etwas geschieht.

GRÄFIN VON ROVERE: Einverstanden. Wir werden sie in Santa Fortezza aufnehmen. Ich werde unsere Kameraden von der Casagrande informieren und sie um Geleitschutz bitten, sie sollen deinen Waffenbruder und seine Familie nach Catania eskortieren.

ERNESTO: Danke, ich weiß, das ist im Moment das einzige und richtige, das wir für sie tun können.

GROßTANTE: Kam Post von Neffe Geronimo?

GRÄFIN VON ROVERE: Das wollte ich gerade auch fragen.

ERNESTO: Nein, ich dachte, vielleicht hättet ihr etwas gehört.

GRÄFIN VON ROVERE: *schüttelt den Kopf*

Unglücklicherweise nein. Und was gibt es sonst?

ERNESTO: Eigentlich bin ich hier, um Laure – ich meinte Laura – zu entführen.

LANNA: Was? Aber du kannst doch deine Verlobte nicht entführen, Neffe Erno. Nicht vor der Hochzeitsnacht.

ERNESTO: Das meinte ich nicht. Ich wollte Laura die Felder der Region zeigen. *An Laura* Erinnerst du dich noch?

LAURA: *nickt schüchtern*

ANTONIO: Und ich bin hier, weil ich sonst nichts zu tun habe.

GROßTANTE: *schielt zu Antonio rüber* In der Armee würde man so jemanden einen Taugenichts nennen. *Lacht*

ROSA: Da spricht die Gattin des Colonnello.

GRÄFIN VON ROVERE: Wir sind soeben fertig geworden mit der Suche eines Kleids für deine Braut, mein Sohn. Du darfst Laura mitnehmen.

ERNESTO: *nimmt Laura an die Hand* Komm, ich fahre uns hoch auf die Ebenen.

Ernesto und Rosa gehen zu den Automobilen, die am Straßenrand parken.

GRÄFIN VON ROVERE: *zu Antonio* Und du darfst mit uns kommen und Tante Agata eine Rüge erteilen.

ANTONIO: Agata? Wieso, was hat sie getan?

LANNA: Die Blumendeko vergessen.

Während die Damen und Antonio die Gegend verlassen und sich zum Blumengeschäft von Agata begeben, steigen Ernesto und Laura in ein Cabriolet und fahren aus der Stadt. Das frische Licht der Morgensonne erhellt die strahlend lächelnden Gesichter der beiden Verliebten, die auf einer Landstraße einen Hügel befahren, während ihre Haare verweht dem Zug der Meereswinde folgen, die über das syrakische Relief ziehen.

LAURA: Es ist wunderschön – noch viel besser als in deinen Erzählungen.

ERNESTO: O ja, das ist es. Das ist meine Heimat, Laura, das ist Syrakus. Und jetzt wird es auch deine Heimat werden.

LAURA: Lass sie uns gemeinsam entdecken.

Sie fahren über den Hügel hinaus in eine Berglandschaft mit kurvigen Straßen.

LAURA: Auch wenn ich ein Stadtmensch bin, die Natur ist so lieblich ruhig und ihr Anblick in diesen Landen ist wohltuend. Dort in Paris gibt es kaum, nein, es gibt nicht einmal ansatzweise so etwas wie das hier.

ERNESTO: Zwar bin ich hier geboren, aber jedes Mal, wenn ich durch diese Landschaften fahre, bin ich immer wieder begeistert – also ja, ich verstehe dich sehr gut.

LAURA: Wohin genau fahren wir denn?

ERNESTO: Unsere Familien besitzen Plantagen mit Mais, Weizen und Zitronen. Ich möchte sie dir alle zeigen.

Nachdem sie die bergigen Landschaften durchfahren hatten, erreichen sie eine weite Ebene mit langgezogenen Anhöhen, Wäldern auf der rechten und Feldern mit Getreide auf der linken Seite, durchkreuzt durch die Straße, auf der sie fahren. Ernesto hält mit einer Hand das Lenkrad und legt seinen anderen Arm um Laura.

ERNESTO: Laura…

Winde rauschen an ihren Ohren vorbei.

LAURA: Ja, Ernesto?

ERNESTO: Diesen Augenblick hatte ich nur in meinen Träumen.

LAURA: Und diese sind nun Wirklichkeit.

ERNESTO: So ist es. Sie sind nun Wirklichkeit. Und ich werde alles dafür geben, dass es so bleibt.

LAURA: Ich glaube dir.

ERNESTO: Und es wird alles gut. Uns wird nichts und niemand jemals im Weg stehen.

LAURA: Dessen bin ich mir sicher.

ERNESTO: Nichts und niemand.

Sie fahren weiter, tiefer in die Ebenen hinein zu den Feldern.

Vierte Szene – Irgendwo in Rom

Don Nimo erwacht in vollkommener Dunkelheit im Auge.

DON NIMO: *stöhnt und ächzt*

Don Nimo versucht, sein Umfeld wahrzunehmen, doch er sieht und hört nichts. Er atmet tief ein, doch es scheint, als würde er erdrosselt, er ringt nach Luft, doch es gibt nichts, das er einatmen kann.

DON NIMO: *versucht aufzustehen und sich zu bewegen, scheint aber wie gelähmt zu sein* Wo bin ich hier... *er merkt, dass er gefesselt ist*

Nicht weit von hier ertönen leise Stimmen – ein Geflüster, das nur Gefahr bedeuten kann. Don Nimo erstarrt und lauscht. Es sind ihm unbekannte Stimmen, deren Gespräch er jedoch nicht erhören kann. Don Nimos Hände sind mit einem harten Seil gefesselt, das er wohl so schnell nicht lösen können wird. Seine Füße ebenfalls. Allerdings ist er nicht an den Holzstuhl gebunden, auf dem er sitzt.

DON NIMO: *nimmt all seine Kraft in die Beine und steht auf; erst taumelt er, fängt sich dann aber wieder*

Er erstarrt ein weiteres Mal, um auf seine Umgebung zu hören. Die Stimmen in der Nähe haben nicht aufgehört zu flüstern. Doch auf einmal regt sich etwas ganz nah bei ihm.

STIMME: Na sieh mal einer an, wer hier zu sich gekommen ist. Wohin wollen wir denn hin, Don Nimo?

Diese Stimme ist ganz nah. Jemand hat Don Nimo bemerkt.

STIMME: Wir machen es ganz einfach. Entweder du setzt dich wieder hin oder ich werde dich mit Gewalt auf den Boden befördern.

DON NIMO: *mit krächzender Stimme* Wer ist da? Zeig dich, ehrloser Hund.

Da ward Don Nimo in den Bauch gestoßen und er fällt zurück auf seinen Stuhl, der mit ihm zusammen nach hinten auf den Boden kippt.

DON NIMO: *stöhnt vor Schmerz*

STIMME: Wir wollen nicht unhöflich sein, geschätzter Capo. Meine Vorgesetzten wollen nur mit dir reden. Es gibt keinen Grund, Gewalt anzuwenden.

DON NIMO: Sagt derjenige, der Gewalt anwendet. *Schwingt sich auf die andere Seite und erhebt sich mit den Beinen vom Boden*

STIMME: Wie du willst.

Ehe Don Nimo fest auf zwei Beinen steht, erfasst ihn ein Tritt in den Rücken, wodurch er nach vorne taumelt und gegen eine Wand stößt.

STIMME: Ich kann das den ganzen Tag lang machen.

Schritte ertönen und mehrere Gestalten betreten den Raum.

DUMINIS STIMME: Aufhören. Wir wollen ihn erst verhören. Bindet ihn an den Stuhl fest.

Don Nimo sinkt nieder zu Boden und stöhnt. Die eingetretenen Gestalten versammeln sich um ihn, packen ihn und binden ihn an den Holzstuhl fest. Jemand zieht ihm den Sack vom Kopf weg. Don Nimos Augen sind kurz geblendet, ehe er seine Entführer erblickt.

AMERIGO DUMINI: Nun denn. Willkommen, Don Nimo, in der Gefangenschaft des Feindes.

Fünfte Szene – Syrakus

Ernesto und Laura promenieren in den Feldern der syrakischen Ländereien. Die Sonne ist erwacht über dem Horizont und leuchtet schillernd im Spiegel des Meers, das sich weitet in der Ferne zu schierer Unendlichkeit, so die Liebe sich öffnet zwischen zwei Seelen, die zu einer Blüte heranreifen und ewiglich zweisam gedeihen.

ERNESTO und LAURA: *laufen Hand in Hand zwischen den Feldern*

ERNESTO: *zeigend* Hier neben uns auf der nördlichen Seite sind die Ländereien der Rovere-Familie, auf der südlichen die der Moros. Der Pfad, auf dem wir gerade gehen, ist die Grenze.

LAURA: Die Grenze, die eigentlich nicht existiert.

ERNESTO: Genau. Durch die Fusion der Familie meiner Mutter und der Familie meines Vaters haben sich sozusagen auch die Territorien fusioniert. Allerdings hat jedes Gebiet seine Eigenheiten. Momentan befinden wir uns auf Ackerland, auf dem Weizen angebaut wird.

LAURA: *lässt ihre Hand durch die Ähren gleiten* Der Wind weht über die Felder und lässt sie aussehen wie ein Meer mit Wellen aus Gold.

ERNESTO: Das sind sie auch, Felder voll Gold. Und das alles wird bald uns gehören. Die Ländereien, die Herrenhäuser, die Menschen, die hier leben. Wir werden wie die Götter sein, die ihre eigene kleine Welt nach ihren Vorstellungen und Wünschen formen können.

LAURA: Wir werden wie die Götter sein?

ERNESTO: Naja, nicht wirklich. Aber so in etwa.

LAURA: Wenngleich ich von gutem Hause stamme, in dem es nie an nichts fehlte, gebe ich gerne zu, dass mir nichts an materiellen Gütern liegt. Reichtum hat für mich eine andere Gestalt.

ERNESTO: Für mich auch, Laura, für mich auch. Aber uns werden nie irgendwelche Grenzen gesetzt werden, auch nicht für unsere Kinder, die alle davon profitieren werden.

LAURA: Mein Herr denkt schon an den Nachwuchs.

ERNESTO: Der Herr denkt an alles. Und der Herr kann nicht aufhören, über all das nachzudenken.

LAURA: Wieso nicht?

ERNESTO: Weil es unbeschreiblich schön ist, solche Vorstellungen zu haben, daran zu denken. Vielleicht hört es sich naiv an, aber alles, die ganze Sache hier zwischen uns, ist für mich alles andere als selbstverständlich. Ich fühle mich, als wäre ich in einem Rauschzustand oder als würde ich träumen.

LAURA: Dann würde ich vorschlagen, einfach nicht aufzuwachen aus deinem Traum.

Beide lachen. Sie schreiten den Pfad voran zu einer Hügelkette, die dahinterliegenden Felder sind die Zitronenplantagen.

LAURA: b*lickt staunend über die Plantagen* Das sieht himmlisch aus. Wie ein kleiner Urwald mit Bäumen und Büschen, an denen goldene Äpfel wachsen.

ERNESTO: Goldene Äpfel. Purpurne Zitronen.

LAURA: Darf ich eine Zitrone probieren?

ERNESTO: Keine Frage, das alles wird schließlich auch dir gehören.

Sie nähern sich einem Zitronengebüsch. Laura sucht sich eine Zitrone heraus.

ERNESTO: Wir haben die besten Zitronen ganz Italiens, nein im ganzen Mittelmeerraum, nein der ganzen Welt.

LAURA: *beißt in eine Zitrone hinein* Würdest du das beschwören?

ERNESTO: *selbstsicher* Ich beschwöre es.

LAURA: *beißt ein weiteres Mal hinein*

ERNESTO: Gib mal her, ich möchte auch probieren.

LAURA: *hält die Zitrone weg* Du solltest erst deinen Gast degustieren lassen – du solltest noch etwas am Gastgeber Ernesto di Moro arbeiten.

ERNESTO: Du hast doch schon probiert, also gib her.

Auf einmal kommt ein Ruf von der Ferne. Ernesto und Laura erstarren und horchen.

LANDWIRT GESUALDO: *aus der Ferne* He ho!

Ernesto und Laura schauen sich um und bemerken den alten Plantagenbauer Gesualdo, der mit Hündchen Venilia einen Kontrollspaziergang durch die Plantagen macht.

ERNESTO: *zu Laura* Das ist Gesualdo, er kontrolliert und pflegt die Zitronen. *Zu Gesualdo rufend* He Gesualdo, come stai?

LANDWIRT GESUALDO: *kommt ihnen entgegen* Aye, Venilia ha mangiato l'erba. *Seufzt* Come sempre. Ma cosa ci fai qui, Don Ernesto? E chi è la bella ragazza?

ERNESTO: Questa è la mia fidanzata. Dieses hübsche Mädchen ist meine Verlobte. Ich zeige ihr gerade unsere Ländereien.

LANDWIRT GESUALDO: *nickt* Ahh, l'amore. Così giovane e fresco. *Lacht kratzig.* Und wie heißt die Verlobte?

LAURA: Ich heiße Laura. Es ist schön, Ihre Bekanntschaft zu machen, Don Gesualdo.

LANDWIRT GESUALDO: *grinst* Don Gesualdo? Venilia non mi chiamerebbe così nemmeno se potesse parlare. Nenn mich Gesualdo, liebes Kind. Bauer Gesualdo.

LAURA: *nickt*

ERNESTO: Wir probieren gerade die Zitronen.

LANDWIRT GESUALDO: Und?

LAURA: Köstlich. Leicht süßlich, aber immer noch bitter. So wie es sich für echte Zitronen gebührt.

LANDWIRT GESUALDO: *zieht seinen Hut ab* Grazie, cara Laura. *Zu seinem Hündchen* Komm, wir bedanken uns bei Donna Laura.

HÜNDCHEN VENILIA: Wuff.

LAURA: *zu Ernesto* Bin ich denn eine Donna?

ERNESTO: Du bist meine Donna.

LANDWIRT GESUALDO: Und meine Donna wird mich mit dem Traktor überfahren, wenn Venilia und ich nicht pünktlich zum Essen kommen. Ciao, Donna Laura. Ciao, Don Ernesto.

ERNESTO und LAURA: *winkend* Ciao

HÜNDCHEN VENILIA: *Abschiedswuff* Wuff.

Landwirt Gesualdo und Hündchen Venilia ziehen weiter.

LAURA: Es hat einen besonderen Klang, Donna Laura, findest du nicht? Donna Laura. *Etwas lauter* Donna Laura.

ERNESTO: Warts ab, bis wir von Mamma den Titel des Conte und der Contessa della Rovere erben.

LAURA: Conte und Contessa? Das hat noch mehr Klang. Aber müsste deine Mutter nicht versterben, damit wir den Titel erben.

ERNESTO: Ja oder sie gibt ihn einfach weiter.

LAURA: Einfach weiter?

ERNESTO: So ist es.

LAURA: Ihr Sizilianer habt seltsame Regeln, was Adelstitel betrifft.

ERNESTO: Nein, nicht die Sizilianer, nur wir. Eigenartige Regeln sind eine Eigenheit der Roveres und di Moros.

LAURA: *lacht*

ERNESTO: Ja, wenn ich so darüber nachdenke, sind wir durchaus ein eigenartiger Haufen.

LAURA: *feierlich* Und ich bin jetzt auch ein Teil dieses Haufens.

Sechste Szene

Die Sonne steht bald im Zenit, die Verliebten schlendern durch die weiten Felder umgeben von Gold. Nach einer Weile kommen sie an der Steilküste an.

ERNESTO: Hier endet unser Territorium. Am Rande Siziliens vor dem Mittelmeer.

LAURA: Von hier aus sieht es so aus, als wäre Sizilien eine einsame Insel in einer weiten, leeren Welt voller Meere, Seen und Ozeane.

ERNESTO: Tatsächlich. Manchmal vergisst man hier schnell, dass es dort draußen hinter dem Meer noch eine Welt gibt. *Schaut hoch in den Himmel* Und wir haben die Zeit vergessen. Es ist schon Mittag.

LAURA: In der Tat. Wir sollten das Mittagessen nicht versäumen.

ERNESTO: Dann lass uns zurückkehren nach Santa Fortezza.

Sie kehren über die Felder und Plantagen zum Cabriolet zurück, mit dem sie hergefahren sind, und begeben sich auf den Rückweg.

ERNESTO: Ich hoffe, dir hat diese kleine Rundreise durch unsere Ländereien gefallen.

LAURA: Das hat es, ja, das hat es wirklich sehr. All dies tatsächlich zu erblicken, wovon du mir erzählt hattest, war wahrlich schön.

ERNESTO: Das freut mich.

Sie fahren über dieselbe Route zurück nach Santa Fortezza Delle Nubi. Dort angekommen, fährt Ernesto den Wagen über eine Seitenstraße zu den Ställen, wo mehrere Automobile parken.

LAURA: Sind das alles eure Fahrzeuge?

ERNESTO: Ja, aber sie gehören mehr zu dem Schloss als zu uns, wenn du verstehst, was ich meine.

Sie stellen das Cabriolet ab und verlassen die Ställe. Über einen Trampelpfad gelangen sie zum Seiteneingang von Santa Fortezza, wo Cardinaldi sie bereits erwartet, als hätte er gewusst, wo und wann die beiden kommen würden.

CARDINALDI: *begrüßend* Donna Laura, Don Ernesto.

ERNESTO: Wir grüßen Sie, Cardinaldi. Könnten Sie den anderen Bescheid geben, dass wir gekommen sind?

CARDINALDI: Mit Vergnügen. Ich soll Ihnen von sua eccellenza, der Contessa della Rovere, ausrichten, dass sie Sie unverzüglich sehen möchte. Es geht um Ihren Vater.

Ernesto erfriert kurz.

ERNESTO: Was ist los…

Die drei betreten Santa Fortezza. Cardinaldi führt Ernesto und Laura zum Arbeitszimmer der Contessa della Rovere, wo diese, Paullanna und Rosa sich befinden.

CARDINALDI: Vostra eccellenza, hier sind Donna Laura und Don Ernesto.

ERNESTO: *tritt hektisch ein* Mamma, was ist passiert? Wo ist Papa? Was hast du erfahren? Sag schon!

ROSA: Beruhige dich, Erno. Es nicht das, was du denkst.

ERNESTO: Und was ist es?

GRÄFIN VON ROVERE: *mit zittriger Stimme* Vor einer halben Stunde hat sich Quadri Giano per Telegramm gemeldet. Geronimo wurde entführt.

ERNESTO: *ihm stockt der Atem*

GRÄFIN VON ROVERE: Quadri nannte keine weiteren Details, nur dass es sich höchstwahrscheinlich um Faschisten handelt, die gemeinsame Sache mit Clan Montanari machen. Michelangelo Gennaro haben sie ebenso entführt.

ERNESTO: Zum Teufel mit Gennaro. Wir müssen Papa da rausholen und diesen Drecksschweinen Metall ins Fleisch schießen.

GRÄFIN VON ROVERE: Beruhige dich, Ernesto. Quadri und seine Leute werden ihn befreien – es versprach es.

ERNESTO: Wir können doch nicht einfach nur rumsitzen und abwarten, bis Quadri ihn befreit oder nicht. Wir wissen nicht, ob er überhaupt lebt.

GRÄFIN VON ROVERE: *noch zittriger* Das stimmt. Aber es schadet nicht, darauf zu hoffen.

ROSA: Erno, wir wissen nicht einmal, wo Papa sich befindet. Und selbst wenn, bräuchten wir eine halbe Ewigkeit, um nach Rom zu kommen.

GRÄFIN VON ROVERE: Deine Schwester hat recht.

ERNESTO: Also warten wir?

GRÄFIN VON ROVERE: *nickt*

ERNESTO: *wütend und bebend* Ich werde beten, dass ihr recht habt und sich das Warten und Nichtstun lohnen wird.

Ernesto verschwindet verärgert und besorgt, Laura geht ihm nach.

LANNA: Ernestolein wird sich bestimmt wieder fangen.

GRÄFIN VON ROVERE: Das hoffe ich, denn ich werde es nicht können. *Seufzt*

Siebenten Szene – Irgendwo in Rom

Der stark versehrte Don Nimo sitzt gefesselt auf einem Holzstuhl und wird von Tommaso Montanari und ein paar Schlägern verhört.

TOMMASO MONTANARI: Komm schon, Don Nimo, sag, was du weißt und wir ersparen dir die Schmerzen mit einem kurzen, schnellen Tod.

DON NIMO: *spuckt Blut auf Tommasos Schuhe* Ich wähle Option B.

TOMMASO MONTANARI: Die gibt es leider nicht. *Schlägt ihm mit nackter Faust ins Gesicht* Ich habe noch viel vor mit dir, also darfst du dich ruhig entspannen und zurücklehnen. *Hebt sein Bein und setzt seinen Fuß auf Don Nimos Brust* Mal sehen, wie widerstandsfähig ihr Moros seid. *Er tritt ein und bringt Don Nimo auf den Boden, die Rückenlehne des Stuhls zerbricht*

DON NIMO: *ächzt und hustet* Wie wäre es, wenn du mir die Fesseln abnimmst? Dann kann ich dir zeigen, wie widerstandsfähig die Moros sind.

TOMMASO MONTANARI: *zu einem seiner Schläger* Holt mir eine Heckenschere. *Zu Don Nimo* Ich habe andere Wege, um das zu testen.

Der andere Schläger zieht Don Nimo einen Schuh aus.

TOMMASO MONTANARI: Ich frage dich noch einmal, Don Nimo, du und Gennaro, ihr wolltet einen Spion aufsuchen, einen Verräter in den Reihen meines Clans. Wer ist der Spion und welche Informationen wollte er euch mitteilen? *Tritt nah an Don Nimo heran* Was weißt du über unsere Vorhaben?

134

DON NIMO: Es gibt keinen Spion. Es gibt keine Informationen. Und selbst wenn ich etwas wüsste, würde ich es nicht preisgeben.

TOMMASO MONTANARI: Falsche Antwort.

Tommaso nimmt eine Heckenschere entgegen. Die beiden Schläger halten Don Nimos Bein fest. Tommaso setzt die Schere an Don Nimos Zehen an.

TOMMASO MONTANARI: Schnapp, schnapp, schnapp, die Schere macht klapp! *Schneidet Don Nimo mehrere Zehen ab.*

DON NIMO: *schreit auf*

TOMMASO MONTANARI: O wie ich es genieße. *Hält die Schere vor seinen Mund und leckt das Blut ab* Du weißt nicht, wie sehr ich es genieße, den großen Don Nimo so bemitleidenswert und schwach zu sehen. *Lacht sardonisch*

DON NIMO: *fängt sich wieder* Ihr Montanaris seid doch alle vom selben Schlag: krank, sadistisch und mit reservierten Plätzen in der Hölle.

TOMMASO MONTANARI: Wir leben bereits in der Hölle, Don Nimo. Nur sind viele nicht in der Lage, das einzusehen.

Amerigo Dumini tritt ein.

AMERIGO DUMINI: Tommaso, der andere Mafioso sagt nichts. Er scheint tatsächlich so dumm zu sein, wie er aussieht.

TOMMASO MONTANARI: Dann hol diesen verdammten Politiker her, wenn er nicht schon verreckt ist. Er weiß bestimmt mehr.

Dumini ab.

TOMMASO MONTANARI: *zu Don Nimo* O ja, wir wissen von deinen heimlichen Rendez-vous mit dem sozialistischen Politiker. Und stell dir vor, er ist hier, hier bei uns! Mein Freund Amerigo von den Faschisten hat ihn auf der Straße aufgegabelt, gleich nachdem er dein Versteck verlassen hatte.

DON NIMO: *spuckt Blut* Er wird euch nichts sagen, weil er nichts weiß.

TOMMASO MONTANARI: *wicht das Blut an der Schere mit einem Tuch ab und legt sie weg* Hat sich gewehrt, der gute Matteotti. Ist kräftiger, als er aussieht. *Hebt seinen Zeigefinger* Aber wir haben ihn trotzdem gefangen. Und ich schwöre dir, niemand von euch wird lebendig aus diesem Häuschen herauskommen – *lachend* niemand!

DON NIMO: Lass Matteotti und Gennaro in Frieden. Sie wissen nichts. Eure Folter ist nur Zeitverschwendung.

TOMMASO MONTANARI: *presst ihm wutkochend seinen Fuß ins Gesicht* Dann schlage ich vor, du verschwendest unsere Zeit nicht und sprichst. Jetzt.

DON NIMO: *hustet und ächzt*

TOMMASO MONTANARI: *lässt von ihm ab und setzt sich auf einen Stuhl vor ihm* Einverstanden. *Lächelnd* Gut. Dann verschwenden wir eben Zeit. Ganz wie du willst. *Schüttelt ablehnend den Kopf und lacht danach* Du bist alles andere als ein Ehrenmann, Don Nimo. Es ist sogar frevelhaft, das Wort Ehre in deiner Anwesenheit auszusprechen. *Spuckt auf Don Nimo* Gut, dass die Welt dich nicht mehr sehen wird.

Amerigo Dumini und zwei Schläger, die den tödlich versehrten Giacomo Matteotti tragen, treten ein. Sie werfen Matteotti neben Don Nimo auf den Boden.

MATTEOTTI: *spuckt Blut und stöhnt*

DON NIMO: Matteotti, hören Sie mich? Matteotti?

MATTEOTTI: Verdammt, Don Nimo, in was haben Sie mich da verwickelt?

AMERIGO DUMINI: Schweigt. Ihr sollt nur das sagen, was wir von euch wissen wollen.

Tommaso Montanari steht von seinem Stuhl auf und flüstert Dumini etwas ins Ohr.

AMERIGO DUMINI: Nein, eigentlich nicht.

TOMMASO MONTANARI: *formt seine Hand in eine Kralle und hebt sie vor Duminis Gesicht* Ich will es aber so und so wird es auch sein, verstanden Amerigo? Geh jetzt, ich brauche dich nicht mehr.

AMERIGO DUMINI: Mori erwartet Ergebnisse, Tommaso, gute Ergebnisse.

TOMMASO MONTANARI: Und die wird Mori bekommen.

Dumini ab.

TOMMASO MONTANARI: *lacht hässlich* Manchmal muss man dem Fußvolk Befehle erklären. Das ist lästig, findet ihr nicht auch? Sehr lästig.

DON NIMO: Ich wiederhole noch einmal, lasst Matteotti und Gennaro laufen. Sie haben nichts damit zu tun.

MATTEOTTI: *hustet* Lassen Sie es, Don Nimo, das hier wird unser beider Ende sein, ob Sie es nun wollen oder nicht.

TOMMASO MONTANARI: *überrascht* Oh, oh, mir scheint, ich höre da jemanden, der sein Schicksal akzeptiert.

MATTEOTTI: Ich akzeptiere, dass ich einen Fehler begangen habe und ich seine Konsequenz mit dem Tod bezahlen muss.

DON NIMO: Ich nicht. Kein Montanari-Wahnsinniger bestimmt meinen Todestag.

TOMMASO MONTANARI: Doch, ich. Und dieser Tag ist heute. *Lacht* Heute!

DON NIMO: Niemals.

TOMMASO MONTANARI: *nimmt ein Rapier hervor* Lösen wir die Sache wie Edelmänner. Wer soll zuerst durchlöchert werden? *Hält das Rapier gegen Matteottis Hals* Sprich, Politmann. Was weißt du über den ehrenvollen Capo neben dir?

MATTEOTTI: *sieht hinüber zu Don Nimo* Ich weiß nicht mehr als Sie, Sie ehrloser Hund.

TOMMASO MONTANARI: *drückt das Rapier fester gegen Matteottis Hals, sodass dieser zu bluten beginnt* Ich wiederhole mich ungerne. Und ungerne höre ich Antworten, die ich ungerne höre. *Lacht* Hat das gerade Sinn ergeben, was ich gesagt habe? Egal.

MATTEOTTI: Don Nimo ist der Anführer seines Familienclans. Das wissen Sie. Und er ist mit Ihnen verfeindet. Das wissen Sie auch. Was soll ich Ihnen sonst noch erzählen?

TOMMASO MONTANARI: Sehr diplomatisch, Matteotti, wirklich. *Geht auf die Knie und bückt sich über Matteotti* Jedoch, ich verstehe nicht ganz, wieso Sie ihn decken, Herr

Abgeordneter. Was bringt es Ihnen, im Angesicht des Todes einen Mann zu decken, der Sie im Ernstfall hinterrücks erstechen würde?

DON NIMO: Lass das, Tommaso. Er hat mit dieser Sache überhaupt nichts zu tun.

TOMMASO MONTANARI: *wirft mit Degout seinen Blick auf Don Nimo* O wie ich dich hasse. *Steht auf, geht zu einem Schleifstein und beginnt, das Rapier zu schärfen* Kannst du nicht einmal deine Schnauze halten, Don Nimo? Nur einmal.

MATTEOTTI: Hören Sie, machen wir einen Deal. Sie lassen mich gehen und ich werde im Gegenzug Sie und Ihren unkonventionellen Clan vor dem Parlament nicht erwähnen. Ich kann sogar versuchen, Straffreiheit für Sie zu erlangen. Ich brauche nur Ihren Namen, ein paar Dokumente-

TOMMASO MONTANARI: *laut und erzürnt* Halt. Du maßt dir einen Ton an, der mir nicht gefällt, Matteotti. Du überschätzt deine momentane Position. *Sieht sich das Rapier an und geht auf Matteotti zu* Und du unterschätzt mich und meinen Clan.

DON NIMO: Tommaso, tu ihm nichts an! Tommaso!

TOMMASO MONTANARI: Aber wieso denn? *Lacht* Der Herr Abgeordnete hat doch schon ein paar Dolchstöße von Amerigo und seinen Schlägern bekommen. Ich werde ihn gewiss nicht niederstrecken mit diesem tollen Schwert, das ich besitze. Nein. *Hält das Rapier gegen Matteottis Wunden zwischen Brust und Achselhöhle* Ich werde die Wunden nur etwas vergrößern, damit es schmerzvoller ist. *Rammt das Rapier in die Wunden*

MATTEOTTI: *schreit auf, während der Boden unter und neben ihm sich in Blut tränkt*

DON NIMO: *versucht, sich von seinen Fesseln zu lösen* Matteotti! Halten Sie durch, Matteotti!

TOMMASO MONTANARI: *lacht höhnisch und reibt mit dem Rapier in den Wunden herum*

MATTEOTTI: *verliert sein Bewusstsein*

DON NIMO: Matteotti?

TOMMASO MONTANARI: *wirkt auf einmal betrübt und niedergeschlagen* Jetzt hat er sich abgeschaltet. *Hebt das Rapier aus Matteottis Wunden* Ich hätte liebend gern zugesehen, wie er sich in seinen Schmerzen wuselt. Nun denn.

DON NIMO: *hält kurz inne und fängt danach an zu lachen*

TOMMASO MONTANARI: *tatsächlich überrascht* Was ist?

DON NIMO: Das erinnert mich gerade an eure Tante, Salvatrice Montanari. Du und deine Geschwister, ihr seid alle verrückt so wie sie. Vielleicht ist sie ja eure Mutter, Wahnsinn ist nun mal erblich.

TOMMASO MONTANARI: *läuft rot an und beißt sich auf die Lippe* Was hat er gesagt? *Bückt sich hinunter zu Don Nimo und packt ihn am Hals* Ich werde ihm seinen Atem nehmen, bevor er noch mehr scheußliche Worte ausruft.

MATTEOTTI: *ist wieder bei Bewusstsein* Hei, Montanari.

TOMMASO MONTANARI: Ja?!

MATTEOTTI: Komm, komm näher zu mir. *Hustet blutig*

TOMMASO MONTANARI: *kommt näher* Was ist, Matteotti?

MATTEOTTI: Mein Geist verlässt nun allmählich meinen jämmerlich verwundeten Corpus. *Spukt Blut.* Ich… würde daher meine letzten Worte aussprechen wollen…

TOMMASO MONTANARI: *grinst* Die letzten Worte des Giacomo Matteotti. Nur zu, wir sind ganz Ohr.

MATTEOTTI: s*ieht zu Don Nimo* Ich hoffe, dass Ihre Unternehmung gelingt, Don Nimo. *Hustet stark und spukt Blut*

DON NIMO: Halten Sie durch, Matteotti. Nur noch ein wenig.

MATTEOTTI: Ich habe genug durchgehalten. Für mich ist es… Zeit zu gehen. Ich werde nicht mehr leben. Aber… *er hebt die Brauen* zwei Dinge werden leben, werden weiterleben.

Alle hängen gebannt an Matteottis letzten Worten.

MATTEOTTI: *schmunzelnd* L'amore e la democrazia.

Der 10. Juni 1924, der Abgeordnete Giacomo Matteotti wird abberufen. Möge er friedvoll seine letzte Reise antreten.

Achte Szene – Santa Fortezza Delle Nubi, Syrakus

Madame Celeste und Roro befinden sich in ihrem Gemach.

MADAME CELESTE: Ich kann nicht glauben, wie feige mein Ehemann ist. Don Nimo schlägt sich durch die Clans und wird entführt – und Robert Jean Rombrasteux hat seine Eier verloren, weil er gehört hat, dass ein Bandenkrieg ausbricht.

RORO: *wirft seine Krawatte aufs Bett* Verdammt, Weib! Verzeih mir, dass ich nicht so bin wie der ehrenwerte Don Geronimo, der Held der Stunde und fünf Sterne Patriot. Aber ich, im Gegensatz zu dir, habe nicht vor, uns und unsere Tochter Gefahren wie – eben – einem Bandenkrieg auszusetzen. Das ist Selbstmord, Celeste, wenn wir noch länger in diesem Santa was auch immer bleiben. Selbstmord.

MADAME CELESTE: *kehrt zum Fenster* Dann geh, Roro. Und nimm deine Unmanieren und deine Feigheit gleich mit. Laura, den Roveres und mir würdest du damit einen Gefallen tun.

RORO: *knickt ein* Nun warte doch, lass uns nicht gleich so ultimativ werden.

MADAME CELESTE: *zuckt mit den Schultern*

RORO: Ich bleibe. Natürlich bleibe ich. Aber ich bitte dich, ich bitte dich, noch einmal darüber nachzudenken, sollte die Situation eskalieren.

MADAME CELESTE: Hier in Santa Fortezza Delle Nubi, bei der Familie, die nun die Familie deiner Tochter und damit auch die unsere ist, hier sind wir sicher. Und wage es nicht, überhaupt daran zu denken, von irgendwo zu fliehen. Wir bleiben. Punkt.

RORO: Einverstanden, ich bin damit einverstanden.

MADAME CELESTE: Nein, anstatt dich hier zu verkriechen, solltest du lieber nach Rom fahren und Don Nimo retten. Das wäre heldenhaft, das ist das Verhalten, für das ich dich damals geheiratet habe.

RORO: Es tut mir leid, dich enttäuscht zu haben. Aber die Zeiten ändern sich und wir ändern uns mit. Denkst du, ich hätte dich damals geheiratet, wenn ich wüsste, wie du jetzt bist?

MADAME CELESTE: *dreht sich schockiert um* Das nimmst du zurück. Sofort.

RORO: Nun gut, das war zu viel. Entschuldige.

MADAME CELESTE: Deine ständigen Entschuldigungen. Die darfst du dir schenken.

RORO: Celeste, lass uns jetzt zur Besinnung kommen.

MADAME CELESTE: Besinnung? *winkt ab* Ich will davon nichts mehr hören. Bitte. Die Hochzeit unserer Tochter steht an. Lass sie uns nicht verderben.

RORO: Einverstanden.

MADAME CELESTE: Gut, denn ich glaube nicht, dass ich noch ein weiteres Wort aus deinem Mund ertragen könnte.

RORO: Dann sollte ich wohl lieber schweigen.

MADAME CELESTE: *leicht tränend, aber immer noch würdevoll* O ja, das solltest du.

Neunte Szene

In einer Bibliothek von Santa Fortezza befinden sich Ernesto und Laura. Cardinaldi hat Erfrischungen gebracht.

ERNESTO: *geht beunruhigt im Kreis umher* Danke, Cardinaldi. *Cardinaldi verbeugt sich und geht.*

LAURA: Ernesto, bitte mache dir keine Sorgen um deinen Vater. Ich bin mir sicher, dass am Ende alles gut wird.

ERNESTO: Ich verstehe es ja sehr gut und ich danke dir, dass du mir das sagst, aber es erschüttert mich zu wissen, dass Papa irgendwo gefangen ist und sehr wahrscheinlich gefoltert wird, tödlich gefoltert wird, und ich hier bin in diesem Schloss auf einer Insel und nichts dagegen tun kann.

LAURA: *kommt zu Ernesto, bringt ihn zum Stehen und streichelt ihm besänftigend die Wange* Es wird alles gut. Quadri Giano hat gesagt, dass er sich um deinen Vater kümmern wird. Er wird ihn befreien und wieder hierherbringen. Denn dein Vater hat dir versprochen, zu unserer Hochzeit zu kommen. Und das wird er, er wird kommen. Dessen bin ich mir sicher.

ERNESTO: *beruhigt sich wieder* Danke, mein Liebling. Trotzdem spüre ich eine innere Unruhe. Ich werde nachts kein Auge zudrücken können.

LAURA: Ich schlage vor, etwas Sinnvolles zu machen, als unruhig zu sein. Lass uns über die Zukunft reden, wie wir es schon so oft zusammen gemacht haben. Lass uns über unsere Flitterwochen reden, über das Haus, indem wir unser gemeinsames Leben verbringen werden.

ERNESTO: Ich kann nicht…

LAURA: Doch, du kannst, wir können.

Laura führt Ernesto zum Diwan, sie setzen sich.

LAURA: Wohin möchtest du reisen? Amerika? Europa?

ERNESTO: Ich kann jetzt nicht klar denken.

LAURA: Großbritannien? Norwegen? Russland?

ERNESTO: Auf keinen Fall. Nicht, nachdem die Bolschewisten angefangen haben, ihr Unwesen dort zu treiben.

LAURA: Die Vereinigten Staaten? Mexiko? Chile?

ERNESTO: Zu weit weg. Zu warm. Zu bergig.

LAURA: Afrika? Asien? Wie wäre es mit Japan?

ERNESTO: Großonkel Salvatore hat mal erzählt, dass er in Japan war.

LAURA: Und wie fand er es?

ERNESTO: Als er wieder in Sizilien war, fehlten ihm zwei Finger und er war halbnackt und ohne Gepäck.

LAURA: Daraus höre ich ein nein.

ERNESTO: Worauf hättest du Lust? Ich kann mich ja an dich anpassen.

LAURA: Mir ist es gleich. Solange es dir gefällt, gefällt es auch mir.

ERNESTO: *geschmeichelt* Das geht mir genauso. Deshalb darfst du entscheiden.

LAURA: *grübelt* Gibt es in dieser Bibliothek einen Globus oder eine Weltkarte?

ERNESTO: *grinst* Ich verstehe.

Sie stehen vom Diwan auf und suchen in den Bücherregalen.

ERNESTO: Einen Globus haben wir hier nicht. Es müsste hier Atlanten geben.

LAURA: Dann lass uns einen Atlas finden.

Sie suchen weiter und finden schließlich einen Atlas mit der Weltkarte. Sie setzen sich wieder auf den Diwan und legen den Atlas vor sich geöffnet auf einen Salontisch.

LAURA: *nimmt Ernestos Hand* Schließ deine Augen. Wir werden unsere beiden Hände heben und auf einen Punkt auf der Karte zeigen.

ERNESTO: Das wird unser Reiseziel.

LAURA: Précisément.

Sie heben ihre beiden Hände und tippen auf einen Punkt in der Weltkarte. Sie öffnen ihre Augen und schauen sich ihr Reiseziel an. Daraufhin wechseln sie sich gegenseitig Blicke und brechen in Gelächter aus.

ERNESTO: *wischt sich eine Lachträne weg* Wie praktisch. Wir verbringen unsere luna di miele auf Sizilien.

LAURA: O ich bin sicher, dass es dort sehr hübsch und angenehm sein wird.

ERNESTO: Da bin ich voll bei dir, ganz bestimmt.

Sie lachen.

ERNESTO: Und jetzt ernsthaft, sollen wir unsere Flitterwochen hier verbringen, auf Sizilien?

LAURA: Ich weiß nicht. Wenn du möchtest.

ERNESTO: Hm, ich denke, dass das ein wenig langweilig wäre, findest du nicht? Wir sollten etwas Exotisches machen, etwas Neues und Aufregendes.

LAURA: Eine Insel im Pazifik?

ERNESTO: Zum Beispiel.

LAURA: Oder im australischen Bund?

ERNESTO: Vielleicht doch eher eine Insel im Pazifik.

LAURA: *lacht* Wenn du dich nicht entscheiden kannst, werden wir nirgendwo hinfahren.

ERNESTO: Du bist doch diejenige, die entscheidet.

LAURA: Wir entscheiden beide. Aber gut. Lass uns das auf später verschieben, sonst werden unsere Bemühungen fruchtlos sein.

ERNESTO: Und die Herrenhäuser?

LAURA: Genau das wollte ich als nächstes mit dir bereden.

ERNESTO: *reibt sich die Hände* Sehr gut, ich habe nämlich aus der großen Auswahl, die wir haben, ein paar gute Stücke gefunden. Eines befindet sich unweit von Syrakus auf einem Hügel und wird von den Hiesigen Casa delle Rose genannt, weil die Vorgärten mit roten Rosen bestückt sind. Das andere Herrenhaus befindet sich in Ragusa in einer kleinen Lichtung neben einem Dorf. Es ist ein gemütliches Domizil, in dem man gut leben und arbeiten kann – wir waren mit Papa oft dort. Es gehört tatsächlich auch den Moros.

LAURA: Hat es einen Namen?

ERNESTO: Einen eher unkreativen, aber doch einladenden Namen: Lacasa.

Paullanna tritt leise wie ein Geist ein.

LANNA: *kindlich lächelnd* Ich störe das Brautpaar nur ungerne, aber das Mittagessen wartet.

Zehnte Szene – Irgendwo in Rom

Ein paar Schläger nehmen den Leichnam Giacomo Matteottis mit. Tommaso Montanari reinigt sein Rapier, während Don Nimo versehrt und an einen Holzstuhl gebunden und gefesselt am Boden liegt.

TOMMASO MONTANARI: *zu seinen Schlägern* Vergrabt ihn irgendwo hier in der Nähe oder schmeißt ihn in ein Gebüsch – das ist mir egal.

DON NIMO: *spuckt Blut* Dafür wirst du leiden, Tommaso. Das, was du Matteotti angetan hast, werde ich dir zehnfach zurückzahlen, wenn ich diese Fesseln los bin.

TOMMASO MONTANARI: Was nie geschehen wird. *Lacht* Ich habe oft bemerkt, dass ihr Moros zu solchen leeren Drohungen neigt. Aber zurück zum Geschäftlichen. *Sieht sich sein Rapier an* Ich habe immer noch keine Antworten von dir, Don Nimo, und meine Geduld neigt sich allmählich dem Ende. *Betrübt* Das macht mich nicht glücklich, wirklich nicht.

DON NIMO: *stöhnt* Und mir ist das wirklich gleichgültig.

TOMMASO MONTANARI: *entschlossen* Ich werde das ganze jetzt beenden, Capo Don Nimo. Und alles endet mit dem Feuer, das du und dein Familienabschaum angezündet habt.

Tommaso legt sein Rapier weg und nimmt ein Kanister hervor.

TOMMASO MONTANARI: Ein bisschen Brennstoff.

Er schüttet es über Don Nimos Gesicht.

TOMMASO MONTANARI: Darfst du ruhig schlucken, deine Innereien sollen schließlich auch etwas angebraten werden.

Tommaso begießt die Flächen um Don Nimo herum. Danach schmeißt er den Kanister weg und nimmt ein Feuerzeug hervor.

TOMMASO MONTANARI: *lächelt* O wie prickelnd, o wie aufregend. Ich werde jetzt zuerst ein Stuhlbein anzünden, damit sich das Feuer langsam und ruhig über das Holz zu deinem Rücken bewegen kann. *Jetzt ist er wieder traurig* Doch leider werde ich zur selben Zeit gehen müssen, denn wenn das Feuer deinen Körper und dein Gesicht erreicht, wird die gesamte Bruchbude in Flammen stehen. Du wirst doch verstehen, dass ich deshalb gehen muss, ja?

DON NIMO: Geh zur Hölle.

TOMMASO MONTANARI: So ists gut. *Hält kurz inne* Möchtest du vielleicht deine letzten Worte aussprechen wie der Politmann?

DON NIMO: *lacht und hustet gleichzeitig* Ich werde meine letzten Worte aussprechen – nur nicht jetzt und nicht heute.

TOMMASO MONTANARI: Ich bewundere deine Willenskraft, Don Nimo. Du weißt ganz genau, dass du hier und jetzt draufgehst, und dennoch hat es den Anschein, als wüsstest du, dass-

Ein Schuss ertönt von draußen.

TOMMASO MONTANARI: *erstarrt und horcht aufmerksam* *Jetzt ertönen mehrere Schüsse in einer Salve.*

TOMMASO MONTANARI: *mit weit aufgerissenen Augen* Das ist der Feind. Das ist der Feind!

Tommaso entzündet das Feuerzug und wirft es zum Holzstuhl, an den Nimo gefesselt ist.

TOMMASO MONTANARI: Diese Schweine werden dich nicht kriegen, Don Nimo. Entweder du gehst in Flammen auf oder sie werden mit meinem Blei durchlöchert.

Tommaso öffnet einen Wandschrank neben einer Tür und holt eine vollautomatische Maschinenpistole heraus.

TOMMASO MONTANARI: Kommt, kommt ruhig her! Ich bin bereit. *Er positioniert sich vor der Tür und zielt auf sie.*

DON NIMO: *schreit* Er ist bewaffnet, Montanari ist bewaffnet.

TOMMASO MONTANARI: Deine Freunde werden dich nicht hören. Denn ich werde sie gleich mit dem Blei durchlöchern!

Ein Brummen und Zischen ist zu hören, das immer näher kommt. Auf einmal kommt ein Automobil durch die Wand gefahren und rast in Tommaso Montanari, der gegen die Wand stürzt und von Schutt und Trümmern bedeckt wird, die von der Decke herabfallen auf ihn und das Automobil.

DON NIMO: *blickt verwirrt umher*

DER CONSIGLIERE: *steigt aus dem Automobil* Don Nimo, *hustet und keucht* wir sind hier, um Sie zu befreien.

Auch Violanda Greco sitzt im Automobil und steigt über die Fahrerseite aus.

VIOLANDA: Verdammt, es war definitiv nicht geplant, durch die Wand zu fahren.

DON NIMO: *deutet auf das Feuer, das seinen Stuhl langsam brennen lässt* Befreit mich und nichts wie weg hier. In wenigen Augenblicken wird der ganze Raum in Flammen stehen.

DER CONSIGLIERE: *eilt zu Don Nimo, bindet ihn vom Stuhl ab und befreit ihn von den Fesseln*

Schüsse sind von draußen zu hören.

VIOLANDA: Das ist Quadri, er gibt uns Rückendeckung. Draußen sind eine Menge von Montanaris Leuten.

DON NIMO: Habt ihr ein Fluchtfahrzeug?

VIOLANDA: Ja, hinten im Wald, mein Leibwächter wartet dort auf uns.

DON NIMO: Los.

Der Consigliere stützt Don Nimo beim Laufen. Violanda geht vor durch das Loch in der Wand, das sie eingefahren haben. Doch unter den Trümmern regt sich Tommaso, greift nach seiner Waffe und zielt auf Don Nimo.

TOMMASO MONTANARI: Wenn ich untergehe, dann gehst du mit mir unter, Don Nimo!

DER CONSIGLIERE: Don Nimo! *Er stößt ihn weg von sich und gelangt in den Kugelhagel des krankhaft lachenden Tommaso Montanari, der ununterbrochen einschießt, ehe ein Balken von der Decke stürzt und Tommaso Montanari erschlägt*

DON NIMO: *am Boden* Nein! *Steht auf und sieht nach dem Consigliere, der durchlöchert auf den Boden gleitet und in Blut versinkt* Nein... das darf nicht sein.

VIOLANDA: Don Nimo, komm endlich. Wir müssen hier weg.

Das Feuer am Holzstuhl, an den Don Nimo gefesselt war, breitet sich aus und gelangt auf die mit Brennstoff übergossenen Stellen, was ein wildes, heftiges Flammenmeer erzeugt und sich schnell auf die Wände verbreitet.

VIOLANDA: *zehrt Don Nimo weg von dort nach draußen* Wir werden später Zeit zum Trauern haben, aber erst müssen wir von hier verschwinden.

DON NIMO: Ja, natürlich.

Violanda gibt ihm einen Revolver und sie laufen hinaus auf das Feld vor dem Häuschen, das nun aschespuckend und rauchend in Flammen steht. Ein Schläger verfolgt sie und hält sie auf.

SCHLÄGER: *zielt mit einem Gewehr auf Don Nimo und Violanda* Keine Bewegung, stehen bleiben und Waffen weg!

Doch plötzlich ertönt ein Schuss und trifft den Schläger am Kopf, sodass dieser seine Waffe fallen lässt und zu Boden gleitet. Quadri Giano mit einer Schrotflinte erscheint.

QUADRI GIANO: Nimo, alles in Ordnung bei dir?

DON NIMO: Quadri, du weißt nicht, wie froh ich bin, dass ihr alle da seid. Wärt ihr wenige Sekunden später gekommen, säße ich noch in diesem Haus und wäre wie Fleisch am Spieß gebraten worden.

QUADRI GIANO: Nur leider nicht so schmackhaft, wie im Ristorante da Maestro, stimmts?

Automobile fahren auf das Haus zu, aus den Fenstern gucken Handlanger der Montanari und feuern mit ihren Handwaffen in Richtung der Fliehenden.

VIOLANDA: Wir haben keine Zeit, um zu plaudern. Gehen wir!

Sie hasten in den Wald, während die Automobile weiter vorrücken.

DON NIMO: *bleibt stehen* Wartet, wo ist Gennaro?

QUADRI GIANO: Schon im Fluchtwagen, wir haben ihn früher befreien können. Komm jetzt!

Sie laufen weiter durch den Wald bis sie zum Fluchtwagen kommen, wo Violandas Leibwächter und Michelangelo Gennaro warten.

DON NIMO: Michelangelo, geht es dir gut?

GENNARO: Don Nimo, schön, Sie am Leben zu sehen. Es geht mir gut. Aber das kann man nicht von unserem Politikerfreund behaupten.

VIOLANDA: *setzt sich ans Steuer* Keine Zeit. Einsteigen. Los!

Sie steigen nacheinander ein und fahren aus dem Wald.

QUADRI GIANO: *wischt sich den Schweiß von der Stirn* So eine Aktion habe ich schon lange nicht mehr gemacht, aber immerhin war sie ein Erfolg.

DON NIMO: Nicht ganz…

VIOLANDA: Don Nimo, Ihr Consigliere hat sich geopfert, damit Sie weiterleben können. Ohne ihn wäre die gesamte Mission gescheitert.

DON NIMO: Ich wünschte, das alles hätte ich verhindern können. Wir haben wichtige Männer verloren.

QUADRI GIANO: In der Tat. Und genau deshalb müssen wir unsere Bestrebungen weiterverfolgen, um ihre Tode zu rächen.

VIOLANDA: Ganz genau.

DON NIMO: Ja…

GENNARO: *erschüttert* Das wird Krieg bedeuten.

DON NIMO: Der Krieg, Michelangelo, hat schon längst begonnen.

Elfte Szene – Santa Fortezza Delle Nubi, Syrakus

Im Speisezimmer des Schlosses haben die Herrschaften ihr Mittagessen beendet und ziehen sich in ihre Gemächer zurück. Ernesto, Laura, Antonio, Lanna und die Gräfin von Rovere sitzen noch am Tisch.

GRÄFIN VON ROVERE: Wie dem auch sei, ich bin sicher, dass Quadri sich mit guten Nachrichten bei uns melden wird.

ERNESTO: Ich hoffe, dass Papa sich mit guten Nachrichten bei uns melden wird.

LANNA: *in ihren Gedanken vertieft* Weißt du, Tella, das erinnert mich an damals in Anselm. Die Stimmung war eine ähnliche. Und der Tod schien über uns allen zu stehen. *Mit Schock im Gesicht* Man sagt nicht ohne Absicht, die Vergangenheit würde sich stets wiederholen.

GRÄFIN VON ROVERE: Anselm wird nicht noch einmal geschehen, Lanna, das habe ich damals geschworen und schwöre es auch heute.

LAURA: *zu Ernesto* Was war denn in Anselm?

ERNESTO: Lange Geschichte, ich erzähle sie dir später.

LANNA: *schüttelt den Kopf* So viele Leben sind verloren gegangen an diesem Tagen.

Cardinaldi betritt den Raum.

GRÄFIN VON ROVERE: Gibt es etwas?

CARDINALDI: Ja, vostra eccellenza, ein gewisser Signore Luigi Palumbo und seine Familie sind soeben eingetroffen. Ich habe sie ins Foyer gebracht.

ERNESTO: *springt erfreut auf* Das ist Luigi.

GRÄFIN VON ROVERE: Also sind sie wohlbehalten gekommen. Wenigstens eine gute Nachricht.

Alle erheben sich vom Tische und folgen Cardinaldi ins Foyer. Dort sind Luigi Palumbo, Lara Palumbo, Luigis Vater und Großmutter.

ERNESTO: *kommt Luigi entgegen, sie geben sich die Hand und umarmen sich* Mein alter Waffenbruder. Du weißt nicht, wie froh ich bin, dich hier bei uns zu sehen.

LUIGI: Ernesto, die Freude ist ganz meinerseits.

GRÄFIN VON ROVERE: *zur Familie Palumbo* Herzlich Willkommen auf Santa Frotezza Delle Nubi. Ernesto hat mir von Ihren Problemen erzählt und es ist mir eine Ehre und Freude, Ihnen helfen zu können. Unser Haus ist auch Ihr Haus.

LUIGI: Vielen lieben Dank, Contessa della Rovere.

Sie stellen einander vor.

LUIGI: Liebe Familie, das hier sind mein Waffenbruder Ernesto, seine Mutter, die Contessa della Rovere, und ihre Familie.

FAMILIE PALUMBO: *herzlich* Ciao.

LUIGI: Ernesto, Contessa, das hier sind mein Vater, meine Oma und meine Ehefrau, Lara Palumbo.

GRÄFIN VON ROVERE: Herzlich Willkommen.

ERNESTO: s*chüttelt Lara die Hand* Es ist schön, dir persönlich zu begegnen, Lara. Luigi spricht in seinen Briefen immer in höchsten Tönen von dir.

LARA PALUMBO: *errötet* Dankeschön. Ich freue mich ebenfalls.

ERNESTO: *stolz* Und das hier ist meine Verlobte, meine künftige Gemahlin.

Laura begrüßt die Palumbos.

LUIGI: Was eine schöne Frau, Ernesto. Ich freue mich sehr für dich.

ANTONIO: *begrüßt Luigi* Lange nicht mehr gesehen!

LUIGI: Du liebe Zeit, du bist ja mächtig gewachsen, Anno. Wie alt bist du jetzt?

ANTONIO: Dieses Jahr bin ich 18 geworden.

LANNA: *begrüßt etwas unbeholfen Luigi und seine Familie* Ciao, Luigi, vielleicht erinnerst du dich noch an mich oder eher an meinen Mann. Ich bin Paullanna Papa, mein Gatte Achille war Kommandant der 44. Division an der Isonzofront, in der du und Ernesto gedient habt. Er hat mir oft Briefe über euch und eure Heldentaten geschickt.

LUIGI: Ich erinnere mich an den Generale. Mein herzliches Beileid.

LANNA: *nickt und wischt sich eine Träne weg*

GRÄFIN VON ROVERE: Möchtet ihr etwas essen? Im Speisezimmer sind ist noch etwas übrig geblieben. Ich kann unsere Köche bitten, die Speisen noch einmal zu erwärmen.

LUIGI: Die Freunde von der Casagrande haben uns bereits zu Essen gegeben, als wir in Messina waren. Aber danke.

CARDINALDI: *zu zwei Dienstboten* Bringt das Gepäck der Familie Palumbo in ihre Zimmer.

GRÄFIN VON ROVERE: Wir haben für euch ein paar freie Zimmer zur Verfügung gestellt mit frischen Bettsachen und warmen Handtüchern. Ihr dürft euch ganz wie zu Hause fühlen.

FAMILIE PALUMBO: Grazie, Contessa delle Rovere.

LUIGI: *zu Ernesto und der Contessa* Dürfte ich etwas mit euch besprechen?

GRÄFIN VON ROVERE: Selbstverständlich. *Zur Familie Palumbo W*ir sehen uns zum Dinner wieder.

Während Familie Palumbo zu den Zimmern geleitet wird, begeben sich Ernesto, Luigi und die Gräfin von Rovere in eine Bibliothek.

ERNESTO: Also, was möchtest du mit uns besprechen?

LUIGI: Es gibt da eine Sache, die ihr wissen solltet.

Sie setzen sich auf den Diwan.

LUIGI: Mein Onkel dritten Grades hat mit der Picciotteria geschäftlich zu tun.

GRÄFIN VON ROVERE: Er ist einer von ihnen?

LUIGI: Nein, kein offizielles Mitglied, aber er besitzt einen Hafen und lässt den Clan dort oft seine Sachen machen.

GRÄFIN VON ROVERE: Fahre fort.

LUIGI: Mein Onkel hat mir von einem Treffen mitgeteilt zwischen der Picciotteria und weiteren Clans. Es findet heute statt. In Palermo.

GRÄFIN VON ROVERE: Weiter.

LUIGI: Er selbst ist sogar zu diesem Treffen eingeladen, geht allerdings nicht hin, weil er nicht mit diesen Kriminellen in Kontakt treten möchte. Gegenstand dieses Treffens wird jedoch sein Hafen sein. Er weiß nicht wieso oder warum, nur dass sein Hafen für einen bestimmten Zweck genutzt werden wird.

ERNESTO: Für die Picciotteria?

LUIGI: Ja. Oder nein.

GRÄFIN VON ROVERE: Möglicherweise wäre es besser gewesen, er wäre zu diesem Treffen gegangen. Er hätte herausfinden können, was Sache ist.

LUIGI: Das habe ich ihm auch gesagt, aber er ist ein sturer Mann. Egal. Ein weiteres Thema dieses Treffens wird ein Zusammenschluss sein. Ein Zusammenschluss gegen die Roveres und Moros.

GRÄFIN VON ROVERE und ERNESTO: *tauschen Blicke*

LUIGI: Ein Clanbündnis entsteht, meine Freunde, und wir sind ihre Gegner.

GRÄFIN VON ROVERE: Nicht nur ihre Gegner, sondern und vor allem ihre Feinde. Es ist nicht neu für uns, dass Familien in Sizilien sich gegen uns verbünden, aber dass nun auch Kalabriens stärkster Clan ein Gegenspieler wird, war durchaus vorhersehbar, ist jedoch sehr bedauerlich.

ERNESTO: Wir müssen Don Libero kontaktieren. Wenn Kalabrien gegen uns ist, müssen wir uns mit Clan Lorravi verbünden.

GRÄFIN VON ROVERE: Das glaube ich auch. Ich habe ihn bereits zu deiner Hochzeit eingeladen. Morgen können wir ihn darauf ansprechen – im richtigen Zeitpunkt natürlich.

LUIGI: Gut. Ich hoffe, ich konnte euch ein wenig helfen mit den Informationen, die ich vom Onkel habe.

GRÄFIN VON ROVERE: Das hast du, vielen Dank. Es schadet nie, vorbereitet zu sein.

LUIGI: *schmunzelt*

Sie stehen auf und verlassen die Bibliothek.

GRÄFIN VON ROVERE: Hat deine Familie leiden müssen von den Angriffen des kalabrischen Clans?

LUIGI: Nicht so sehr wie andere. Sie kamen wie ein unangekündigter Sturm, sie nahmen uns Hab und Gut, sogar Menschen haben sie verschleppt. Gott weiß, was sie vorhaben.

ERNESTO: Es überrascht mich, wie aggressiv die Picciotteria geworden ist.

GRÄFIN VON ROVERE: Mich überrascht es nicht. Einer von ihnen hat mir mal einen Dolch in den Oberschenkel gerammt. Deshalb muss ich auch diesen verdammten Gehstock benutzen, um mich bewegen zu können.

Auf der Galerie treffen sie Laura, Lara Palumbo und Rosa.

ERNESTO: Nanu, ihr habt hier ein Kennenlerntreffen.

LAURA: So in etwa. Die liebe Lara ist ganz lustig. Sie und Luigi haben schon viele tolle Sachen erlebt.

LUIGI: *errötet* Ich hoffe, du hast nicht alles erzählt, liebe Lara!

ROSA: Es ist schön, so viele Menschen in Santa Fortezza zu sehen, aye! Viele Geschichten, viel zu erzählen.

GRÄFIN VON ROVERE: *schiebt Laura weg von Ernesto* So und jetzt sehen wir zu, dass die Braut und der Bräutigam sich nicht mehr sehen. Immerhin haben wir morgen ein hohes Fest zu feiern und wollen nicht, dass uns Pech widerfährt.

ROSA: O wie abergläubisch, Mamma.

GRÄFIN VON ROVERE: Das ist Tradition, Rosa.

ERNESTO: Und wir alle schätzen die Tradition, vor allem Papa.

GRÄFIN VON ROVERE: Sieh mal, Ernesto, der gute Papa wird ganz bestimmt kommen. Ich bin mir sicher. Auf ihn und auf Quadri ist Verlass.

LUIGI: Ist Don Nimo etwa nicht hier?

ERNESTO: Komm, ich erzähle dir, was geschehen ist.

Ernesto und Luigi ab.

LAURA: Ich werde mich für morgen frisch machen. Wir sehen uns beim Dinner.

GRÄFIN VON ROVERE: Ruf Cardinaldi, wenn du noch etwas benötigst.

LAURA: Danke. Ah, bevor ich vergesse, danach zu fragen: Hat Galileo bereits das Kleid hergebracht?

GRÄFIN VON ROVERE: Das hat er. Es steht im Umkleidesaal. Wenn du möchtest, können wir es uns noch einmal ansehen.

LARA PALUMBO: Ist es denn hübsch?

ROSA: Es ist göttlich. Ernesto wird morgen umfallen, wenn er sie sieht.

LAURA: Das hoffe ich.

Zwölfte Szene

Die Damen auf der Galerie trennen sich. Laura begibt sich über die Treppen in ein oberes Geschoss im Flügel mit den Schlafgemächern und Badezimmern. Sie betritt eines der Badezimmer und lässt ein Bad einlaufen, während sie sich nach und nach entkleidet. Zum selben Zeitpunkt erscheint Antonio vor der Tür des Badezimmers und lugt über einen Spalt, da die Tür nicht ganz geschlossen ist, hinein.

LAURA: *summt ein Lied*

ANTONIO: *in Gedanken* Sie ist wirklich eine Augenweide.

LAURA: *besteigt das Bad und reibt sich mit Seife ein*

ANTONIO: *in Gedanken* Wieso nur muss sie Erno heiraten?

LAURA: *summt weiter und legt Gurkenscheibe auf die Augen*

ANTONIO: *in Gedanken* Ich glaube nicht, dass sie wirklich verliebt in ihn ist. Eine arrangierte Ehe fußt nicht auf Liebe, sondern auf Verträgen und Machenschaften. Ich glaube nicht, dass sie ihn will.

LAURA: *entspannt sich im Bad; die Luft wird warm von den Dämpfen des Bades*

ANTONIO: *in Gedanken* Ich würde ja gerne eintreten zu ihr. Sie hätte bestimmt nichts dagegen. Soll ich es versuchen? Nur einen Moment mit ihr zusammen. Ernesto wird schließlich sein ganzes Leben mit ihr verbringen, wieso darf ich nicht einen kurzen Augenblick mit ihr zusammen sein? Es kostet nichts, nur einen Schritt durch diese Tür.

LAURA: *summt wieder und massierte Arme und Beine*

ANTONIO: So schön… und so nah, so erreichbar.

Schritt ertönen. Antonio huscht rasch von der Tür weg und tut, als würde er Porträts an der Wand betrachten. Lanna erscheint.

LANNA: Was tust du hier, mein Sohn?

ANTONIO: Ähm, ich betrachte diese Gemälde. Dieses hier habe ich noch nie gesehen.

LANNA: *sieht es sich an* Das ist eine Kopie der Mona Lisa.

ANTONIO: Genau.

LANNA: Du hast die Mona Lisa noch nie gesehen? Nun, genau genommen habe ich sie auch noch nie gesehen. Aber ich meine ein Porträt von ihr.

ANTONIO: Ähm, nein, habe ich nicht.

LANNA: Mhm.

ANTONIO: Und was machst du hier, Mamma?

LANNA: Ich habe nach meiner Haarklammer gesucht, sie ist mir wohl irgendwo runtergefallen und jetzt finde ich sie nicht.

Cardinaldi erscheint am Ende des Flur.

CARDINALDI: Hier ist sie auch nicht, Donna Lanna.

LANNA: *winkt* Alles klar.

ANTONIO: Hattest du heute überhaupt eine Haarklammer?

LANNA: Nein, aber vorgestern.

ANTONIO: Und du suchst sie immer noch?

LANNA: Was tue ich denn sonst?

ANTONIO: *lacht* Dann helfe ich dir.

LANNA: So wie Napoléon gesagt hat: Allons-y!

ANTONIO: Hat das Napoléon wirklich gesagt?

LANNA: Ich weiß es nicht, so alt bin ich nun auch wieder nicht. Aber vielleicht hat er das gesagt.

Dreizehnte Szene

In einem geheimen Konferenzsaal in Palermo, Siziliens Hauptstadt, haben sich die Köpfe der führenden Clans Süditaliens versammelt, um eine Allianz gegen die Familien Rovere und di Moro zu errichten. An einem Rundtisch in verdunkelter Atmosphäre sitzen: Ombretta Montanari und ihre Geschwister Indigo und Moreno vom Palermo-Clan Montanari, der Consigliere Remo von der kalabrischen Picciotteria, Muzio der Boss der südsizilianischen Dos Rudos, die Capo-Frau der Derra-Familie aus Palermo und der Vertreter des sardischen Clans Gaddi. In den Schatten wandelt eine weitere Gestalt und überblickt die Konferenz.

OMBRETTA MONTANARI: *erhebt sich von ihrem Sitz* Die Zeit ist gekommen, meine Mitstreiter der großen Sache. Die Zeit, sich zu vereinen gegen den Feind, der nicht ruht, uns zum Bluten zu bringen. Bringt ihn her, meinen armen Bruder.

Die Türen zum Konferenzsaal öffnen sich und vier Handlanger Montanaris tragen auf einer Liege den zertrümmerten und verkohlt verbrannten Leichnam Tommaso Montanaris zum Rundtisch, wo sie die Liege absetzen. Einige Mitglieder der Runde schauen entsetzt weg.

OMBRETTA MONTANARI: Das ist das Werk dieser ehrlosen Schänder, das Werk von Donatella della Rovere, der Gräfin von Ranküne und Blasphemie, und ihres Gatten Geronimo di Moro. Schaut genau hin! Seit Jahrzehnten unterdrücken sie uns, die Bauern, die Armen und Hilflosen, seit Jahrzehnten beschmutzen und beflecken sie die höchste Tugend in diesen

Landen, die Ehre. Und nun morden sie, sie ermorden ihre eigenen Leute, die Sizilianer. Sie schlachten uns ab wie Vieh in einem Schlachthof, ohne Reue, ohne Scham, ohne Ruch. Es sind diese beiden Familien, Rovere und Moro, die das harmonische Miteinander, das Gleichgewicht, das es schon so lange nicht mehr gibt, zerstören und zerstört haben. Sie sind nicht nur die Feinde von uns Sizilianern, sie sind die Feinde der freien Welt und Mutter Natur. *Sie bückt sich über Tommasos Leichnam* Ruhe in Frieden, mein Bruder. Ich verspreche dir, wir werden dich und deinen Tod, den ich zutiefst betraure, rächen – das, was sie dir angetan haben, werden sie in viel größerem, viel stärkerem Ausmaß erleiden. *Sie gibt Zeichen, dass man den Leichnam entfernt.* Und dafür geben wir alles – wir werden unsere geballte Kraft nutzen und diesen beiden Familien, die so viel Leid in die Welt setzen, wir werden ihnen einen verheerenden Schlag versetzen, der sie nicht nur zurückdrängen, sondern vollkommen auslöschen wird. Das ist unser Ziel. Die Vernichtung der Familien Rovere und Moro, die körperlosen Köpfe von Donatella und Geronimo, abgetrennt durch die richterlichen Klingen unserer sizilianischen Guillotinen. Und dieses Ziel können wir nur gemeinsam erreichen – gemeinsam gegen den Feind. Dies ist der Grund für unsere Versammlung heute. Deshalb bitte ich die versammelten Ehrenmänner und Ehrenfrauen, unser Bündnis, unsere Armee, mit dem Blutsiegel zu errichten. *Moreno Montanari übergibt Ombretta ein Dokument.*

OMBRETTA MONTANARI: Danke, mein Bruder. Dieses Papier ist die Lösung für all unsere Probleme. So fangen wir an. *Sie nimmt einen Dolch hervor, macht einen langen, blutigen Schnitt in ihre Handinnenfläche, drückt den Siegelring des Clans Montanari hinein und daraufhin auf das Dokument* Fangen wir an, das Hier und Jetzt nach den Vorstellungen des Hohen Kodex zu formen, um die Zukunft zu sichern – ewiglich. *Das Dokument macht die Runde. Die Anwesenden machen ihre Blutsiegel.*

BOSS MUZIO: Die vereinigten Clans Dos Rudos und Nane treten der Armee bei.

CONSIGLIERE REMO: Kalabriens Großclan der Picciotteria tritt der Befreiungsarmee bei.

DERRA-CAPO: Die Familie Derra tritt der Armee bei.

GADDI-VERTRETER: Clan Gaddi ist der Armee beigetreten.

Ombretta Montanari wendet sich an die Gestalt, die im Dunkeln wandelt und beobachtet.

OMBRETTA MONTANARI: Auch Sie treten dem Bündnis bei, Cesare Mori. Sie sind unser Partner.

CESARE MORI: *tritt aus den Schatten* Die National-Faschistische Partei des Königreichs Italien vertreten durch meine Person tritt der Armee bei. *Setzt ebenfalls ein Blutsiegel*

OMBRETTA MONTANARI: Es ist vollbracht. Das Esercito di Liberazione dell'Isola ist gegründet und unsere Feinde werden nun einem mächtigen Bündnis gegenüberstehen. *Sie nimmt das Dokument entgegen und legt es in einen Umschlag.* Nun, da der erste Schritt getan ist, müssen wir zu unserer

Strategie kommen. Mit einem schnellen, entscheidenden Schlag wollen wir das Unkraut auf Sizilien beseitigen.

CONSIGLIERE REMO: Was ist nun der Plan?

OMBRETTA MONTANARI: Unser Plan ist ein Angriff. Ein Angriff, an einem Tag, an einem Ort. Genau dafür haben wir die Hilfe der Regierung. Mori, weisen Sie uns in Ihre Strategie ein.

CESARE MORI: *tritt vor an den Tisch und legt eine Karte der Insel Sizilien aus* Meine Strategie ist simpel. Sie besteht aus zwei Phasen. In der ersten Phase kommen unsere Clans ins Spiel. Zwei wichtige Standorte sind das Ziel: das Hauptquartier von Familie Corleone in Palermo und Festung Miga, dem Kommandositz der Casagrande in Messina.

BOSS MUZIO: Messina ist eine Hochburg der Casagrande. Wenn wir dort einschlagen, wird uns die gesamte Streitkraft des Clans erwarten.

CESARE MORI: So ist es. Seit dem Ausbruch des Ätna im letzten Jahr haben sich die verbliebenen Bruchstücke der Casagrande nach Messina zurückgezogen. Aus diesem Grund ist es unser Ziel.

BOSS MUZIO: *erstaunt*

CESARE MORI: Die einzige Aufgabe der Clans der Befreiungsarmee wird sein, diese Standorte einzunehmen und für eine gewisse Zeit zu halten. Wichtig ist, dass wir sie nicht dauerhaft erobert haben wollen, sondern nur für diesen Moment.

BOSS MUZIO: Das ergibt keinen Sinn. Wenn wir Sizilien befreien wollen, was eine Befreiungsarmee nun einmal macht, sollen wir dann nicht erobern und erobert halten? Oder wie sieht Ihr Plan aus? Ein Rückzug kommt für meine Leute nie in Frage, das sollen Sie wissen, Mori.

CESARE MORI: Niemand redet von einem Rückzug, Don Muzio. Schließlich gibt es noch Phase zwei meines Plans. Diese Phase übernehme allein ich – die Hilfe der Clans ist nicht vonnöten.

OMBRETTA MONTANARI: Wir könnten doch sicher Unterstützung leisten.

CESARE MORI: Nein. Denn die Clans sollen die eroberten Standorte so lange halten, bis die zweite Phase zu Ende ist.

CONSIGLIERE REMO: Und was ist nun Phase zwei?

CESARE MORI: Es ist besser für das Bündnis, wenn es von der zweiten Phase keine Kenntnis besitzt. *Sieht Ombretta Montanari an* Schließlich scheint es immer noch Sicherheitslücken in Ihren Reihen zu geben. Ich kann Ihnen allen aber eines verraten: Es wird nass werden für unsere Gegner.

OMBRETTA MONTANARI: Unsere Feinde, Mori, sie sind unsere Feinde.

CESARE MORI: Halten Sie sich an den Plan, verehrte Dons und Donnas. Sie können die Einzelheiten unter sich besprechen. Ich erwarte eine fehlerfreie Ausführung. *Kehrt der Runde den Rücken und geht fort* Und fürs Protokoll: An diesem Tag machen wir keine Gefangenen.

Dritter Akt
Die Hochzeit

Erste Szene – Am nächsten Morgen in Santa Fortezza Delle Nubi, Syrakus

Im großen Speisezimmer des Schlosses haben sich die Herrschaften zum Frühstück versammelt: die Gräfin von Rovere, Ernesto, Antonio, Paullanna, Rosa, Madame Celeste, Roro, Großtante Imelda und Großonkel Colonnello Salvatore Lo Volveratto sowie Familie Palumbo. Cardinaldi hält alles unter Kontrolle.

ROSA: Ich finde es nicht richtig, dass Laura oben ganz alleine essen muss, nur weil sie heute heiratet.

GRÄFIN VON ROVERE: Das ist unsere Tradition, Rosa. Es bringt Pech, wenn sich die Braut und der Bräutigam vor der Hochzeit sehen.

GROßTANTE: Meine Schwägerin Luiza, sie ist vor 30 Jahren verstorben, hatte ihren Verlobten Silvestro eine halbe Stunde vor der Hochzeit gesehen, um ganz unsaubere Geschäfte mit ihm zu tätigen.

GRÄFIN VON ROVERE: Ich bitte dich, wir sitzen hier am Tisch und essen.

GROßTANTE: Nun denn. Da kam dann die Hochzeit, sie waren Mann und Frau, alle waren glücklich und feierten den ganzen Abend. Am nächsten Tag sind sie raus in die luna di miele nach Venezia und haben dort ihre unsauberen Geschäfte fortgeführt bis Luiza mit ihrem ersten Kind, Elena, meiner Nichte, schwanger war.

LANNA: Und was stimmt mit dieser Geschichte nicht?

GROßTANTE: Das war nicht meine Schwägerin Luiza, die mit Silvestro nach Venezia fuhr, sondern ihre Zwillingsschwester Analiza. Nachdem die ganze Sache ans Licht kam, ließ sich Luiza scheiden und wurde Nonne.

ROSA: Diese Geschichte beweist doch gar nichts. Jeder hat sein eigenes, eigenartiges Schicksal.

GROßTANTE: Das ist noch nicht alles! Am Ende kam raus, dass Analiza überhaupt gar nicht schwanger werden konnte.

GRÄFIN VON ROVERE: Und wieso nicht?

GROßTANTE: Weil Analiza Alejandro hieß und mit seiner Ehefrau und drei Kindern in Apulien lebte. Luiza hatte gar keine Zwillingsschwester, sondern nur einen Dachshund, der Terry hieß und so groß wie ein Wandschrank war.

ROSA: Also ist deine Nichte Elena doch Luizas Tochter.

GROßTANTE: Luiza und Silvestro sind tot und Elena ist seit vier Jahrzehnten verschollen, also werden wir es nie erfahren.

GROßONKEL: Sag mal, was für einen Quark erzählst du da? Terry war kein Dachshund sondern ein englisches Vollblut.

GRÄFIN VON ROVERE: Wie dem auch sei, danke, Großtante Imelda, für diese sehr belustigende Geschichte über deine Verwandten. Beim nächsten Mal warne uns bitte, bevor du Märchengeschichten erzählst.

GROßTANTE: *stachelt mit der Gabel in ihrem Teller rum* Ich weiß nicht, was du meinst.

RORO: *zu Madame Celeste* Wie belustigend.

MADAME CELESTE: Iss dein Brot, Robert.

ANTONIO: *liest Zeitung* Hei, hört mal das.

Alle schenken Antonio Aufmerksamkeit.

ANTONIO: Die Tageszeitung Rom schreibt, es habe am 10. Juni in einer Waldhütte nahe der Hauptstadt eine Bandenschießerei gegeben, diese Waldhütte soll dabei in Schutt und Asche gelegt worden sein. Im nächsten Artikel steht, dass Unbekannte bei einer lokalen Polizeibehörde den PSU-Politiker und Abgeordneten der Camera dei deputati Giacomo Matteotti als vermisst gemeldet haben. Matteotti sei momentan nicht erreichbar. Einige Parteikollegen Matteottis wie sein Freund und Kollege Enrico Gonzales haben Stellung bezogen und sprechen von Entführung oder Mord als Konsequenz von Matteottis Parlamentsrede Ende vergangenen Monats. Noch sind keine Ermittlungen im Gange.

Alle sind sprachlos.

ERNESTO: Diese Schießerei hat bestimmt mit Papa zu tun. Und Matteotti war doch der Politiker, mit dem er Verhandlungen geführt hat.

GRÄFIN VON ROVERE: Ich schätze mal, dieser Matteotti war gemeinsam mit Geronimo entführt worden und Quadri Giano hat sie nun befreit.

ANTONIO: Aber wieso sollte man Matteotti dann als vermisst melden?

GRÄFIN VON ROVERE: Wir wissen noch nichts, möglicherweise ist Matteotti mit eurem Vater gegangen, um zusammen unterzutauchen.

RORO: Ach ja, dieser Montana Clan hat euch ja den Krieg erklärt. Vielleicht sollten wir alle untertauchen.

MADAME CELESTE: *stößt ihn in die Seite* Sei still, dich hat niemand gefragt.

GRÄFIN VON ROVERE: Es gibt keinen Grund zur Besorgnis, hier auf Santa Fortezza Delle Nubi sind wir alle sicher.

LUIGI: Das hoffe ich. Meine Familie braucht das am aller meisten.

RORO: Wir alle brauchen Sicherheit.

ERNESTO: Diese Schießerei und der Brand können aber auch bedeuten, dass sie es nicht geschafft haben.

ROSA: Das wissen wir doch alles nicht. Wieso machen wir so einen Trubel?

ERNESTO: Weil es eine ernste Sache ist, Rosa. Machst du dir denn keine Sorgen um Papa?

ROSA: Doch, man sieht es mir aber nicht an.

GRÄFIN VON ROVERE: Wir machen uns natürlich alle Sorgen, Ernesto. Aber deine Schwester hat recht. Wir wissen rein gar nichts. Dieser Zeitungsbericht kann genauso gut eine Lüge sein.

RORO: Habt ihr das häufig hier in Italien, Lügenpresse?

MADAME CELESTE: s*topft ihm ein Brötchen in den Mund* Verzeiht alle bitte meinen Gatten, er ist heute mit dem falschen Fuß aufgestanden.

GRÄFIN VON ROVERE: Wir sollten keine eiligen Schlüsse ziehen. Warten wir ab, Quadri wird sich melden gemeinsam mit eurem Papa.

ERNESTO: Leider weiß das niemand.

LANNA: Ich verstehe immer noch nicht, wie Luiza schwanger werden konnte, wenn sie nicht Luiza war.

GROßTANTE: *atmet tief ein, um zu antworten*

GRÄFIN VON ROVERE: *zur Großtante* Untersteh dich, jetzt zu antworten.

GROßTANTE: *zuckt mit den Schultern*

GRÄFIN VON ROVERE: Wie dem auch sei. Heute stehen wichtigere und erfreulichere Dinge an der Tagesordnung, nicht wahr Ernesto?

ERNESTO: *beruhigt sich wieder* Ja, heute ist der Tag, ich kann es kaum fassen.

MADAME CELESTE: O und wir erst! Wie lange haben wir auf diesen Tag, auf diesen einen Moment gewartet. Heute geht ein Wunsch in Erfüllung – und das verdanken wir nur dir, Emilio. Ich meinte Ernesto.

ANTONIO: Oder denen, die das alles geplant haben.

GRÄFIN VON ROVERE: *schießt einen scharfen Blick auf Antonio*

LANNA: Einen Moment.

Alle halten still.

LANNA: Was genau ist denn heute nochmal für ein Tag?

GRÄFIN VON ROVERE: Die Hochzeit von Ernesto und Laura, du Dussel. Oder hast du schon vergessen, wer die beiden sind.

LANNA: Ach die Hochzeit. Natürlich. Und nein, ich bin doch nicht dämlich.

Stille am Tisch ehe mit dem Essen fortgesetzt wird. Ein Dienstbote eilt zu Cardinaldi, flüstert ihm etwas ins Ohr. Beide verschwinden.

MADAME CELESTE: Wann genau werden die Gäste erscheinen?

GRÄFIN VON ROVERE: Im Laufe des Morgens. Einige kommen aus der Region und sind deshalb früher hier, andere kommen von weit weg.

MADAME CELESTE: Versteht sich, natürlich.

ROSA: Kommt Bürgermeister Ubaldo?

GRÄFIN VON ROVERE: Ja, das wird er.

ERNESTO: Er ist ja fast Teil der Familie.

MADAME CELESTE: *zu Roro* Der Bürgermeister von Syrakus. Er kennt die Familie schon sehr lange.

GRÄFIN VON ROVERE: Viel zu lange, wenn ihr mich fragt.

MADAME CELESTE: Und ein Kardinal wird ebenfalls auftauchen, nicht?

GRÄFIN VON ROVERE: *nickt*

GROßONKEL: Ein Kardinal? Bei meiner protestantischen Seele. Mit ihm werde ich mich nicht unterhalten.

GROßTANTE: Das verlangt ja niemand.

GROßONKEL: Ihr Moros und eure katholischen Freunde.

ERNESTO: Zum Thema Religion, wer wird uns denn trauen?

GRÄFIN VON ROVERE: Vater Golfo.

ROSA: Vater Golfo? Wer ist das?

ERNESTO: Ich kenne ihn auch nicht.

GRÄFIN VON ROVERE: Er ist ein Verwandter von Quadris Gemahlin Romina. Sie bat mich darum.

RORO: *hebt die Brauen* Das hört sich an, als müssten Pfarrer sich bei euch bewerben.

MADAME CELESTE: *tritt mit ihrem Fuß gegen seinen*

RORO: Schon gut, schon gut.

Cardinaldi erscheint und unterbricht das Gespräch.

CARDINALDI: Vostra eccellenza, der ehrenwerte Bürgermeister Ubaldo ist soeben eingetroffen und erwartet Ihren Empfang im Vestibül.

GRÄFIN VON ROVERE: *atmet tief ein* Dann werden wir ihn empfangen. Ernesto, Rosa, Antonio, kommt mit. Lanna, möchtest du dabei sein?

LANNA: Selbstnatürlich.

Die Gräfin, Ernesto, Rosa, Antonio und Lanna verlassen den Speisesaal.

RORO: Dieser Bürgermeister muss ja eine ganz wichtige Person sein, wenn er vom gesamten Bataillon begrüßt wird.

GROSSTANTE: Nein, er ist nicht wichtig, er ist einfach nur alt. Alt und schrumpelig und viel zu alt.

Im Foyer des Schlosses befinden sich Bürgermeister Ubaldo, ein hochbetagter, weißbärtiger Glatzkopf mit einem Gehstock in jeder Hand, und seine medizinische Assistentin. Cardinaldi führt die Gräfin, Ernesto, Rosa, Antonio und Lanna hinein.

GRÄFIN VON ROVERE: *theatralisch* Bürgermeister Ubaldo, welch eine hohe Ehre, Sie in unserem Domizil begrüßen zu dürfen. Wie lange waren Sie nicht mehr hier?

UBALDO: Zu lange, Contessa. Und die Ehre ist ganz meinerseits. *Begrüßt alle*

LANNA: Hallo, Herr Ubaldo, lange nicht mehr gesehen!

UBALDO: Hallo, Genoveffa. Es ist mir eine Freude, dich zu sehen. Von allen Rovereschwester bist du immer mein Liebling gewesen!

LANNA: Ich bin gar nicht Genoveffa. Ich bin Paullanna.

UBALDO: Oh…

GRÄFIN VON ROVERE: *zeigt auf Ernesto* Das ist mein Sohn, der Bräutigam.

UBALDO: s*chüttelt Ernesto die Hand* Fünfzehn Hochzeiten in euren Familien habe ich miterlebt. Deine ist die Sechzehnte, Junge.

ERNESTO: Willkommen auf Santa Fortezza, Bürgermeister.

UBALDO: Ja ja, schöne Sache, meine Kinder. *Schreitet voran* Contessa, wo ist der Pfad zur Toilette? Meine Augen verlieren ihre Sehkraft und ich kann mich nicht mehr an die Geographie des Hauses erinnern.

GRÄFIN VON ROVERE: Unser Hausherr, Cardinaldi, wird Sie begleiten.

UBALDO: Cardinaldi? Den gibt's immer noch?

CARDINALDI: Ja, Bürgermeister.

UBALDO: *dreht sich zur Contessa um* Es hat sich wirklich nichts geändert in diesem Hause.

Cardinaldi und Ubaldo ab.

ROSA: Er sieht gar nicht gut aus.

GRÄFIN VON ROVERE: Obwohl er höchstwahrscheinlich an unser aller Beerdigungen teilhaben wird.

Sie kehren zum Speisesaal zurück, wo Großonkel Salvatore eine Geschichte erzählt.

GROßONKEL: *mit großen Gesten* Ludmila hatte einen Arm verloren und schaffte es doch noch, mich zusammenzuflicken. Da fiel auf einmal eine Granate ins Büro der Oberschwester – Gott sei Dank war Daniela draußen, um ihre Pfeife zu rauchen.

GRÄFIN VON ROVERE: Der Bürgermeister macht seinen Toilettengang. Wir sind wieder da.

RORO: Gott sei's gedankt.

GROßONKEL: Und das war noch lange nicht alles! Die Explosion ließ die Hälfte des Gebäudes einstürzen und viele meiner Männer wurden in den Trümmern begraben. Da stellte sich die Frage, woher diese Granate überhaupt kam-

GRÄFIN VON ROVERE: Vielleicht könntet ihr das Geschichtenerzählen auf später verschieben.

GROßONKEL: Daniela war schließlich rauchen und der Kommandant hatte eine Partie Skat mit den deutschen Gefangenen begonnen, die wir in einem Bärenkäfig neben dem Toilettenhaus eingesperrt hatten.

GROßTANTE: Du erzählst Unfug, Salvatore, behellige uns nicht damit.

GROßONKEL: Ach, ihr scheint doch ohnehin alle zu unreif für meine Armeegeschichten.

ANTONIO: Ich finde sie sehr interessant.

GROßONKEL: Dann erzähl ich dir später das Ende.

MADAME CELESTE: Wie war es denn für den Bürgermeister, hier in Santa Fortezza?

LANNA: O er war sehr erfreut, uns und das Schloss zu sehen.

GRÄFIN VON ROVERE: Auch wenn er nicht mehr viel sehen kann.

Sie, Ernesto, Rosa und Antonio lachen.

GRÄFIN VON ROVERE: Ich bin mir sicher, der Tag wird noch amüsanter, wenn der Kardinal eintrifft.

GROßONKEL: Amüsant? Nein, religiös.

GROßTANTE: Die Hochzeit ist ein religiöser Tag, Salvatore.

ROSA: Ich freue mich auf meine Freundinnen aus der Stadt. Ich habe sie lange nicht mehr gesehen.

MADAME CELESTE: Sind das deine Schulfreunde?

ROSA: Nein, ich wurde privat unterrichtet hier in Santa Fortezza.

RORO: Und Ernesto?

ERNESTO: Ich ebenso.

RORO: Aha…

MADAME CELESTE: Auch Laura hatte privaten Unterricht. Nun denn. Wissen wir denn die genaue Anzahl an Gästen, die kommen werden?

GRÄFIN VON ROVERE: Nicht wirklich, aber das ist auch nicht relevant. Solange wir genug Tische und Stühle haben.

MADAME CELESTE: Und das Essen? Bei Gott, das Essen. Wird es denn ausreichen? Wir werden wahrscheinlich den ganzen Tag feiern und genügend Kräftigung benötigen.

GRÄFIN VON ROVERE: Es ist für alles gesorgt, Celeste, unsere Küchen arbeiten unentwegt.

MADAME CELESTE: Gut, gut. Man macht sich bloß so viele Gedanken vor großen Ereignissen wie einer Hochzeit.

GRÄFIN VON ROVERE: Aber natürlich.

LUIGI: *sieht zu Lara* Wenn ich mich an die Stunden vor unserer Hochzeit erinnere, dann kann ich das bestätigen. Alle sind aufgeregt, machen Wirbel um das Brautpaar. Und am Schluss ist alles schneller vorbei als man dachte.

RORO: Hoffentlich. Wir wollen ja nicht ewig hier verharren.

MADAME CELESTE: *haut ihm auf den Oberschenkel* Schluss!
Die Gräfin und Ernesto wechseln gegenseitig Blicke.

LUIGI: Jedenfalls ist die Sammlung an Erfahrungen und schönen Momenten, die man in dieser kurzen Zeit macht, wertvoller als die Hochzeit selbst.

LANNA: O ja, das stimmt. Der Ring am Finger und das Brautkleid sind eine Sache, aber der erste Kuss, Gemahl und Gemahlin, der Gedanke an die ewige Zweisamkeit, die bevorsteht, romantische Abende an warmen Sandstränden mit Secco und Pralinendesserts, heiße Nächte mit schweißübergossenen Körpern und dem intensiven Verlangen nach Rosendüften und endlosem Tango zu Pavillonmusik.

MADAME CELESTE: *fächert mit einer Serviette* Mir ist auf einmal so warm.

ROSA: Tante Lanna, du bist ja eine Romantikerin.

LANNA: Nein nein, ich bin ein Mensch.

GRÄFIN VON ROVERE: *erstaunt* Du steckst ja voll von Geheimnissen, Schwesterherz.

LUIGI: Das haben Sie wirklich sehr schön beschrieben, Donna Lanna.

LANNA: *geschmeichelt* Nicht doch, nicht doch.

Die Türen zum Speisezimmer öffnen sich und Cardinaldi tritt ein.

CARDINALDI: Der ehrenwerte Bürgermeister Ubaldo.

Ubaldo tritt schwerfällig hinkend mit seinen zwei Gehstöcken ein.

UBALDO: Ich bin zurückgekehrt. Ich grüße die Familien.

Alle begrüßen Ubaldo. Cardinaldi geleitet ihn zu einem Stuhl zwischen der Gräfin und der Großtante. Ubaldo setzt sich stöhnend und schnaufend hin.

GROßTANTE: Grüß dich, Ubaldo. Ich bin es, Imelda, erinnerst du dich noch?

UBALDO: *runzelt die Stirn* Imelda Lo Volveratto?

GROßONKEL: Nein, Imelda Lo wer solls denn sonst sein.

UBALDO: Ich erinnere mich. An Ihre Hochzeit mit Salvatore Lo Volveratto. Es ist schön, dass Sie beide noch am Leben sind.

GROßONKEL: Noch?

GROßTANTE: Wo ist denn deine Frau geblieben, Ubaldo?

UBALDO: Auf dem Friedhof. Seit dreißig Jahren.

GROßTANTE: Mein Beileid.

UBALDO: *zu Cardinaldi* Man schenke mir einen Trockenen ein. *Zur Runde* Hat man in diesem Hause schon diese neumodischen Drinks, oder wie sie heißen, probiert?

ROSA: Wir sind viel zu konservativ für so etwas.

GRÄFIN VON ROVERE: Mach dich nicht lustig, Rosa. Wir sind nicht konservativ, sondern werteorientiert.

ROSA: Was du nicht sagst.

GRÄFIN VON ROVERE: Zu Ihrer Frage: Nein, wir bleiben lieber bei unseren Hausweinen.

UBALDO: Schade, ich denke, mein ausgetrockneter Hals könnte so einen Drink gerade gut vertragen. *Sieht sich um und bemerkt Familie Palumbo* Wer sind Sie denn? Sie kommen nicht aus der Gegend.

LUIGI: Wir sind Freunde von Ernesto. Das stimmt, wir kommen aus Kalabrien. Woher wussten Sie das?

UBALDO: Ich bin schließlich Bürgermeister. Ich kenne meine Leute.

RORO: Auf so einer Insel kennt sich doch bestimmt jeder, zumal man über zwei Ecken miteinander verwandt ist.

MADAME CELESTE: Halte deinen Mund, Robert, ein für alle Mal!

GRÄFIN VON ROVERE: *erhebt sich* Robert, ich hoffe du bist heute nur schlecht gelaunt und meinst das, was du von dir gibst, nicht im Ernst. Ansonsten muss ich dich bitten, unsere Runde zu verlassen.

RORO: *steht auf* Habt Dank, Contessa, aber ich gehe schon von selbst. Wenn jemand mit mir sprechen möchte, findet man mich auf meinem Zimmer.

Roro ab.

MADAME CELESTE: Contessa, ich bitte aufrichtig um Entschuldigung für das unverzeihliche Verhalten meines

Mannes. Ich werde mich mit ihm unterhalten und ihn zur Vernunft bringen.

GRÄFIN VON ROVERE: Nein, Celeste, keine Entschuldigungen. Du trägst nicht die Verantwortung für sein Verhalten.

Madame Celeste ab.

GRÄFIN VON ROVERE: s*etzt sich wieder und seufzt*

ERNESTO: Das ist danebengegangen.

UBALDO: Wenn ich fragen darf, wer waren denn die Dame und der Herr gerade?

GRÄFIN VON ROVERE: Die Eltern der Braut.

ERNESTO: Meine Schwiegereltern.

UBALDO: Ah ja. Eltern, die sich streiten. Aber wo ist denn jetzt die Braut? Ich habe bemerkt, dass ich sie noch nicht gesehen habe.

GRÄFIN VON ROVERE: Sie ist auf ihrem Zimmer. Das Brautpaar darf sich vor der Vermählung nicht sehen.

UBALDO: Sehr richtig.

GROßTANTE: *zu Ubaldo* Ich habe von dem Fall mit Luiza und Silvestro erzählt.

UBALDO: O ja, seltsame Leute, wirklich seltsam.

GRÄFIN VON ROVERE: Das möchten wir jetzt sicher nicht wieder thematisieren.

ANTONIO: s*teht etwas hektisch auf*

LANNA: Mein Sohn, ist alles in Ordnung?

ANTONIO: Ja, alles gut, alles in Ordnung. Ich möchte nur etwas frische Luft schnappen. Ich hoffe, es ist nicht unhöflich, wenn ich euch alle jetzt kurz verlasse.

GRÄFIN VON ROVERE: Nein, gewiss nicht. Tu, was du tun musst.

ANTONIO: Das werde ich.

Antonio ab.

UBALDO: Ein netter Junge, der junge Antonio. Hat er schon ein Mädchen?

LANNA: O nein, er scheint sich nur sehr schwer in jemanden zu verlieben, der gute Anno. Aber wenn er es tut, dann ist er sehr konsequent in seinem Tun.

UBALDO: Hoffen wir, dass er jemand Würdiges findet.

Zweite Szene

Antonio begibt sich in die oberen Etagen zum Flügel mit den Gemächern. Er nähert sich der Tür zu Lauras Schlafzimmer.

ANTONIO: *in Gedanken* Ich kann nicht mehr, ich muss sie sehen, ich muss sie sprechen. Ich darf das heute nicht zulassen, ich darf es unter keinen Umständen. Ich muss es verhindern. Ich bin dazu verpflichtet, es zu verhindern. Ich muss es und ich will es. Jetzt oder nie.

Er steht vor der Tür, nimmt all seine Kraft zusammen und klopft.

LAURAS STIMME: Wer ist da?

Antonio schweigt. Dann ergreift er die Klinke, drückt sie herunter und betritt Lauras Schlafzimmer.

LAURA: *im Nachthemd im Bett liegend* Antonio, was tust du hier? *Sie richtet sich auf und hält die Decke über ihre Brust.* Du darfst nicht hier sein, geh bitte.

ANTONIO: Laura. Ernesto hat mich geschickt. *Er schließt die Tür hinter sich* Er bat mich, nach dir zu sehen und zu schauen, ob du dich wohl fühlst.

LAURA: *entspannter* Ahso, Ernesto schickt dich. Nun, wie du siehst, geht es mir gut. Du darfst also bitte gehen.

ANTONIO: *setzt sich auf einen Stuhl vor ihrem Bett* Ich möchte mich dessen vergewissern.

LAURA: Ich verstehe ja, dass du es gut mit mir meinst, Antonio, aber du darfst wirklich nicht hier sein. Das ist mein persönliches Schlafzimmer.

ANTONIO: Das verstehe ich ganz gut und ich bin gleich weg.

LAURA: Ich bestehe darauf, dass du mein Zimmer verlässt.

ANTONIO: Ich möchte nur reden, Laura, das kannst du wohl nicht ablehnen, oder nicht?

LAURA: s*eufzt* Gut, dann rede, aber beeile dich. Ich will nicht, dass man dich mit mir in meinem Zimmer sieht.

ANTONIO: Aber wieso denn nicht? Bin ich nicht Teil der Familie? Ich bin dein Schwager.

LAURA: Und mein Schwager sollte meine Privatsphäre respektieren.

ANTONIO: Ich respektiere dich mehr, als du denkst, liebe Laura. Wirklich. Und deshalb bin ich auch hier. Aus höchstem Respekt, aus höchster Zuneigung zu dir.

LAURA: Zuneigung?

ANTONIO: Genau. Ich möchte mit dir einmal durch all die Geschehnisse, die geschehen sind und geschehen werden, durchgehen und klar und sachlich über sie reflektieren.

LAURA: Du hörst dich an wie meine Gouvernante, die mit mir Geschichtsunterricht machen möchte.

ANTONIO: Ich meine es ernst, Laura.

LAURA: Und ich erst. Nun, worüber möchtest du denn reflektieren, Antonio.

ANTONIO: Es geht um den heutigen Tag. Um die Hochzeit, um deine Hochzeit.

LAURA: Ja, was ist damit?

ANTONIO: Nun ja, wie soll ich das sagen? Ich… ich frage mich, ob du dir wirklich im Klaren darüber bist, was du da tust, was du im Begriff bist zu tun. Diese Heirat, die ja ein loses Arrangement zwischen deinen Eltern und den Eltern von Ernesto ist.

LAURA: Worauf willst du hinaus?

ANTONIO: Ich finde, ich meine, es ist doch verständlich, dass man den Gegenstand eines Arrangements, eines Vertrages, anzweifeln kann. Und deshalb frage ich mich, ob dieses Bündnis… wie soll ich sagen… ob diese Heirat eine echte Basis hat, ob sie an Echtheit besitzt, wenn du verstehst, was ich da gerade sagen möchte.

LAURA: *zieht ihre Brauen zusammen* O ja, ich glaube, ich verstehe, was du meinst.

ANTONIO: Gut, bitte denke nicht, dass ich da an etwas denke, denn letzten Endes sind mir nur deine Gefühle und dein Wohlbefinden wichtig, was ja unmittelbar mit dieser Heirat zusammenhängt, verstehst du?

LAURA: Ich verstehe, dass du bezweifelst, dass die Heirat zwischen deinem Cousin und mir auf wahrer Liebe basiert. Verstehe ich es richtig?

ANTONIO: Nun ja, wenn man es aus einer anderen Perspektive betrachtet-

LAURA: Antonio, bitte präzisiere dich.

ANTONIO: *hält inne*

LAURA: Ich halte es jetzt umso besser und notwendiger, dass du gehst. Jetzt. Sofort.

ANTONIO: *erzürnt* Weißt du, Laura, ich sehe vieles, nein, ich sehe alles, wirklich alles. Und das, was ich sehe, ist keine Liebe. Es ist eine Häufung von leeren Umarmungen,

farblosem Lächeln und halbromantischem Süßholzraspeln.
Das ist keine Liebe, was zwischen dir und Ernesto ist, Laura,
das ist keine Liebe.

LAURA: *ebenfalls erzürnt* Geh. Du hast genug geredet. Geh
und lasse dich nicht mehr blicken.

ANTONIO: *steht auf und ergreift das Bettgerüst* Wage es nicht,
so mit mir zu reden. Ich bin es, der sich Sorgen um dich
macht, der sich um dich kümmern will, der dich so behandeln
will, wie es einer Dame deines Kalibers zusteht. Während
Cousin Ernesto nur daran denkt, dich zum nächstbesten
Zeitpunkt ins Bett zu kriegen.

LAURA: *wirft mit einem Kissen nach ihm* Schweig! Du redest
Schwachsinn. Ernesto ist ein viel besserer Mann, als du es je
sein könntest – und wage es nicht, so herablassend über ihn
zu reden. Du bist es, der nur Frechheiten und Schamlosigkeit
im Kopf hat. Du hast dich in meinen Augen erniedrigt.

ANTONIO: Nein, Laura, nein. Bitte, kommen wir wieder zur
Ruhe. Ich will nicht mit erhöhter Stimme mit dir reden.

LAURA: Und ich will nicht mit dir reden. Also geh. Jetzt.

*Auf einmal klopft es an der Tür. Laura und Antonio gefrieren
stillschweigend.*

ERNESTOS STIMME: Laura, mein Liebling, guten Morgen,
Darf ich die Türe öffnen? Nur einen Spalt breit.

LAURA: *flüsternd zu Antonio* Kein Wort. *Zur Tür* Natürlich,
Ernesto, aber komm nicht rein, wir dürfen uns unter keinen
Umständen sehen.

ERNESTO: *öffnet die Tür einen Spalt breit* Ich wollte nur deine Stimme hören. Wie geht es dir, wie fühlst du dich?

LAURA: *atmet angespannt* Gut, sehr gut. Ich bin nur aufgeregt, der heutige Tag ist der schönste Tag meines Lebens. *Sieht Antonio in die Augen* Und ich kann es kaum erwarten, deine Gemahlin zu werden.

ERNESTO: Ich kann es kaum erwarten, dein Gemahl zu werden.

LAURA: Aber mache dir um mich keine Sorgen, Ernesto. Ich schaffe es schon. Kümmere dich um die Vorbereitungen. Wir sehen uns vor dem Altar.

ERNESTO: Und wie wir uns dort sehen. Bis bald, Laura. Ich liebe dich.

LAURA: Ich liebe dich noch mehr.

Ernesto schließt die Tür. Laura und Antonio verharren noch eine Weile schweigend, bis sich Antonio wieder auf den Stuhl vor dem Bett setzt.

ANTONIO: Ich bitte dich, Laura, überdenke das alles. Eine Heirat muss immer auf wahrer Liebe beruhen, damit sie eine glücklich wird.

LAURA: Du hast Glück, dass Ernesto dich nicht gesehen hat. Denn wäre dies passiert, hätte er dich von hier verjagt, was ich mir sehr wünsche.

ANTONIO: Ich glaube nicht, dass du das tust. Sonst hättest du ihn ganz einfach darum gebeten. Das zeigt mir, dass du immer noch unsicher bist, dass du Zweifel hast, so wie ich sie habe. Du darfst nicht zulassen, dass deine Eltern und die

Eltern eines dir Unbekannten über deine Zukunft bestimmen. Du musst selbst entscheiden, Laura, du musst richtig entscheiden.

LAURA: Unterstehe dich zu behaupten, was richtig für mich ist und was nicht. Und falls du es nicht wusstest, diese Heirat war und ist ganz allein meine Entscheidung. Ich habe entschieden, Ernesto zum Mann zu nehmen – und das ist die richtige Entscheidung.

ANTONIO: Dann bist du verloren, liebe Laura. Denn du hast dich von allen und alldem hier benebeln lassen. Das ist nicht real, Laura – nichts. Aber ich kann dir helfen, wieder zur Realität zurückzukehren. Du musst es nur ebenso wollen. Nur ein Wort von dir, Laura, und ich zeige dir die Wirklichkeit, wie sie schöner nie sein könnte.

LAURA: Mir wird gleich übel von deinen giftigen Worten.

ANTONIO: *steht auf und geht ans Bett* Giftige Worte? Aber nein, Laura, ich will dir nur helfen. Du verstehst mich einfach nicht. Ich will dir helfen.

LAURA: Bleib weg von mir.

ANTONIO: s*etzt sich aufs Bett neben ihren Beinen, die sie sofort zu sich zieht* Habe keine Angst vor mir und der Realität. Du musst sie einfach nur akzeptieren, danach wird es dir gut gehen.

LAURA: Wenn du mich berührst, werde ich mich wehren.

ANTONIO: Ich werde dich nicht berühren, Laura. Auch wenn ich es nur zu gerne täte. Aber dein Körper gehört noch einem anderen. Ich will, dass du dich von ihm befreist.

Dritte Szene

Draußen vor dem Haupteingang des Schlosses stehen in einer Reihe die Contessa della Rovere, Lanna, Rosa und Cardinaldi. Ernesto kommt aus dem Schloss und stellt sich dazu. Ein Automobil fährt auf sie zu.

GRÄFIN VON ROVERE: Don Libero ist gleich hier. Wo warst du, Ernesto?

ERNESTO: Ich habe nur nach Laura gesehen. Es geht ihr sehr gut. Sie ist wirklich sehr aufgeregt wie ich.

GRÄFIN VON ROVERE: Du hast sie doch nicht gesehen, oder?

ERNESTO: Nein, natürlich nicht.

Das Automobil hält vor ihnen. Der Chauffeur öffnet die Türen. Libero Lorravi, Dalia Lorravi und Leandro Lorravi steigen aus.

DON LIBERO: Die Welt dreht sich weiter, hält nie still, und Familie Rovere tut es auch nicht. *Die Contessa und er umarmen sich* Es ist schön, dich zu sehen, Donatella.

GRÄFIN VON ROVERE: Es freut mich ebenso, Libero. Schön, dass ihr hier seid.

DON LIBERO: Meine Frau, Dalia, mein Sohn, Leandro.
Sie begrüßen einander.

ERNESTO: Herzlich Willkommen auf Santa Fortezza Delle Nubi, Don Libero. Ihre Anwesenheit ehrt uns sehr.

DON LIBERO: Unser Bräutigam. Grüß dich, Ernesto. Hab Dank für den Empfang.

GRÄFIN VON ROVERE: Wir werden euer Gepäck sofort in eure Zimmer bringen. Cardinaldi wird es organisieren.

DON LIBERO: Besten Dank. Die Fahrt hatte sich etwas verzögert, weil unsere Fähre nach Catania Startschwierigkeiten hatte.

GRÄFIN VON ROVERE: Das macht nichts. Jetzt seid ihr hier und das ist gut. Kommt, gehen wir hinein.

Libero und Dalia folgen der Gräfin und Lanna. Leandro Lorravi gesellt sich zu Ernesto und Rosa.

LEANDRO: Hallo zusammen, lange nicht mehr gesehen.

ROSA: Stimmt. Und alle sind wir ein Stück erwachsener geworden.

ERNESTO: Es freut mich, dass du auch da bist, Leandro. In Momenten wie diesen hat man gerne all seine Freunde um sich.

LEANDRO: Danke, das bedeutet mir viel.

ERNESTO: *zu Rosa* Hast du Anno gesehen? Ich wollte ihn fragen, ob er mit uns eine Junggesellenfahrt machen möchte.

ROSA: Nein, aber der taucht bestimmt wieder auf.

ERNESTO: Na dann. Kommt, lasst uns reingehen.

Die Gräfin und Lanna, gefolgt von Libero und Dalia, betreten die große Kunstbibliothek des Schlosses, wo sich ebenso Bürgermeister Ubaldo, Großtante Imelda und Großonkel Salvatore Lo Volveratto und Familie Palumbo versammelt haben. Alle begrüßen die Lorravis.

DON LIBERO: Vielen Dank, ich grüße Sie alle.

GRÄFIN VON ROVERE: Dalia und du, ihr dürft hier gerne Platz nehmen. In Bälde werden wir nach draußen gehen, wo die Hochzeit stattfinden wird.

DON LIBERO: *Dalia und er setzen sich* Danke, Donatella.

LANNA: Ach, schön so viele Menschen hier versammelt zu sehen. Ich sage es immer wieder, Santa Fortezza ist nur dann schön, wenn es mit Menschen überfüllt ist.

DON LIBERO: Ich habe bemerkt, dass Geronimo noch nicht erschienen ist. Ist er nicht im Hause?

GRÄFIN VON ROVERE: *schluckt* Er... nun, es ist kompliziert.

LANNA: Er wird noch kommen. Er ist geschäftlich unterwegs.

GRÄFIN VON ROVERE: Genau, das ist er.

DON LIBERO: *nickt*

Die Gräfin und Lanna verlassen die Bibliothek und laufen in einen Flur hinaus.

TELLA: Danke, Lanna. Ich war nur etwas neben der Spur.

LANNA: Nichts zu danken, Tella.

TELLA: Es ist nur...

Sie halten an. Donatella hält inne und holt tief Luft. Ihr Atem ist zittrig.

TELLA: Er fehlt mir. *Sie schüttelt den Kopf und beginnt zu weinen* Er fehlt mir so sehr, Lanna. Über alles!

Lanna umarmt Tella, die in ihre Schulter weint.

LANNA: Es ist alles in Ordnung, Tella, weine, weine so viel du weinen möchtest.

TELLA: *schluchzend* Seit er weg ist, habe ich immer ein unruhiges Gefühl in mir, und seit der Entführung kommt es mir vor, als stünde die Welt kurz vor ihrem Untergang. Es ist schrecklich, Lanna, ich fühle mich so hilflos, so schwach. Ohne ihn ist mein Leben kein Leben.

LANNA: *tätschelt ihr die Schulter*

TELLA: *weinend und schluchzend* Jede Sekunde, die vergeht, die ohne ihn vergeht, kommt… kommt mir so vor… *sie schluchzt und hustet*

LANNA: Na na, lass es ruhig raus, Tella. Die letzten Ereignisse haben den Tumult in dir nur in noch größere Gewitterstürme verwandelt. Weine dich aus, aber lass dich nicht von deiner Unruhe überwältigen. Du musst stark bleiben, für uns, für Nimo und vor allem für dich selbst.

TELLA: *löst sich von Lannas Schulter und sieht ihr mit tränendem Gesicht in die Augen* O ich danke dir, meine liebe Schwester. Ich danke dir. *Sie schnieft und wischt sich die Tränen aus dem Gesicht* Denkst du… denkst du, er könnte noch am Leben sein? Dieser Zeitungsbericht, den Antonio vorgelesen hatte-

LANNA: Nein. Lasse diese Gedanken nicht zu, Tella. Wir wissen noch nichts, aber ich bin mir noch nie so sicher gewesen – Nimo ist am Leben, und er wird zurückkehren.

TELLA: Du sagst es, wir wissen noch nichts. Und genau diese Unwissenheit, diese Ungewissheit, fühlt sich wie ein kalter Dolch an, der auf meine Brust gerichtet ist, auf mein Herz, kurz davor einzustechen.

LANNA: Ich sage dir, was du tun sollst. Wenn du diesen Dolch vor deiner Brust siehst, dann nimm ihn in deine Hände und wirf ihn weit weg, hinaus ins weite blaue Meer.

TELLA: *schmunzelt* Welch eine simple und schöne Vorstellung, Lanna. Manchmal wünschte ich mir, ich wäre so wie du. Unbeirrbar, eigenständig und von nichts und niemandem aus der Ruhe zu bringen.

LANNA: Aber all das bist doch du, Tella. Du bist die eiserne Lady, die stählerne, die eherne Frau, die Frau aus Eisen und Stahl – erinnerst du dich?

TELLA: Wie könnte ich das vergessen.

LANNA: Du bist stark, Tella, und du wirst jede noch so tödlichere Krise und alle Kataklysmen überwinden, so wie du es bereits unzählige Male zuvor geschafft hast.

TELLA: *nickt schmunzelnd*

LANNA: Und vergiss nie, wir sind bei dir und mit dir.

TELLA: Wofür ich mehr als nur dankbar bin.

LANNA: Also.

TELLA: Also!

LANNA: Auf geht's.

TELLA: Ja! Zurück ins Hier und Jetzt.

LANNA: Die Gräfin hat gesprochen.

Beide brechen in Gelächter aus.

TELLA: O ich danke dir, Lanna, danke, dass du für mich da bist. Dein Halt und deine Unterstützung sind größer als die liebe Welt.

LANNA: Deshalb sind Schwestern doch da!

TELLA: Wohl wahr. Wäre nur noch Veffa hier.

LANNA: Nun, sie hat sicher viel zu tun in Anatolien, aber in Gedanken ist sie immer bei uns.

TELLA: Das denke ich auch, ja. Nun gut. Zurück zur Sache. Ich gehe mal zu Laura, wir müssen das Kleid vorbereiten.

Vierte Szene

In Lauras Schlafzimmer befinden sich Laura und Antonio.

LAURA: Lügner, Ernesto hat dich nicht geschickt. Du hast dich selbst eingeladen. Gehe jetzt sofort! Ich sage es kein zweites Mal.

ANTONIO: Ich gehe nicht weg, es sei denn du hast alles wirklich gut überdacht.

LAURA: Das habe ich – und jetzt geh.

ANTONIO: Du darfst nicht zulassen, zu etwas gezwungen zu werden, das du nicht tun möchtest. Ich sehe es doch, ich spüre doch, dass es dich im Inneren entzweit.

LAURA: Das einzige, was hier gleich entzweit wird, bist du, wenn du mein Zimmer nicht auf der Stelle verlässt.

ANTONIO: Laura-

LAURA: Soll ich etwa schreien? Damit jemand hier herkommt und sieht, was für ein ungezogener Junge du bist?

ANTONIO: Ich bin nicht ungezogen. Ich bin vernünftig. Und das bist du auch. Sage es doch einfach, sage, dass diese Heirat nichts als ein juristischer Vertrag ist und du Ernesto nicht liebst.

LAURA: Aber genau das tue ich doch, wieso verstehst du es nicht? Ich liebe Ernesto – und so wird es auf ewig bleiben. Deine Bemühungen, die ich wirklich nicht nachvollziehen kann, sind vergebens.

ANTONIO: Das fürchte ich. Du bist zu tief hineingezogen worden in das Dickicht von Manipulationen und Ränken. Ich sollte es wohl lassen, auch wenn mir dies widerstrebt.

LAURA: Ja, geh doch bitte. Ich bitte dich, ich flehe dich an. Gehe!

ANTONIO: Du musst nicht flehen. Du bist nicht in der Position, um zu flehen.

Es klopft. Die beiden erstarren erneut stillschweigend. Die Tür öffnet sich und die Gräfin von Rovere tritt ein.

GRÄFIN VON ROVERE: Einen schönen guten Morgen, Laura, wir müssen-

Die Gräfin sieht Antonio und hält abrupt an.

GRÄFIN VON ROVERE: *runzelt die Stirn* Antonio? *Sie sieht die beiden abwechselnd an*

LAURA: Es ist nicht das, wonach es aussieht, Mutter Tella.

GRÄFIN VON ROVERE: *kühl und seriös* Was geht hier vor sich?

LAURA: Antonio wollte bloß nach mir sehen. Er wollte prüfen, ob alles in Ordnung ist.

GRÄFIN VON ROVERE: Und hast du das Antonio? Hast du geprüft, dass Laura in Ordnung ist? *Sieht sich Laura an* Mit Nachthemd im Bett.

ANTONIO: Tante Tella, es ist wirklich nichts vorgefallen.

GRÄFIN VON ROVERE: O das will ich hoffen – für dich, nicht für mich. Denn du hast hier nichts zu suchen, ob du nun etwas überprüfen willst oder nicht. *Zu Laura* Und du hast ihn nicht daran gehindert, hier einzutreten?

LAURA: Aber ich konnte doch nicht, ich wäre halb entblößt in meinem Nachthemd.

GRÄFIN VON ROVERE: Dann zieh dir etwas über, Mädchen.
Ein fremder Mann betritt dein Gemach kurz vor deiner
Hochzeit und du liegst einfach nur da. *Schüttelt den Kopf*
LAURA: Aber es ist nichts vorgefallen, ich beschwöre es.
GRÄFIN VON ROVERE: Beschwörungen hin oder her, diese
Szene ist mehr als unvernünftig – alle beide habt ihr euch
entehrt in meinen Augen. Ich hoffe, dass Ernesto nichts davon
mitbekommen hat, als er hier war.
LAURA: Das hat er nicht, er ist nicht eingetreten.
GRÄFIN VON ROVERE: Gut, denn sonst wäre er auf
dieselben Gedanken gekommen, die ich hatte, als ich
hereinkam. Und wäre heute nicht deine Hochzeit, Laura, hätte
ich ein Machtwort ausgesprochen. Aber, *sie macht eine
Atempause* ich bin nicht so – weder habe ich vor, im Streit mit
euch beiden zu liegen noch möchte ich den heutigen Tag
ruinieren. Deshalb schlage ich vor, Antonio geht jetzt und wir
beide kümmern uns um dein Hochzeitskleid. Diese Szene,
hier und jetzt, vergessen wir, als wäre sie nie passiert. Jedoch,
vergesst nicht, dass ihr in Ungnade gefallen seid. Bis zu dem
Tag, an dem ihr eure Würde wiedererlangt, werde ich
behutsam mit euch umgehen, um mögliche Kollateralschäden
zu vermeiden.
LAURA: Ich bitte aufrichtig um Verzeihung.
ANTONIO: Ich ebenso.
GRÄFIN VON ROVERE: Geh jetzt, Antonio. Doch merke dir,
damit ist es nicht zu Ende. Ich werde mich mit deiner Mutter

über diese Szene unterhalten. Anschließend wird sie eine geeignete Disziplinarmaßnahme für dich finden.

ANTONIO: Tante Tella, ist das wirklich nötig? Können wir die Sache nicht unter uns drei lassen?

GRÄFIN VON ROVERE: Nein. Denn du hast einen schweren Fehler begangen – deine Mutter wird entscheiden, wie hart die Konsequenzen sein werden.

ANTONIO: Sie wird es nicht verstehen-

GRÄFIN VON ROVERE: Die Türe, Antonio. Die Türe.

Antonio verlässt Lauras Schlafzimmer.

GRÄFIN VON ROVERE: Und von dir, Laura, hätte ich besseres erwartet. Du bist wohl doch nicht so vernünftig, wie deine Eltern mir sagten. Wie bedauerlich. Dabei hatte ich so hohe Erwartungen an dich.

LAURA: Mutter Tella, bitte-

GRÄFIN VON ROVERE: Das Hochzeitskleid, Laura, muss jetzt anprobiert werden. Verlasse das Bett, zieh dich an und folge mir zum Umkleidesaal.

LAURA: Ja, natürlich.

Fünfte Szene

Im Gemach von Madame Celeste und Roro sind ebenjene versammelt.

MADAME CELESTE: Wenn du dich weiterhin so aufführst, wirst du nicht an der Hochzeit teilnehmen. Das ist mein letztes Wort.

RORO: Mache dich nicht lächerlich, Celeste. Der Vater der Braut nicht bei der Hochzeit. Zum lachen.

MADAME CELESTE: Ich weiß nicht, was in dich gefahren ist. Seit wir hier sind, kommt nur noch Wut und Aufregung aus deinem Mund. Fehlt dir Paris? Fehlt dir der parisische Wein? Was ist es, das dich so durchdrehen lässt?

RORO: Soll ich dir sagen, was mich durchdrehen lässt, Weib? Soll ich?

MADAME CELESTE: Robert, werde jetzt nicht aggressiv.

RORO: Aber ich bin aggressiv. Und wieso? Weil dieser gesamte Saftladen und all diese unangenehmen Leute mir langsam aber sicher an den Kragen gehen. Ich vermisse die Zeit, in der wir über andere Dinge sprechen konnten, als über diese verdammte Gräfin und ihren legendären Ehemann, als über die Hochzeit von unserer wunderschönen, gottgeschaffenen Tochter, unserem vom Paradies entsandten Erzengel, mit diesem dummen Macho, der immer so gelassen und geheimnisvoll wirkt. Ich vermisse die Zeit, in der wir eine ganz normale, wohlhabende Familie aus gutem Hause waren, zivilisierte Leute, die nichts mit diesem kriminellen Abschaum, dieser peinlichen Sekte zu tun haben. Das vermisse ich, Celeste, ich vermisse unsere schöne alte Zeit, die du so schnell scheinst vergessen zu haben.

MADAME CELESTE: *hört weiter zu*

RORO: Und nun, da sich diese Kriminellen bekriegen werden, fürchte ich um unser aller Leben. Dabei hätte das alles nie passieren können – es hätte nie passieren dürfen. Alles ist fehlerhaft, Celeste, uns eingeschlossen. Ich bedauere alles, ich bedauere es zutiefst. Ich hoffe, dass du mich irgendwann verstehen wirst.

MADAME CELESTE: *tränend* Alles ist fehlerhaft, Celeste, uns eingeschlossen.

RORO: *sieht ihr in die Augen*

MADAME CELESTE: Denkst du wirklich so über uns, Roro? Sind wir fehlerhaft in deinen Augen? Denn wenn dem so ist, dann habe ich dich verstanden. Ich habe verstanden, was du mir gerade mitteilen wollest.

RORO: Celeste-

MADAME CELESTE: Ich sage dir, ich empfinde nicht so, wie du es tust. Aber im Leben kommt zu einer gewissen Zeit der Punkt, an dem man mit etwas Altem aufhören und mit etwas Neuem beginnen muss. Sehr wahrscheinlich ist der jetzige Augenblick so ein Punkt.

RORO: Celeste, was… was willst du mir sagen?

MADAME CELESTE: Das, was du mir gesagt hast. Jetzt, wo ich darüber nachdenke, finde ich, dass es so tatsächlich besser wäre. *Sie nimmt ihren Ehering ab und legt ihn auf ein Nachttischchen.*

RORO: A... aber... aber Celeste, du... du kannst doch-

MADAME CELESTE: Lass uns die Gegenwart nicht bedauern und mit Wehmut an die Vergangenheit erinnern. Lass uns lieber an die Zukunft denken, die nun nicht mehr unsere ist, sondern nur deine und nur meine.

RORO: *tränend* Celeste, mein Schatz, du denkst doch nicht-

MADAME CELESTE: *unterdrückt ihr Weinen* Werde glücklich, Roro, denn Gott weiß, ich werde es nie mehr sein können.

Celeste verlässt das Zimmer und fängt auf halbem Wege an zu weinen. Roro steht irritiert und tränend im Zimmer und sieht sein beschämendes Selbst im Wandspiegel.

RORO: Celeste, mon amour...

Sechste Szene

Im Foyer des Schlosses sind Ernesto, Luigi und Leandro Lorravi versammelt. Antonio erscheint.

ERNESTO: Gut, dann machen wir das so.

ANTONIO: Hallo allerseits, ich habe gehört, dass ihr nach mir sucht.

ERNESTO: Ah, mein liebster Cousin, mein Bruder, Luigi, Leandro und ich haben auf dich gewartet. Wir wollen eine kleine Rundfahrt machen durch die Gegend. Eine Art Abschluss unter Junggesellen.

LUIGI: Bevor unser guter Ernesto mit seiner Gemahlin in die luna die miele zieht.

ERNESTO: Ich fahre – und ihr nehmt etwas Flüssiges mit, damit unsere Speiseröhren nicht vertrocknen.

LUIGI: O nein, Ernesto, ich werde fahren. Du wirst schön deine Speiseröhre vorm Vertrocknen bewahren.

ERNESTO: Wir können uns abwechseln.

LEANDRO: Damit wir gegen einen Baum fahren? Irre.

ERNESTO: He, lass uns doch diesen Spaß. Eine letzte kleine Tour vor dem Eheleben – das könnt ihr mir doch nicht abschlagen.

LUIGI: Und, Antonio, kommst du mit?

ANTONIO: *zuckt mit den Schultern* Klar, warum nicht.

ERNESTO: Perfekt, jetzt fehlen uns nur die Getränke und ein Automobil. Ich schlage vor.

LUIGI: Ich schlage vor, wir nehmen das Cabriolet.

ERNESTO: O ja, die Hitze ist unerträglich.

ANTONIO: Aber ich verzichte auf die Getränke, geht das in Ordnung?

ERNESTO: Wieso denn? Hast du Angst, etwas angesäuselt zu werden, Anno?

ANTONIO: Ja, wahrscheinlich das.

LUIGI: Dann haben wir unseren Fahrer gefunden.

LEANDRO: Aber wird der junge Antonio damit klarkommen? Drei betüterte Caballeros durch die syrakischen Ländereien zu fahren?

LUIGI: Das muss er!

ERNESTO: Natürlich wirst du zu nichts gezwungen, Anno. Wenn du nicht willst, musst du nicht.

ANTONIO: Doch doch, ich komme mit. Jetzt, wo ich überlege, könnte es durchaus eine spaßige Rundfahrt sein.

LUIGI: Das hoffen wir!

ANTONIO: Ich fahre – und ihr amüsiert euch.

ERNESTO: Abgemacht.

Die jungen Herren verlassen Santa Fortezza und begeben sich zu den Ställen. Dort nehmen sie das Cabriolet – Antonio sitzt am Steuer, Ernesto neben ihm und hinten Luigi und Leandro.

LUIGI: Auf geht's!

LEANDRO: Was gibt es Gutes zum degustieren?

Sie fahren los, hinaus in die Ländereien in Syrakus. Luigi verteilt Fläschchen an Ernesto und Leandro.

LUIGI: Auf dich, Ernesto! Und auf deine gemeinsame Zukunft mit der lieben Laura!

Sie stoßen an.

ERNESTO: Haben Sie vielen Dank, meine Kameraden. Ich hebe mein Glas auf euch, meine lieben Freunde, ohne die ich nicht überleben würde auf dieser Welt.

LEANDRO: Der Bräutigam hat gesprochen.

Sie trinken und lachen, sie lachen und trinken. Antonio kutschiert sie über eine Landstraße in Richtung der bekannten Felder und Ländereien.

ERNESTO: Seht diese Schönheit, unsere Natur, unsere Wiesen und Weiden, die Felder mit Bäumen und Weizen. Trinken wir darauf!

LUIGI und LEANDRO: Hei!

Sie trinken und lachen.

LUIGI: Sag doch, Ernesto, das wird doch dein Herrschaftsgebiet sein, dein kleines Reich. Wenn du erst der Conte wirst.

ERNESTO: *schwenkt sein Fläschchen* Der Conte ist mir egal. Solange meine Frau und ich auf diesen Feldern leben, ist mir alles andere gleich.

LUIGI: Darauf trinken wir.

ERNESTO, LUIGI und LEANDRO: Hei!

ANTONIO: *flüsternd* Noch ist sie niemandes Frau.

Sie trinken. Leandro erbricht.

LUIGI: Nach draußen, nicht hier rein. Nach draußen.

ERNESTO: Wer mein Auto dreckig macht, macht es anschließend sauber – Regel Nummer 1.

LEANDRO: Ich habe nicht beschmutzt – ich schwöre.

ANTONIO: Wohin soll ich als nächstes fahren?

ERNESTO: Wohin du willst, Anno. Zu den Bergen, zu den Wäldern, zu den Zitronenbäumen.

LUIGI: Nach oben in den Himmel.

ERNESTO: O nein, mein Freund, da waren wir oft genug im Krieg.

LEANDRO: Wart ihr nicht bei den Bodentruppen?

ERNESTO: Wir waren überall, auf Land, auf hoher See und in den Lüften.

LUIGI: O welch eine schreckliche Zeit. Trinken wir auf unsere gefallenen Kameraden.

ERNESTO, LUIGI und LEANDRO: Hei!

LUIGI: Und auf ihre Familien.

ERNESTO, LUIGI und LEANDRO: Hei!

LUIGI: Und auf die Familien ihrer Familien.

ERNESTO, LUIGI und LEANDRO: Hei!

LUIGI: Und auf die kommenden Familien, die alle in Frieden leben werden.

ERNESTO, LUIGI und LEANDRO: Hei!

LEANDRO: Und auf ihre Haustiere.

ERNESTO, LUIGI und LEANDRO: Hei!

Sie betrinken sich.

ANTONIO: Ich hoffe, wir sind am Ende alle nüchtern. Die Hochzeit beginnt in drei Stunden.

ERNESTO: Mach dir mal keine Sorgen, Anno, wir sind schließlich reife Herren.

LUIGI: *zu Leandro* Reife Herren, sagt er. Trinken wir auf uns reife Herren.

ERNESTO, LUIGI und LEANDRO: Hei!

LUIGI: Trinken wir auf die Sonne, die für uns scheint.

ERNESTO und LUIGI: Hei!

LEANDRO: *stark angesäuselt* O je…

LUIGI: Was hast du, Kamerad?

LEANDRO: *fällt in seinen Sitz zurück und lässt sein Fläschchen fallen*

ANTONIO: Was ist geschehen?

LUIGI: Nichts, der Kamerad braucht nur etwas Schlaf. Fahr weiter, Antonius.

ERNESTO: Kamerad Leandro hatte zu viel. Gut, dass wir noch da sind, wer hätte denn noch die übrige Flüssigkeit trinken können?

LUIGI: Teilen wir es gerecht auf. Ich nehme vier Flaschen, du nimmst eine.

ERNESTO: Gerecht sieht etwas anders auf, Kamerad Luigius.

LUIGI: Ne ne, Kamerad Ernestus. Du wirst doch hoiraten. Dein Braut soll dich nit so sehen wie den Kamrad Leandus.

ERNESTO: Was sagt er?

LUIGI: Du wirst doch hoiraten den Kemrad Leander, hab ich sagt.

ERNESTO: Er spricht wild. Anno, verstehst du Kamerad Luigius?

ANTONIO: *hebt unbeeindruckt die Brauen*

LUIGI: *schwafelt unverständlich vor sich hin*

ERNESTO: Was? Was?

Während Ernesto Luigis Rede zu dechiffrieren versucht, steuert
Antonio das Automobil zu den Zitronenplantagen.

ERNESTO: *zu Luigi* Ne, die Laura werde ich hoiraten.

LUIGI: Kameradin Laurus.

ERNESTO: Die feine Dame.

LUIGI: Trinken wir auf die feine Dame, Kamerad Laurus.

ERNESTO und LUIGI: Hei!

Antonio fährt an den Zitronenbäumen entlang.

ANTONIO: *in Gedanken* Erbärmlich. Ich empfinde
Fremdscham. Wer hätte gedacht, dass sich Ernesto so
aufführen könnte. Er ist ein Schwein. Und Schweine dürfen
Prinzessinnen nicht heiraten – unter keinen Umständen.

Weit vorne auf dem Feld steht ein breitstämmiger Baum.

ANTONIO: *in Gedanken* Was hatte Leandro gesagt? Gegen
einen Baum fahren.

Sie nähern sich dem Baum. Antonio beschleunigt.

ERNESTO: Macht Kamerad Antonius ein Rennen mit dem
Wind?

LUIGI: Der Vogel dort oben wird gewinnen.

ANTONIO: Macht euch keine Sorgen, *mit Degout in der Stimme*
liebe Kameraden. Ihr werdet das alles sowieso vergessen
haben, wenn ihr wieder zu euch kommt – wenn ihr überhaupt
zu euch kommen werdet.

ERNESTO: Soso!

LUIGI: Ein Hoch auf Antonius!

Auf den Feldern geht Landwirt Gesualdo mit Hündchen Venilia spazieren und führt die üblichen Kontrollen durch. Er trägt einen gebügelten Anzug.

LANDWIRT GESUALDO: *zu Venilia* Muss ich nur noch schauen, dass er nicht dreckig wird. Sonst köpft mich meine liebe Donna.

Am Horizont, hinter einer Hügelkette, bemerkt Landwirt Gesualdo dunklen Rauch aufsteigen. Ein fernes Heulen ertönt.

LANDWIRT GESUALDO: Cosa sta succedendo, Venilia?

HÜNDCHEN VENILIA: *besorgt* Wuff!

Gesualdo und Venilia eilen voran, besorgt um die möglichen Ursachen für den schwarzen Rauch, der den blauen Himmel verdunkelt. Je näher sie kommen, umso lauter ist das Heulen und Stöhnen. Sie besteigen die Hügelkette und erreichen pochend und schnaufen den Schauplatz, an dem sich ein tragischer Unfall, ein Moment des Schreckens und der-
Moment.

LANDWIRT GESUALDO: Don Ernesto, was ist hier geschehen?

Vor einem breitstämmigen Baum steht ein Cabriolet. Darum stehen Ernesto, Luigi, Leandro und Antonio. Aus dem Motor steigt dunkler Rauch empor. Der betrunkene Leandro heult wie ein Werwolf.

LEANDRO: Die Nacht ruft mich, die schwarze Nacht im Himmel!

LUIGI: Geh doch wieder schlafen, Kamerad.

LANDWIRT GESUALDO: Don Ernesto?

ERNESTO: *leicht angesäuselt* Bauer Gesualdo, es tut mir leid, wenn der Rauch euch beide erschreckt hat. Antonio hat den Wagen zu schnell gefahren und jetzt scheint etwas nicht mehr zu funktionieren. Der Wagen kam vor diesem Baum einfach zum Stillstand.

ANTONIO: Leider weiß niemand von uns, wie man ein solches Automobil repariert. Außerdem sind wir zu betrunken dafür.

LANDWIRT GESUALDO: *sieht sich den Wagen an; zu Venilia* La tua opinione?

HÜNDCHEN VENILIA: *grübelnd* Wuff wuff.

LANDWIRT GESUALDO: Das denke ich auch. Don Ernesto, Ihr Automobil ist nicht reparierbar. Ich schlage deshalb vor, dass wir zu Fuß weiterlaufen. Möchtet ihr auch nach Santa Fortezza?

ERNESTO: Ich glaube, es wäre das Beste.

LANDWIRT GESUALDO: Ich begleite euch. Wir können zusammen zu Ihrer Hochzeit gehen, Don Ernesto.

ERNESTO: Danke. Und sollen wir den Wagen einfach stehen lassen?

LANDWIRT GESUALDO: Sì sì. Es ist ohnehin eine Schrottkiste ohne Wert.

LEANDRO: Meine Wolfsbrüder, wo seid ihr? *Heult weiter*

LANDWIRT GESUALDO: Dovrebbe stare in un reparto psichiatrico.

ERNESTO: *grinsend* Sì sì.

Siebente Szene

In den Palastgärten neben dem Schloss Santa Fortezza Delle Nubi sind überdachte Tische mit Stühlen in einem traumhaften Hochzeitsambiente mit hellweißen Farben und Rosensträuchern als Dekorationen aufgestellt. Noch sind keine Gäste hier, die Gräfin von Rovere gibt letzte Anweisungen und Verbesserungen.

GRÄFIN VON ROVERE: Nein nein, stellt das zu den anderen Geschenken – Das hier kommt neben den weißen Rosen hinter der Säule – Wie oft soll ich es noch sagen? Gläser mit Rissen, mögen sie noch so klein und unsichtbar sein, kommen weg. *Dienstboten eilen umher und folgen den Befehlen der Contessa. Cardinaldi kommt ihr entgegen.*

CARDINALDI: Vostra eccellenza.

GRÄFIN VON ROVERE: So viel zu tun und so wenig Zeit. Was gibt es, Cardinaldi?

CARDINALDI: Sie haben mich damit beauftragt, nach Don Ernesto Ausschau zu halten. Er ist soeben mit Antonio, Signore Palumbo, Signore Lorravi und Bauer Gesualdo eingetroffen. Sie…

GRÄFIN VON ROVERE: Ja? Weiter.

CARDINALDI: Sie sind etwas schmutzig. Und sie haben gemeint, ihr Automobil wäre unreparierbar kaputt.

GRÄFIN VON ROVERE: *hält sich die Hand vor die Stirn* Das darf doch wohl nicht wahr sein. Wo sind sie im Augenblick?

CARDINALDI: Im Vestibül. Doch Don Ernesto wollte unverzüglich ein Bad einnehmen, also ist er in den Baderäumen.

GRÄFIN VON ROVERE: Natürlich will er das. In etwas mehr als einer Stunde steht er vor dem Traualtar.

CARDINALDI: Und noch etwas, der Bauer, er hat sein Hündchen dabei.

GRÄFIN VON ROVERE: Venilia?

CARDINALDI: Genau. Er bat um etwas Futter für sie.

GRÄFIN VON ROVERE: Geben Sie ihr alles, was sie braucht.

CARDINALDI: Aber, vostra eccellenza, sollen wir die Bestie nach Santa Fortezza lassen?

GRÄFIN VON ROVERE: Das ist keine Bestie, Cardinaldi, sondern ein Mitglied der Familie.

CARDINALDI: Ich denke nur, die Würde von Santa Fortezza könnte so etwas nicht zulassen. Noch nie fasste ein Tier Fuß in den Hallen unseres Palastes.

GRÄFIN VON ROVERE: Ich danke Ihnen, Cardinaldi, dass Sie sich um die Würde des Hauses sorgen. Ich verspreche, dass Venilia sich benehmen wird.

CARDINALDI: *brummt unzufrieden, aber gehorchend*

Cardinaldi ab. Lanna erscheint.

LANNA: Tella, der Bürgermeister ist schon ungeduldig. Er möchte sofort hinaus auf die Terrassen.

GRÄFIN VON ROVERE: Gut, soll er nur herkommen. Ich bin hier fertig – alles ist bereit.

LANNA: Soll ich ihn holen?

GRÄFIN VON ROVERE: Du kannst es allen anderen sagen, ja.

LANNA: *nickt und geht* Ah, *bleibt stehen* ist der Vater schon eingetroffen?

GRÄFIN VON ROVERE: Noch nicht. Er trifft zuerst den Kardinal und kommt mit ihm dann hierher.

LANNA: Aha.

Bürgermeister Ubaldo erscheint schwerfälligen Schrittes.

LANNA: Ah, Bürgermeister, ich wollte Sie gerade holen.

UBALDO: Ich habe mich selbst geholt. Verzeiht, denn meine uralten Lungen vertragen nicht viel Hausluft. Die Natur ist es, die mich atmen lässt.

GRÄFIN VON ROVERE: Wie poetisch.

UBALDO: Ja. Und jetzt bringt mir einen Cognac. Wo darf ich mich setzen?

GRÄFIN VON ROVERE: Wohin Sie möchten. Das Brautpaar wird mittig am großen Tisch sitzen.

UBALDO: Auf den Thronstühlen?

GRÄFIN VON ROVERE: So ist es – um ihren besonderen Tag zu verdeutlichen.

UBALDO: Schön. Ich setze mich an den Rand, damit ich meine Gehstöcke neben mich legen kann.

Cardinaldi erscheint hastend.

CARDINALDI: Vostra eccellenza, die Gäste treffen nun ein.

GRÄFIN VON ROVERE: Sehr gut. Dann können wir in naher Bälde mit den Feierlichkeiten starten.

Achte Szene – Die Hochzeit

Die Palastgartenplätze von Santa Fortezza Delle Nubi erstrahlen in ihrer weißen Brillanz und laden zum hohen Feste der hohen Zeit mit verführerisch duftenden Rosensträuchern, prickelndem Champagner aus der Provinz, angenehm klassischer Orchestermusik und frischen, kühlen Brisen aus dem Meereswinkel wehend ein. Gäste – die Familie, entfernte Verwandte, Freunde, Kollegen und Kameraden, Bürger aus der Region – in großer Toilette mit blumigen Ansteckern sitzen auf ihren Plätzen an gedeckten Tischen und erwarten die Ankunft der allgeliebten Braut – aber noch mehr der Bräutigam, der am Klippenaltar mit Blick zur Meeresweite steht, Seite an Seite mit Cousin und Waffenbruder. Mit ernstem Blicke schaut der vermählende Vater in die Ferne, wo die himmelhellweiße Kutsche mit Braut und Brautvater auf die Lokation zufährt. Und als sie nun Halt macht und der Brautvater die Braut hinausführt – es ertönt der Marsch der Hochzeit. Schritt und Schritt – es geht die Braut im Kleide Kronenembrassé, geführt an Vaters Arm, entlang der weißen Rosenblattpromenade hoch empor in die elysischen Gefilde des Traualtars. Und nun, da der Bräutigam die Braut erblickt in ihrer Anmut und Grazie, und beide stehen vor dem Antlitze des Allmächtigen, unter dem sie den Bund der ewiglichen Zweisamkeit schließen wollen, da hallen die verkündenden Worte des Pfarrers.

PFARRER: Liebe Gemeinde, die sich hier versammelt hat, liebes Brautpaar, das hier vor mir steht. Wir haben uns hier und heute versammelt, um die Eheschließung zweier Menschen zu vollziehen. Ein Bündnis von und mit Liebe und Geborgenheit, Zusammenhalt und Treue – das Bündnis der ewigen Liebe, in Zweisamkeit und Einigkeit. Wir haben uns hier und heute versammelt, weil diese zwei Menschen sich lieben und sich lieben wollen bis ans Ende aller Tage. Gott, der Herr, heiligt ihre Liebe und vereint sie zu einem untrennbaren Lebensbund. So frage ich, vor allen Anwesenden, dem Altar und Gott. Sind Sie, Ernesto Salvatore di Moro, Sohn von Donatella und Geronimo, gewillt, den Bund der Ehe zu schließen, für ewig mit der Braut vereint zu sein und sie zu lieben und zu achten und ihr die Treue zu halten bis ans Ende eurer Tage und darüber hinaus?

BRÄUTIGAM: Ja, ich bin gewillt.

PFARRER: So frage ich, sind Sie, Laura Rombrasteux, Tochter von Celeste und Robert, gewillt, den Bund der Ehe zu schließen, für ewig mit dem Bräutigam vereint zu sein und ihn zu lieben und zu achten und ihm die Treue zu halten bis ans Ende eurer Tage und darüber hinaus?

BRAUT: Ja, ich bin gewillt.

PFARRER: Ihr seid gewillt, den Bund der Ehe zu schließen. Ich segne nun die Ringe, die Ihre Vermählung besiegeln werden.

Der Bürgermeister trägt die Eheringe vor und übergibt sie dem Pfarrer, der sie anschließend segnet.

PFARRER: Laura, Ernesto, sprecht die Worte der Vermählung und legt die gesegneten Ringe an.

BRÄUTIGAM: Laura, vor Gottes Angesicht nehme ich dich an als meine Gemahlin. Ich verspreche dir, treu zu sein in guten und in schlechten Tagen, in Gesundheit und Krankheit, bis der Tod uns scheidet und darüber hinaus. Ich will dich lieben und achten und ehren alle Tage meines Lebens und darüber hinaus. *Er steckt der Braut den Ring an ihren Finger* Dieser Ring wird das Zeichen unserer Liebe und Treue sein – im Namen des Vaters und des Sohnes und des Heiligen Geistes.

BRAUT: Ernesto, vor Gottes Angesicht nehme ich dich an als meinen Gemahl. Ich verspreche dir, treu zu sein in guten und in schlechten Tagen, in Gesundheit und Krankheit, bis der Tod uns scheidet und darüber hinaus. Ich will dich lieben und achten und ehren alle Tage meines Lebens und darüber hinaus. *Sie steckt dem Bräutigam den Ring an seinen Finger* Dieser Ring wird das Zeichen unserer Liebe und Treue sein – im Namen des Vaters und des Sohnes und des Heiligen Geistes.

PFARRER: Reichen Sie sich nun einander die rechte Hand und halten Sie sie fest. Gott, der Herr, hat Sie als Gemahlin und Gemahl verbunden. Auch er ist euch treu und wird zu euch stehen – er wird das Gute, das er begonnen hat, vollenden und nicht trennen, was er verbunden hat. *Er legt die Stola um die umschlungenen Hände des Brautpaars* Im Namen des Vaters und des Sohnes und des Heiligen Geistes, erkläre ich euch nun zu Mann und Frau. Die Lippen des Brautpaares mögen sich nun verbinden.

Neunte Szene

Die Party hat begonnen. Die klassische Orchestermusik hat sich in lässige Tanz- und Movesounds verwandelt, die Gäste tanzen Foxtrott und Salsa, Champagner schäumt freudenreich aus Gläsern, die klirren in gemeinschaftlichem Prosit, voluminöse Herrschaften lachen aus vollem Bauche heraus und erzählen sich Anekdoten und Geschichten, die alten Ladies spielen Bridge, die Eltern des Brautpaars und das Brautpaar selbst nehmen Gratulationen und Geschenke entgegen, der Himmel högt sich, die Sonne strahlt, das Leben lacht.

Vor einem Torbogen stehen Tische mit Hochzeitsgeschenken. Die Gräfin von Rovere und Paullanna sehen sie sich an.

LANNA: O wie herrlich, wie prächtig diese Hochzeit doch war. Ich fühle mich, als hätte ich gerade eben selbst geheiratet.

TELLA: O ja, ich fühle mich genauso. Ich glaube, dass Laura und Ernesto sich wirklich lieben – ihr Zweibund wird auf ewig bestehen bleiben.

LANNA: Das denke ich auch. Und gerade das macht diesen Moment so wunderschön. Ehrlichkeit ist Wahrhaftigkeit – und eine wahrhaftige Liebe ist wie das Paradies auf Erden.

Die beiden schauen zum Brautpaar, das lachend und hocherfreut Geschenke annimmt und Gäste empfängt.

LANNA: Sie sehen so schön aus zusammen. Romeo und Julia – vereint auf ewig.

TELLA: Komm mir jetzt nicht mit Shakespeare, du weißt, dass ich seine Werke nicht leiden kann.

Antonio erscheint.

ANTONIO: Mamma, wäre es in Ordnung, wenn ich die Feier verließe? Mir geht es nicht so gut.

LANNA: Was? Hast du Schmerzen, mein Sohn?

ANTONIO: Nein, ich möchte nur etwas zur Ruhe kommen. Das Fest hat mich ganz aufgeregt.

LANNA: Nun gut, aber entschuldige dich nachher bei deinem Cousin – er wünscht dich immer an seiner Seite.

ANTONIO: Das werde ich.

GRÄFIN VON ROVERE: Stehen geblieben. Oder hast du etwas vergessen, Antonio? Es gibt immer noch etwas zu bereden mit deiner Mutter.

LANNA: Aber, Tella, was meinst du denn?

ANTONIO: Bitte, Tante, nicht jetzt und heute – es ist die Hochzeit von Ernesto.

GRÄFIN VON ROVERE: *sieht ihn finster an*
Madame Celeste erscheint in großer Aufmachung und mit einem Blumenstrauß in den Händen.

MADAME CELESTE: *beglückt* Spürt ihr auch das Prickeln im Nacken? Entweder habe ich zu viel getrunken oder das Fest ist noch vortrefflicher als erwartet!

ANTONIO: *schleicht sich davon*

MADAME CELESTE: Die vielen Menschen mit prächtigen Kleidern, die vielen Blumen, die vielen Geschenke. Ich habe das Bedürfnis, vor Freude zu explodieren.

LANNA: *entsetzt* Was?

GRÄFIN VON ROVERE: Sie meint das nicht wirklich, Lanna.

MADAME CELESTE: Und Laura und Emilio, ich meinte Ernesto, sie strahlen so voller Energie, Elan und voller leidenschaftlicher Liebe. Ich habe sie noch nie so gesehen.

GRÄFIN VON ROVERE: Auch wir sind begeistert, ja.

MADAME CELESTE: Die Feier ist ein voller Erfolg! Und Lauras Kleid steht ihr noch besser als in Galileos Laden. Hat er es etwa modifiziert?

GRÄFIN VON ROVERE: Das hatte ich ihn auch gefragt, er dementierte.

Cardinaldi läuft mit einem Sekttablett an ihnen vorbei. Celeste nimmt sich ein Glas und trinkt es in einem Zug aus.

MADAME CELESTE: Kommt schon, Mädchen, auf die Tanzfläche! Zeit, die Hüften zu schwingen.

LANNA: Mein Orthopäde hat mir empfohlen, die Hüften eher in Ruhe zu lassen.

GRÄFIN VON ROVERE: Sie meint tanzen, Lanna, tanzen.

LANNA: Ach… nun, ein bisschen Foxtrott wird wohl nicht schaden, oder?

MADAME CELESTE: *legt ihren Blumenstrauß beiseite und ergreift die Contessa und Lanna* Los gehts.

GRÄFIN VON ROVERE: e*ntzieht sich ihrem Griff* Ich glaube, ich werde nicht tanzen. Momentan ist mir nicht danach.

MADAME CELESTE: Ach komm schon, Donatella, das wird dir gut tun.

GRÄFIN VON ROVERE: Geht ihr nur ruhig, ich schaue mir noch die Geschenke an.

LANNA: Komm, Celeste, ich gehe mit dir.

Celeste und Lanna ab. Die Gräfin von Rovere sieht sich die Geschenke an und hört die lustigen Gespräche an dem Tisch, an dem Bürgermeister Ubaldo, ein römischer Kardinal, Großtante Imelda und Großonkel Salvatore Lo Volveratto, der Pfarrer und der Landwirt Gesualdo sitzen.

GROßONKEL: Theater ist das, das sage ich Ihnen.

PFARRER: Es ist die Tradition, Herr Colonnello. So machen es alle – und so will es Gott, der Herr.

GROßONKEL: Lassen wir es gut sein, eure Heiligkeiten, ich werde eure Bräuche nie verstehen.

KARDINAL: Was sehr bedauerlich ist. Die Religion ist ein Hoffnungsschimmer in diesen dunklen Zeiten.

GROßTANTE: Wie poetisch, das habt Ihr sehr schön gesagt, Eure Eminenz.

UBALDO: Ich finde ja erstaunlich, dass Sie als Großonkel in der Familie so unreligiös sind.

GROßONKEL: Das liegt daran, dass diese Familie die Familie meiner Frau ist. Imelda ist eine gebürtige di Moro. Ich bin ein Volveratto – und wir sind durch und durch protestantisch. Deshalb bin ich auch nicht unreligiös, Herr Bürgermeister.

KARDINAL: Sie sind Protestant, Colonnello?

GROßONKEL: Habt Ihr Butter in den Ohren, Eure Heiligkeit?

GROßTANTE: *stößt ihm in die Seite* Verzeiht meinen Mann, Eure Eminenz, er kann ab und an etwas rau sein – das sind die Folgen seiner Armeezeit.

UBALDO: *zu Gesualdo* Sie und ich, wir sind die einzigen, die sich nicht um die Religion streiten, nicht?

LANDWIRT GESUALDO: Ich sage nichts, Herr Bürgermeister, meine Donna ist Katholikin.

GROßONKEL: Nein, Imelda, meine Armeezeit war die Perle in der Muschel meines Lebens. Ich erinnere mich gerne daran – und wäre ich nicht an diesen Stuhl gefesselt, wäre ich immer noch auf dem Schlachtfeld.

GROßTANTE: Ich dachte, ich wäre deine Perle in der Muschel.

GROßONKEL: Ich habe mehrere Perlen.

KARDINAL: Ich verstehe, was sie sagen, Donna Imelda. Der Krieg ist zwar beendet, aber sein Schatten wird noch weit in die Zukunft reichen. Umso mehr Trost findet man in der Gemeinschaft und im Glauben zu Gott und der Kirche.

GROßONKEL: Darf ich Euch daran erinnern, dass die katholische Kirche vor gar nicht allzu langer Zeit noch mit Scheinen geworben hat, um-

GROßTANTE: Jetzt belästige seine Eminenz nicht, Salvatore. Sei dankbar und freundlich, dass er sich die Zeit genommen hat, hierherzukommen.

UBALDO: Woher kennt Ihr und die Gräfin euch?

KARDINAL: Es ist eine lange Geschichte. Sie fußt in der Zeit, in der ich noch ein schlichter Diakon in meiner Heimat war.

Die Contessa gesellt sich zu ihnen.

GRÄFIN VON ROVERE: Erzähl es lieber nicht, die Ohren von Großonkel Salvatore und Großtante Imelda sind nicht bereit, diese Geschichte zu hören. *Kichert*

UBALDO: Das hört sich ja intrigant an.

KARDINAL: Ist es aber nicht.

GRÄFIN VON ROVERE: Zumindest an einigen Stellen nicht.

GROßTANTE: Hör mal, Donatella, das hätte ich jetzt nicht von dir erwartet. Mit einem Kardinal?

KARDINAL: Zu der Zeit noch Diakon.

GRÄFIN VON ROVERE: Es ist nicht das, wonach es sich anhört.

KARDINAL: Ja. Zu meiner Verteidigung: Ich habe mir lebenslanges Zölibat geschworen. Die einzige Beziehung, die ich eingehe und je eingegangen bin, ist die mit Gott, dem Herrn, und der Kirche

GROßONKEL: *zündet sich eine Zigarre an* Das merkt man.

KARDINAL: Tatsächlich kennen die Gräfin und ich uns über ihre Großmutter, die Gräfinwitwe Nena della Rovere. Sie war die Patentante meiner Mutter und Schirmherrin der Gemeinde in meiner Heimat. Sie hat mich in das Amt, das ich heute bekleide, gebracht – und es war mir die höchste Ehre, ihrer Beisetzung beiwohnen zu dürfen. An diesem Tag verlor die Menschheit einen flügellosen Engel, und gewann das Himmelreich eine neugeborene Göttin.

GROßTANTE: Das habt Ihr sehr schön gesagt, Eure Eminenz. Findest du nicht, Donatella?

GRÄFIN VON ROVERE: Das stimmt, das waren schöne Worte. Danke.

UBALDO: So ist es also. Ihr kennt euch über Nena.

KARDINAL: Genau. Vor dem Ableben der Gräfinwitwe halfen Donatella und ich den Hilfsbedürftigen und Opfern der

Massaker um die Jahrhundertwende. Es war eine harte Zeit und wir haben vieles erlebt.

GRÄFIN VON ROVERE: Viel zu viel haben wir erlebt.

GROßTANTE: Das ist ja rühmenswert, Donatella. Dass seine Eminenz und du euch so sozial engagiert habt.

UBALDO: In der Tat, sehr rühmenswert.

Von irgendwo taucht Roro auf. Setzt sich seufzend neben den Bürgermeister.

UBALDO: Nanu, geht es Ihnen nicht gut?

RORO: Nein, es ist nichts.

UBALDO: Offensichtlich ist es nicht nichts.

RORO: Ich möchte nicht darüber sprechen.

PFARRER: Wenn Sie beichten möchten, können wir uns gerne zurückziehen.

RORO: Das brauche ich momentan nicht.

GROßONKEL: Ach ihr Katholizisten. Braucht einen Pfarrer, um zum Allmächtigen zu sprechen. *Mit erhobenem Zeigefinger* Ich diskutiere mit ihm persönlich – und er hört mir zu und antwortet.

KARDINAL: Tatsächlich?

GROßTANTE: Ich höre dir zu und antworte, Salvatore, nicht Gott. Das hast du verwechselt.

GROßONKEL: Ich weiß, was ich weiß.

Lanna kommt von Richtung Tanzfläche und schnappt sich schnaufend und schwitzend ein Sektglas.

LANNA: O je, so beweglich war ich lange nicht mehr – seit dem Tod meines Mannes nicht mehr.

GRÄFIN VON ROVERE: Danke, dass du uns deine Intimitäten verrätst, Lanna.

LANNA: Möchte noch jemand mittanzen? Die Fläche ist so leer geworden und die Musiker spielen so schön.

UBALDO: Ich komme. Meine alten Knochen müssen sich ein wenig bewegen.

Lanna und der Bürgermeister gehen zur Tanzfläche.

GROßONKEL: Mir ist eine Geschichte eingefallen. Soll ich sie erzählen?

GROßTANTE: Wovon handelt sie?

GROßONKEL: Erinnerst du dich an Vito und seine Gewürzraffinerie in Milano?

GROßTANTE: Diese Geschichte erzählst du ganz bestimmt nicht.

RORO: *zur Contessa* Weißt du, wo Celeste steckt?

GRÄFIN VON ROVERE: Sie tanzt auch.

RORO: Ach, das wundert mich nicht.

GRÄFIN VON ROVERE: Stimmt etwas nicht?

RORO: Nein nein, alles gut.

Das Brautpaar erscheint nun.

RORO: Da sind ja die Glücklichen.

LAURA: Vielen Dank, Papa.

ERNESTO: Wie geht es euch allen? Gefällt euch die Feier?

GRÄFIN VON ROVERE: Alles ist perfekt, mein Sohn.

KARDINAL: Dem schließe ich mich an. Es freut mich wirklich sehr, hier zu sein.

ERNESTO: Uns freut es ebenso. *Zur Contessa* Hast du Antonio gesehen? Luigi, Leandro und ich wollten ihn zu einer Partie Bridge einladen.

GRÄFIN VON ROVERE: Ihm geht es nicht gut, er ist oben im Schloss.

ERNESTO: Ach, ist er erkrankt?

GRÄFIN VON ROVERE: Er braucht etwas Ruhe.

ERNESTO: Nun. *Zu Laura* Möchtest du vielleicht doch noch mitspielen?

LAURA: Du weißt doch, ich bin nicht so gut mit Karten.

ERNESTO: Probiere es einfach aus – ich werde dir helfen.

RORO: Celeste kann blind Karten spielen, so gut ist sie.

GRÄFIN VON ROVERE: Tatsächlich? Das müssen wir austesten.

Cardinaldi erscheint.

CARDINALDI: Vostra eccellenza, der Fotograf ist erschienen. Sind wir bereit für das Hochzeitsfoto?

GRÄFIN VON ROVERE: Ja. Rufen wir alle zusammen – wir machen es vor dem Torbogen.

ERNESTO: Ich kann es kaum glauben, wir machen wieder ein Hochzeitsfoto.

RORO: Was ist so sonderbar daran?

ERNESTO: Unsere Familie hat seit Jahrzehnten keine anfertigen lassen.

GRÄFIN VON ROVERE: Das letzte Mal war zur Goldenen Hochzeit meiner Großeltern.

Ubaldo erscheint – atemlos.

UBALDO: Das war 1890. O wie jung und knackig ich noch auf diesen Bildern aussehe.

RORO: Aber gibt es denn keine Bilder von deiner Hochzeit, Donatella?

GRÄFIN VON ROVERE: Die Hochzeit von Geronimo und mir fand während einer komplizierten Zeit statt – nein, wir haben keine Bilder. Was ich sehr… bedauere.

UBALDO: Nun machen wir keine trüben Gesichter. Jetzt werden wir alles nachholen, was wir versäumt haben. Mit noch mehr Stil und Eleganz.

Celeste und Lanna erscheinen. Sie haben offensichtlich zu viel getanzt und zu viel goldenen Saftes geschlürft.

MADAME CELESTE: Habe ich etwas von Fotos gehört?

LANNA: Wir müssen uns noch ein wenig schick machen.

GRÄFIN VON ROVERE: Wir stellen uns vor dem Torbogen auf. Seid in weniger als zehn Minuten fertig.

Celeste und Lanna eilen.

GRÄFIN VON ROVERE: *an alle* Das geht auch an alle, bitte bereitet euch für das Fotografieren vor. Wir wollen eine vernünftige Fotografie, deren Anblick schöne Erinnerungen hervorrufen soll.

Alle, vor allem die Familienmitglieder, Verwandten und engen Freunde, bereiten sich vor und treffen am Torbogen mit Rosenwuchs ein. Die Contessa setzt jeden auf seinen Posten. Vor dem Torbogen selbst steht das Brautpaar, rechts von der Braut Ernestos Schwester Rosa, der Kardinal, Großonkel Salvatore Lo Volveratto und dahinter die Großtante Imelda, dann die Schwester der Contessa Paullanna,

der Hausherr Cardinaldi und der Landwirt Gesualdo mit Venilia,
links vom Bräutigam die Mutter der Braut Madame Celeste und ihr
Ehemann Roro, der Pfarrer, der Bürgermeister Ubaldo, Libero
Lorravi und Luigi Palumbo. Der Fotograf hat sich vor ihnen
positioniert und stellt seinen Apparat ein.

MADAME CELESTE: Ich hoffe doch, ich sehe noch gut aus
nach meinem langen Tanz.

RORO: Du siehst immer gut aus.

MADAME CELESTE: *ignoriert diese Bemerkung*

LUIGI: Herr Bürgermeister, vielleicht möchten Sie sich setzen?

UBALDO: O nein, danke. Auf allen Hochzeitsfotos dieser
Familie sieht man mich aufgerichtet stehen – und das bleibt
so. Außerdem habe ich meine zwei Krücken.

GROSSTANTE: Sitzt du bequem, Salvatore?

GROSSONKEL: Ich kann mein Gesäß nicht spüren, das weißt
du doch, Imelda.

GRÄFIN VON ROVERE: So, alle Aufmerksamkeit bitte zum
Fotografen. Bleibt stehen, bewegt euch nicht und zaubert ein
Lächeln auf eure Gesichter.

ERNESTO: Aber Mamma, du musst auch noch aufs Foto
kommen.

ROSA: Stell dich neben Laura, komm.

GRÄFIN VON ROVERE: *stellt sich zwischen Laura und Rosa*
Das hatte ich beinahe vergessen. So, auf gehts nun.

Doch auf einmal verstummt das Fest und die Leute vor dem
Fotoapparat erstarren, denn drei Gestalten erscheinen.

DON NIMO: La mia amata famiglia. Io sono qui.

Zehnte Szene

Ein Schuss, ein Blitz, der Fotograf hebt den Daumen und die Meute vor dem Torbogen löst sich.

ERNESTO und ROSA: Papa!

GRÄFIN VON ROVERE: Geronimo.

DON NIMO: Meine Liebsten, ich bin da, ich bin ja wieder da.

ERNESTO: Wir haben uns so sehr um dich gesorgt, Papa. Quadri hat uns mitgeteilt, man hatte dich entführt, und wir wussten nicht mehr, was wir denken sollten.

Quadri und Romina Giano gesellen sich zu ihnen.

QUADRI GIANO: Wohl war. Ich wusste selbst nicht, was ich denken sollte. Aber schlussendlich ist alles geschafft und alle sind heil.

DON NIMO: Ihr braucht euch nicht mehr zu sorgen, meine liebste Familie.

Don Nimo umarmt Ernesto, Rosa und Donatella mit breiten Armen.

DON NIMO: Wisset, dass es mir gut geht und wir die Hochzeit mit größter Freude weiterfeiern können. Kümmern wir uns nicht um die Details, lasst uns den Moment genießen.

ERNESTO: Es freut mich wirklich sehr, Papa, dass es dir gut geht und du hier bist.

DON NIMO: Ich habe es dir versprochen, mein Sohn, ich habe es dir versprochen.

LANNA: O wie wunderbar! Die Familie ist nun endlich wieder vereint. Der Tag könnte nicht besser werden.

DON NIMO: Ganz recht. *Dreht sich zu Laura* Hallo, liebe Schwiegertochter. Du bist nun Teil unserer Familie.

LAURA: Vielen lieben Dank, Don Nimo. Auch ich freue mich sehr, dass es Ihnen gut geht.

DON NIMO: Ab jetzt heißt es Geronimo.

LAURA: *nickt schmunzelnd*

MADAME CELESTE: Oho, oho, oho, Don Nimo, Don Nimo. Ich traue meinen Augen kaum. Dass ich Ihre Eleganz noch einmal zu Gesicht bekomme. Welch eine Erleichterung, dass es Ihnen gut geht.

DON NIMO: Danke, Celeste.

GROßTANTE: *umarmt Don Nimo ganz dicke und gibt ihm Kussi auf die Wangi* Da ist ja mein Geronimolitolein.

DON NIMO: Ich danke euch allen, für diese herzliche Begrüßung. Ihr, meine Liebsten, seid die Heilung meiner Wunden. Lasset uns gemeinsam feiern und den Tag erleben.

ERNESTO: Auf geht's! Jetzt ist die Hochzeitstorte an der Reihe.

ROSA: Und Quadri erzählt uns von deiner Befreiung.

QUADRI GIANO: *räuspert sich* Na, was soll man da erzählen. Ein bisschen Pulver verschossen, ein bisschen Feuer gefangen. Nichts Legendäres.

MADAME CELESTE: Aber das hört sich doch brutal an, Signore Giano.

DON NIMO: Nicht so brutal, wie es wirklich war.

MADAME CELESTE: O je.

Die Leute gehen zu den Tischen, die Hochzeitstorte wird auf einer Schiebeplattform gebracht, Cardinaldi gibt Befehle. Währenddessen verschwinden Don Nimo und die Contessa hinter einem

Rosengebüsch, wo ihre lang ersehnte Zweisamkeit ungestört bleibt. Die zwei fallen sich in die Arme. Schatten fallen auf ihre Körper, der Duft der roten Rosen umhüllt sie sanft wie Wolkenflaum.

GERONIMO: Donatella, amore mio.

DONATELLA: Geronimo, ich habe mich so sehr nach dir gesehnt – besorgt war ich um dein Leben, getrauert habe ich, denn meine Sorgen wandelten sich mit der Zeit zu Zweifel, und die Zweifel zu Furcht. O Geronimo, ci sono solo due volte che voglio stare con te – adesso e per sempre.

GERONIMO: Donatella, non importa quanti chilometri ci siano fra noi, l'importante è che esista un noi. Und du weißt, im Herzen bin ich immer bei dir, so wie du in meinem Herzen bist – für immer…

DONATELLA: … und ewig.

Ein Moment der intensiven, der sehnsuchtsvollen Wahrnehmung, ein Empfinden aus Wunsch und Begierde, ein Augenblick der Stille, in der ein Feuer entfacht und blüht und gedeiht. In ihren beiden Armen sind sie, umschlungen wie ein Ehering, ehern und endlos.

DONATELLA: Ich fühle mich, als wäre ich ein halbes Jahrhundert nicht mehr in deinen Armen gewesen.

GERONIMO: Es gab keine Sekunde, in der ich mich nicht nach diesem Moment gesehnt habe, nach dem Momentum der Fleischwerdung unserer Liebe.

Ernesto ruft nach ihnen.

DONATELLA: Lass uns zu den anderen gehen, eine riesige Torte erwartet uns.

GERONIMO: Warte noch, nur einen Augenblick. Lass uns ein paar Sekunden bleiben, umschlungen in unserer Umarmung.

DONATELLA: Du Romantiker – lass uns gehen, wir werden dafür noch genug Zeit haben.

GERONIMO: Du hast recht, lass uns die Hochzeit feiern.

Donatella und Geronimo kehren zur Hochzeit zurück. Die Hochzeitstorte wird angeschnitten, Quadri Giano erzählt mit großen Gesten, die Gäste plaudern wild umher.

QUADRI GIANO: Letzten Endes haben wir es heil da raus geschafft. Ohne die Hilfe von Violanda Greco wäre die Sache sehr viel schwieriger zu meistern gewesen.

ROSA: Wie spannend. Und bedauerlich, dass der Abgeordnete getötet wurde.

UBALDO: Ach bitte, Politiker sind doch immer dieselben.

LANNA: Ist man als Bürgermeister nicht auch Politiker?

DON NIMO: Ich bitte Sie, Bürgermeister Ubaldo, sprechen Sie nicht so von Giacomo Matteotti. Man konnte halten von ihm, was man wollte, nichtsdestominder war er ein Mann von unerschütterlicher Ehre und Integrität. Sein Verlust ist folgenreicher, als man annehmen könnte.

QUADRI GIANO: Wären wir nur früher erschienen…

DON NIMO: Ihr hättet nichts unternehmen können. Matteotti war bereits tot, als man ihn dorthin brachte. Nun müssen wir alles dafür tun, um seinen Tod zu rächen und ein Andenken an ihn zu schaffen.

GRÄFIN VON ROVERE: Und das werden wir. *Sie zieht Don Nimo zur Seite, damit die anderen sie nicht hören* Für unser

Vorhaben brauchen wir noch Liberos Unterstützung. Hilfst du mir?

DON NIMO: Natürlich. Packen wir es an.

Die Contessa und Don Nimo schleichen zu Libero Lorravi, der an einem anderen Tisch sitzt und sich mit Gästen unterhält.

Währenddessen degustiert das Brautpaar die Hochzeitstorte.

ERNESTO: Köstlich, einfach bezaubernd, findest du nicht?

LAURA: O ja, wirklich sehr schmackhaft. Wer hat die Torte zubereitet?

ROSA: Unsere Konditorei aus der Stadt – das sind Meister ihres Faches, keine Frage.

UBALDO: Es ist dieselbe Konditorei, die auch schon vorherige Hochzeiten der Roveres mit Torten befriedigt hat.

LAURA: Wie amüsant.

RORO: Oder eher seltsam, dass auch in solchen Dingen die Tradition überhandgenommen hat.

MADAME CELESTE: Bist du auf einmal Revolutionär?

RORO: Ich weiß nicht, was du meinst.

ERNESTO: Ich bin nicht enttäuscht – sogar mehr als das. Diese Torte versüßt einem den Tag um ein Vielfaches mehr.

MADAME CELESTE: *zu Quadri und Romina Giano*
Selbstnatürlich munden die Torten in Ihrem noblen Restaurant noch mehr als diese hier – Zwinker.

QUADRI GIANO: Sie sind zu freundlich, Madame.

ERNESTO: Tante Lanna, wo ist eigentlich Cousin Anno abgeblieben? Ich habe ihn seit der Trauung nicht mehr gesehen.

LANNA: O sorge dich nicht, mein Guter. Er *braucht* schlicht etwas Ruhe – er hat wohl zu viel gearbeitet, zu viel gedacht. Ich werde ihm später ein Stück von der Torte bringen.

ERNESTO: Zu viel gearbeitet? Nun, Trauzeuge zu sein, muss wohl wirklich belastend sein.

Einige lachen.

LANNA: Allerdings, nun da du ihn erwähnst, mache ich mir Sorgen. Ich gehe besser und schaue nach ihm – möglicherweise benötigt er etwas.

LAURA: Hier Ernesto, probiere diese Seite – die ist mit Honig.

ERNESTO: Mit Honig? Gib her.

Die Großtante seufzt und nimmt einen Schluck flüssigen Goldes.

GROßONKEL: Was hast du, Imelda?

GROßTANTE: Nichts, ich bin einfach nur froh, dass am Ende doch noch alles gut geworden ist. Ernesto und Laura sind verheiratet, Geronimo ist zurückgekehrt. Mehr kann man sich nicht wünschen.

GROßONKEL: Ich pflichte dir bei.

UBALDO: Am Ende wird doch immer alles gut, nicht? Und wenn es nicht gut ist, ist es nicht das Ende. *Lacht und hebt sein Glas*

GROßONKEL: Manchmal ist etwas schlecht und es ist das Ende – und manchmal ist etwas gut und es nicht das Ende. Das ist die Realität.

MADAME CELESTE: Eine durchaus Pessimistische.

GROßONKEL: Die Realität ist nicht pessimistisch – sie ist realistisch.

GROßTANTE: *grinsend* Na wer hätte das gedacht?

GROßONKEL: Das ist wahr. Und lasst mich euch eine Geschichte erzählen! Sie hat gerade damit zu tun. Und sie beginnt im Jahr 1867, da war ich noch ein unbescholtener Reservist-

GROßTANTE: Nein, diese Geschichte erzählst du auf keinen Fall.

GROßONKEL: *zuckt mit den Schultern*

Am anderen Tisch haben sich die Contessa und Don Nimo zu Libero Lorravi gesetzt, der ihnen Champagner in die Gläser einschenkt.

DON LIBERO: Meine Freunde, wie kann ich euch behilflich sein?

GRÄFIN VON ROVERE: Es ist gut, dass du von Behilflichkeit sprichst. Denn tatsächlich gibt es etwas, wobei deine Unterstützung unabdingbar ist.

DON LIBERO: *hebt die Brauen* Tatsächlich?

DON NIMO: Ja. Es geht um Clan Montanari.

DON LIBERO: *wird ernst*

DON NIMO: Die Machenschaften der Montanaris sind dir bekannt. Auch wenn sie nicht unmittelbar in Kalabrien aktiv sind, so haben sie untertänige Schergen in den Reihen feindlicher Großfamilien. Ein Marschbefehl, ein Telefonat reichen aus, um ganz Kalabrien dem Terror auszusetzen.

DON LIBERO: Kein Clan hat die Macht, dies zu bewerkstelligen.

DON NIMO: Kein Clan, das stimmt. Aber die Regierungspartei und die Faschisten.

DON LIBERO: Was meinst du? Ich verstehe nicht.

DON NIMO: Clan Montanari macht gemeinsame Sache mit den Faschisten – und sie planen einen Angriff. Einen Angriff auf uns, auf alle Familien, auf ganze Sizilien.

GRÄFIN VON ROVERE: Es ist von größter Wichtigkeit, jetzt zu handeln. Geronimo und ich haben es geschafft, ein Bündnis zu errichten, eine Allianz, die sich gegen die Intrigen der Montanaris und Faschisten stellt. Wir sind überall, auf ganz Sizilien. Wir sind bereit, komme, was wolle. Doch unser Übergang zum Festland ist ungeschützt, noch ist Kalabrien ein Pulverfass, das zu detonieren droht, wenn zur rechten Zeit Feuer gelegt wird.

DON NIMO: Wir bieten dir an, sich unserer Sache anzuschließen. Gemeinsam werden wir die Bedrohung der Montanari überwinden.

DON LIBERO: Ich verstehe eure Sorgen – und tatsächlich hatte ich bereits einige Konflikte mit dem Clan. Und dennoch bin ich mir nicht sicher, ob dies der richtige Weg wäre. Vielleicht wäre der Beitritt in euer Bündnis gerade dieses Feuer, das das Pulverfass explodieren lässt.

DON NIMO: Also möchtest du Neutralität wahren?

DON LIBERO: Das täte ich idealerweise, ja.

DON NIMO: Und somit eine gnadenlose Eroberung zulassen?

DON LIBERO: Das nun auf keinen Fall.

DON NIMO: Dann bringt dir Neutralität herzlich wenig, Libero.

DON LIBERO: Das kannst du nicht wissen.

DON NIMO: O doch. Ich kenne eine Person, die Neutralität wahren wollte. Anschließend wurde sie gefesselt, geknebelt, gefoltert und aufs Schändlichste umgebracht.

GRÄFIN VON ROVERE: Libero, wenn du unser Angebot ablehnst, dann sei es so. Doch bedenke, was du damit in Gang setzt. Wir brauchen dich und deinen Clan, Libero. Ohne euch, sind unsere Bemühungen vergebens und der Frieden auf Sizilien steht tödlich nah vor dem Abgrund.

DON LIBERO: Seht mal her, liebe Freunde, die Zeiten sind äußerst schwierig und jede noch so kleine Veränderung kann katastrophale Folgen haben. Auch ein solches Bündnis oder wie ihr es nennt. Ich bedauere, euch enttäuschen zu müssen. Aber meine Antwort wird ein nein bleiben.

DON NIMO: Wir geben dir noch etwas Zeit zum Nachdenken, Libero. Ich bin mir sicher, du wirst dich richtig entscheiden.

DON LIBERO: Wie du meinst. Wie gesagt, ich bedauere es. Denn es ehrt mich, dass mein Clan für euch so wichtig erscheint. Aber mein Interesse ist es, die Interessen meines Clans hochzuhalten – und diese sind nicht die Interessen dieses Bündnisses.

DON NIMO: Denke gut darüber nach.

Die Contessa und Don Nimo stehen auf.

DON LIBERO: Donatella, Geronimo, erwartet bitte nichts, was ihr gerne hören würdet.

Die Contessa und Don Nimo verlassen Libero Lorravis Gegenwart und begeben sich zum Tisch mit der angeschnittenen Hochzeitstorte.

GRÄFIN VON ROVERE: Ich hoffe, Libero überdenkt seine Entscheidung.

DON NIMO: So wie ich ihn kenne, wird er das nicht.

GRÄFIN VON ROVERE: Bedauerlich. Aber auch ohne ihn und seine Verstärkung können wir es schaffen.

DON NIMO: Dennoch wäre er ein mächtiger Verbündeter gewesen.

Die Contessa und Don Nimo nehmen sich ein Stück der Torte und setzen sich an den Tisch. Cardinaldi erscheint eilend.

CARDINALDI: Signore Giano, da ist ein Telefonanruf für Sie.

QUADRI GIANO: Für mich? *Lacht* Da weiß wohl jemand, dass ich in Santa Fortezza bin.

Cardinaldi begleitet Quadri Giano ins Schloss. Am Tisch werden die Gespräche fortgeführt.

LANNA: Habt ihr denn festgelegt, wohin ihr reist? In eurer luna di miele.

ERNESTO: *grinsend* Es ist uns sehr schwer gefallen, einen Ort auszuwählen. Deshalb… *verfällt ins Grübeln und sieht ahnungslos Laura an*

LAURA: Wir haben uns entschieden, hierzubleiben, in der Heimat. Auf Sizilien.

ERNESTO: *entschlossen lächelnd* So ist es.

LANNA: *klatscht in die Hände* O wie schön – ich wollte schon immer mal nach Sizilien. Bringt mir bitte ein hiesiges Souvenir mit.

GRÄFIN VON ROVERE: Lanna, wir leben auf Sizilien.

LANNA: *blickt verdutzt ins Nichts*

DON NIMO: Habt ihr das tatsächlich beschlossen? Wollt ihr nicht in die weite Welt hinaus – ferne Orte entdecken und fremde Menschen, exotische Speisen kennenlernen?

GROßTANTE: Das kommt in der Tat überraschend. Normalerweise fährt man immer weg, nicht?

GROßONKEL: Wir beide waren in Sardinien.

GROßTANTE: Das ist Ausland, Salvatore.

ERNESTO: Ja, darauf haben wir uns geeinigt.

Ernesto und Laura lachen.

UBALDO: Wirklich sehr merkwürdig. Aber natürlich haben wir nichts dagegen. Im Gegenteil, Sizilien ist und bleibt unser kleines Paradies auf Erden.

GRÄFIN VON ROVERE: Und somit seid ihr auch nicht weit von uns und könnt immer auf eine Tasse Tee und ein Glas Trockenen vorbeikommen.

MADAME CELESTE: Wie toll, daran habe ich nicht gedacht. Das ist wirklich eine hervorragende Idee. Und wenn ihr nichts dagegen habt, würde ich auch gerne auf Sizilien bleiben. Die mediterrane Luft gibt mir ein erfrischend Jugendliches Gefühl.

GRÄFIN VON ROVERE: Wir sind jetzt Familie, Celeste. Selbstverständlich dürfen du und Roro hierbleiben, so lange wie ihr wollt.

MADAME CELESTE: *senkt verstummend ihren Blick*

GRÄFIN VON ROVERE: Ist etwas?

MADAME CELESTE: Frag doch Robert.

Alle schauen Roro an.

RORO: Was habt ihr denn nun alle? Habe ich Farbe im Gesicht?

MADAME CELESTE: Unser guter Robert hat nicht vor, hierzubleiben.

GRÄFIN VON ROVERE: Wirklich?

LAURA: Aber Papa, wo möchtest du denn hingehen?

RORO: Ist das so schwer zu begreifen? Nach Paris natürlich – zurück in die Heimat. Nach Hause.

LAURA: Und Mamma?

RORO: Du hast sie doch gehört. Sie bleibt hier.

ERNESTO: Ist alles in Ordnung?

MADAME CELESTE: In bester, mein guter Schwiegersohn Ernesto, in bester.

Quadri Giano und Cardinaldi erscheinen eilend und nach Atem ringend.

CARDINALDI: Vostra eccellenza. Don Nimo.

QUADRI GIANO: Freunde. Lasst uns kurz unter acht Augen reden.

Die Contessa, Don Nimo, Quadri Giano und Cardinaldi entfernen sich und sind unter acht Augen.

DON NIMO: Quadri, was gibt es? Wieso seid ihr aufgeregt?

QUADRI GIANO: Der Anruf gerade eben – er kam aus Messina. Es waren meine Leute, von der Casagrande. Donatella, Geronimo, wir sind angegriffen worden. Die kalabrische Mafia hat Messina angegriffen.

DON NIMO: *versinkt in Gedanken*

QUADRI GIANO: Es hat begonnen, meine Freunde, der Tag der Abrechnung hat begonnen.

DON NIMO: Wieso greifen sie zuerst Messina an? Die Stadt ist strategisch unbedeutend.

GRÄFIN VON ROVERE: Möglicherweise wollen sie die Casagrande schwächen.

QUADRI GIANO: Aber Messina ist unsere Hochburg. Dort sind wir am stärksten.

DON NIMO: Wir dürfen nicht länger Vermutungen aufstellen. Es wird Zeit zu handeln.

CARDINALDI: Was gedenken Sie als nächstes zu unternehmen, Don Nimo?

DON NIMO: Vorerst müssen wir defensiv reagieren. Warten wir ab, welche Strategie unser Feind verfolgt.

QUADRI GIANO: Dann werden Romina und ich nach Messina fahren und die Lage untersuchen.

DON NIMO: Ich werde mit euch kommen. Deine Clanführung muss in alle Details unseres Plans eingeweiht werden.

QUADRI GIANO: Gut.

GRÄFIN VON ROVERE: Ich werde hier in Santa Fortezza die Stellung halten. Cardinaldi, berufen Sie die Alleanza zu einer Strategiekonferenz ein – sagen Sie unseren Verbündeten, die ersten Schüsse seien gefallen.

CARDINALDI: Sehr wohl, vostra eccellenza.

GRÄFIN VON ROVERE: Wie es scheint, müssten wir uns wieder trennen, mein Geliebter.

DON NIMO: Doch wir werden uns wiedersehen.

Vierter Akt

Sizilien in Flammen

Erste Szene – Messina, Sizilien im Juno 1924

Im Kommandositz des Clans Casagrande, der Festung Miga in Messina, haben auf Betreiben des Moro-Capo Don Nimo die führenden Köpfe des Clans, unter anderem Boss Marco, Consigliere Quadri Giano und Consigliere Alba, eine Notstandssitzung einberufen, um nach dem unerwarteten Schnellangriff der kalabrischen Mafia Picciotteria die nebulöse Situation aufzuklären und einen Plan für die Verteidigung der nordöstlichen Küste Siziliens aufzustellen. In einem Saal mit Rundtisch sind die Herrschaften versammelt und in dichten Besprechungen vertieft.

QUADRI GIANO: Ich kann nur noch wiederholen, was Don Nimo gesagt hat. Wir dürfen nicht vorschnell reagieren. Wir müssen defensiv bleiben.

DON NIMO: Wenn ihr eure Streitkräfte aus Messina abzieht, haben sie euch genau da, wo sie euch haben wollen. In einer verletzbaren Lage.

BOSS MARCO: Ich verstehe euch ja. Aber versteht bitte meine Situation: Meine Leute müssen leiden, dieser Angriff hat uns unerwartet stark getroffen. Und ich werde nicht zulassen, dass meine Leute weiter leiden werden, weil wir untätig sind.

DON NIMO: Verteidigung ist keine Untätigkeit, Don Marco.

CONSIGLIERE ALBA: Ich stimme zu. Messina ist unsere Festung. Die hohen Mauern werden uns schützen.

BOSS MARCO: Einverstanden. Nehmen wir an, wir befolgen Ihren Plan, Don Nimo, und bleiben in der Defensive. Was denken Sie, wird anschließend passieren?

DON NIMO: Wir unternehmen einen zweiten Schritt. Wir beobachten – die Lage und die Strategie des Feindes. Nur so können wir herausfinden, was ihre tatsächlichen Ziele sind.

BOSS MARCO: Ihre tatsächlichen Ziele? Darf ich Sie daran erinnern, dass meine Stadt angegriffen wurde?

DON NIMO: Und es werden noch mehr Angriffe folgen – sehen Sie es ein.

QUADRI GIANO: Es ist wichtig, dass wir gegen sie gewappnet sind, Boss.

BOSS MARCO: Meine beiden Berater stellen sich also gegen mich?

CONSIGLIERE ALBA: Es geht nicht darum, Boss. Es geht um uns und um Sizilien. Es müssen Opfer gebracht werden.

DON NIMO: Signora Alba hat recht. Es geht um mehr als Messina.

BOSS MARCO: Messina ist für mich alles.

DON NIMO: Ich beneide Sie um Ihre Treue gegenüber Ihren Idealen. Aber Sie müssen sie beiseitelegen. Sizilien steht kurz davor, in den Mantel eines Krieges gezogen zu werden, der von niemand Geringeres gestrickt wird als von der Regierungspartei selbst.

BOSS MARCO: Bitte was? Was reden Sie da?

DON NIMO: Clan Montanari, präziser gesagt, Ombretta Montanari steckt hinter alledem. Sie hat sich mit den Faschisten verbündet und plant, unsere gesamte Insel *gestikuliert Anführungszeichen* zu befreien.

BOSS MARCO: Ich habe gute Freunde in der Regierungspartei und es erscheint mir sehr unglaubwürdig, dass sich die Regierung mit Kriminellen verbündet hätte.

QUADRI GIANO: Gleiches zieht sich nunmal an.

DON NIMO: Doch es stimmt. Und ich habe Beweise – Kontakte, die mir diese Informationen aus erster Hand beschaffen haben.

BOSS MARCO: Wenn die Regierung mit im Spiel ist, spricht umso weniger dafür, sich hier einzumischen. Wenn Ombretta Montanari die Regierung auf ihrer Seite hat, hat sie unbegrenzten Zugang zu allen Mitteln.

DON NIMO: Genau das ist die Gefahr. Deshalb dürfen wir nicht voreilig handeln.

BOSS MARCO: Ich verstehe. *Grübelt intensiv*

CONSIGLIERE ALBA: Wir könnten es zumindest versuchen. Wenn Don Nimos Plan scheitern sollte, können wir immer noch einen Gegenangriff starten.

BOSS MARCO: Wenn Don Nimos Plan scheitert, können wir gar nichts mehr machen. Denn dann haben uns die Feinde schon längst überrannt.

DON NIMO: Nicht, wenn wir unsere gesamte Energie hier in Messina bündeln. Vertrauen Sie mir, Don Marco, und errichten wir einen unpassierbaren Berg, der die kalabrische Mafia zurückdrängen wird.

QUADRI GIANO: Unsere Männer sind bereit, Boss. Ein Wort und sie sind in Stellung.

BOSS MARCO: *weiterhin in Grübeln versunken*

DON NIMO: Wir haben nicht viel Zeit, um über alles in aller Ruhe nachzudenken, Don Marco. Es ist an der Zeit, das richtige zu tun.

BOSS MARCO: s*chüttelt grinsend den Kopf* Was für Sie richtig sein mag, muss für andere nicht zwangsläufig immer das richtige sein, Don Nimo. Jedoch. *Er macht eine Atempause.* Ich möchte keine Zeit vergeuden, das nun sicher nicht. Deshalb fürchte ich, fürs Erste Ihren Plan befolgen zu müssen.

DON NIMO: Das ist die richtige Entscheidung. Und in Anbetracht der gegebenen Umstände auch die Einzige.

BOSS MARCO: Tun Sie, was Sie tun müssen. Quadri Giano wird Ihnen zur Verfügung stehen sowie auch meine Leute. Alba, geben Sie entsprechende Order.

CONSIGLIERE ALBA: *nickt und verschwindet*

QUADRI GIANO: Wie gehen wir als nächstes vor, Geronimo?

DON NIMO: Ich werde nach Santa Fortezza zurückkehren, wo wir unsere Vorgehensweise mit der Alleanza besprechen werden. Unterdessen werden Don Marco und du die Situation aufklären. Ich habe eine Gruppe Infiltratoren mitgebracht, die sich nach Kalabrien begeben und für uns Auskundschaften werden. Seht zu, dass ihr die Schäden des Angriffs behebt und die Verletzten versorgt. Haltet euch jederzeit bereit – ab jetzt darf kein Auge zugedrückt werden.

QUADRI GIANO: Einverstanden.

DON NIMO: Wenn wir Erfolg haben, können wir einen weiteren Angriff verhindern noch bevor er überhaupt startet.

BOSS MARCO: Das hoffe ich, Don Nimo, für uns alle.

Zweite Szene

Im Speisesaal von Santa Fortezza Delle Nubi haben sich Ernesto, Laura und Rosa versammelt. Die Stimmung ist erdrückend.

LAURA: Was hat das nun alles zu bedeuten?

ERNESTO: *verzweifelt und verärgert* Es bedeutet Krieg, Laura, ein Bandenkrieg.

LAURA: Wie kann ich mir das vorstellen, ein Krieg hier auf Sizilien? Etwa mit Schusswaffen und Explosionen?

ERNESTO: Ja, mein Liebling, ein echter Krieg.

ROSA: Ganz so echt wird er nun auch nicht sein. Aber ich möchte nichts verharmlosen.

ERNESTO: Das dürfen wir nicht. Denn die Zukunft ist nun ungewisser denn je.

LAURA: Das besorgt mich zutiefst, Ernesto. Was geschieht, wenn wir verlieren? Was passiert mit uns?

ERNESTO: Ich weiß es nicht, mein Liebling, und ich will es nicht wissen. Was ich will, ist alle Gefahr, alle Bedrohung zu minimieren und im Idealfall zu eliminieren. Ich will mitkämpfen, um uns zu schützen.

LAURA: Was sagst du da, Ernesto?

ROSA: Sage nichts, was du nicht bereuen würdest, Erno. Du hast bereits einen Krieg durchlebt – willst du einen zweiten miterleben?

ERNESTO: Es gehört zu meiner Pflicht, meine Familie zu verteidigen.

LAURA: Ich widerspreche. Denn es gehört nicht zu deinen Pflichten, dein Leben aufs Spiel zu setzen. Ich als deine Gemahlin verbiete es dir.

ERNESTO: Ich danke dir, meine Geliebte, aber ich habe es bereits beschlossen. Ich werde mit Papa in den Krieg ziehen.

ROSA: Sei nicht töricht, Erno.

ERNESTO: Ihr könnt mich nicht davon abhalten, das zu tun, was meine Pflicht ist.

LAURA: Lieber tausend Jahre in Knechtschaft als ein Leben im Bewusstsein dessen, dass du fallen könntest.

ERNESTO: *greift Laura an den Schultern* Ich werde nicht fallen, mein Liebling. Denn der Glaube an euch, der Glaube an meine Pflicht, euch zu verteidigen, euch in Sicherheit zu wissen, wird mich am Leben erhalten, wird mich aufrecht erhalten. Und noch stärker werde ich mit der Liebe in meinem Herzen, die du mir gibst, Laura.

LAURA: *tritt weg von ihm und beginnt zu tränen*

ROSA: Siehst du nicht, wie sehr sie leidet unter deinem Verpflichtungswahn? Komm endlich zu Verstand, Erno. Was du da von dir gibst, ist Selbstmord.

ERNESTO: Schade, dass ihr mich nicht verstehen könnt. Vielleicht werdet ihr es eines Tages. Doch mein Entschluss ist unumstößlich. Es bringt nichts zu versuchen, mich davon abzuhalten. So wie Papa zurückkehrt und mit der Alleanza aufbricht, werde ich mitkommen.

Die Contessa betritt den Speisesaal.

GRÄFIN VON ROVERE: Wie ernüchternd. Bürgermeister Ubaldo hat ein Weltuntergangsszenario aufgezeichnet. Er ist jetzt aufgebrochen, zurück nach Syrakus.

ERNESTO: Und die restlichen Gäste?

GRÄFIN VON ROVERE: Die Priester und die Unternehmer sind mit ihren Automobilen aufgebrochen, die Landwirte haben die Kutsche genommen. Die Lorravis sind noch hiergeblieben, ich vermute, dass-

Sie sieht die tränende Laura.

GRÄFIN VON ROVERE: Was ist denn passiert?

ERNESTO: Es gab eine Meinungsverschiedenheit.

ROSA: Meinungsverschiedenheit? Mamma, Erno will mit Papa in den Krieg ziehen – das ist passiert.

GRÄFIN VON ROVERE: Bitte was? In den Krieg ziehen?

ERNESTO: So ist es.

GRÄFIN VON ROVERE: Niemand zieht hier in den Krieg, du erst recht nicht, Salvatore – und noch gibt es überhaupt keinen Krieg.

LAURA: Aber Signore Giano hatte doch dieses Telefonat.

GRÄFIN VON ROVERE: Ja, aber das hat nichts zu bedeuten.

ERNESTO: Aber Mamma, du kannst mir nicht vorschreiben, was ich zu tun habe und was nicht. Ich werde mit Papa mitkommen.

GRÄFIN VON ROVERE: Nein. Ich verbiete es dir, dein Papa wird es dir ebenfalls verbieten – und deine Ehefrau sicherlich auch.

LAURA: Das tut sie.

ERNESTO: *kehrt allen unzufrieden den Rücken* Wieso stellt ihr euch mir in den Weg? Wir haben alle unsere Pflichten – wieso wollt ihr mich daran hindern, meinen nachzugehen.

GRÄFIN VON ROVERE: Dich in Gefahr zu begeben, gehört ganz bestimmt nicht zu deinen Pflichten. Und jetzt raffe dich zusammen und komme mit. Die Alleanza ist hier, wir besprechen unser Vorgehen – und du wirst dabei sein.

ERNESTO: *dreht sich mit Hoffnung im Blick um* Ist Papa auch schon hier?

GRÄFIN VON ROVERE: Er ist soeben eingetroffen.

Ernesto und die Contessa wollen aufbrechen, Laura hält ihn auf.

LAURA: Bedenke bitte, was du tun möchtest, Ernesto. Ich bitte dich, denke darüber nach und bedenke auch, was ich gerade denke, wie ich mich gerade fühlen.

ERNESTO: Das werde ich, meine Liebste. Das tue ich immer.

Dritte Szene

Im großen Flur treffen die Contessa und Ernesto auf Luigi Palumbo und seine Familie.

LUIGI: Contessa, Ernesto. Ist es wirklich wahr?

ERNESTO: Ich fürchte ja, mein Freund.

LUIGI: Aber was wird dann aus uns? Der Krieg holt uns ein.

ERNESTO: Nein, wir werden es verhindern. Ihr dürft hierbleiben auf Santa Fortezza – hier seid ihr sicher.

GRÄFIN VON ROVERE: Um das Schloss sind Wachen postiert, die Korridore werden durchgehend kontrolliert. Ihr braucht euch um nichts zu sorgen.

LUIGI: Vielen lieben Dank, Contessa, vielen lieben Dank, Ernesto.

FAMILIE PALUMBO: Vielen lieben Dank.

GRÄFIN VON ROVERE: Und solltet ihr Wünsche haben, ruft nach Cardinaldi. Er soll euch alles bringen, was ihr benötigt.

LUIGI: Vielen lieben Dank, Contessa.

FAMILIE PALUMBO: Vielen lieben Dank.

LUIGI: *zu Ernesto* Du weißt, ich bin immer für dich da. Ruf mich, wenn du mich brauchst – und ich werde kommen, ich habe es dir geschworen.

ERNESTO: *schüttelt den Kopf* Du bist mir nichts schuldig, mein Freund, mein Waffenbruder.

LUIGI: Das sehe ich anders. Du darfst dir meiner Unterstützung immer sicher sein, Ernesto.

ERNESTO: Danke dir, Luigi.

Sie geben sich die Hände. Luigi und seine Familie ab. Die Contessa
und Ernesto begeben sich in ein weites Arbeitszimmer, in dessen
Zentrum sich ein langer Tisch mit der Landkarte Siziliens befindet.
Es sind versammelt: der Capo der Moros Don Nimo, die Consigliere
der Grecos Violanda Greco, Michelangelo Gennaro als Capo der
Familie Corleonesi und Libero Lorravi, der Capo des Lorravi-Clans.
So wie die Contessa und Ernesto den Raum betreten, kehren Stille
und Gehorsam ein.

GRÄFIN VON ROVERE: Ich danke euch allen für euer rasches
Erscheinen. Dieser Tag ist von unermesslicher Bedeutung.
Denn im jetzigen Augenblick sind feindliche Kräfte am Werk
– wir müssen uns jetzt mit vereinten Kräften zur Wehr setzen.

DON NIMO: So ist es.

Alle nehmen Platz am Tisch.

DON NIMO: Lange hat der Prozess gedauert, diese Alleanza,
wie wir sie nun vorfinden, zu errichten. Wir sind nun alle auf
derselben Seite – auf der Seite der Freiheit, des Rechts und der
Ehre. Auf der Seite gegen die Montanaris und gegen die
Faschisten.

GRÄFIN VON ROVERE: Kommen wir zu unserem Plan, zu
unserer Strategie, mit der wir unseren Feinden entgegentreten
wollen.

DON NIMO: Genau heute hat die kalabrische Großmafia Clan
Casagrande in Messina angegriffen. Es war ein schneller,
kurzer, aber entscheidender und stark verwundender Schlag.
Es war eine Vorwarnung unseres Feindes, eine Botschaft – sie
kommen, unsere Feinde kommen.

GRÄFIN VON ROVERE: Und sie werden vor nichts zurückschrecken. Sie sind ruchlos, kennen die Gesetze der Moral nicht mehr und haben alle Ehre auf dieser Welt befleckt und verloren.

DON NIMO: Gerade jetzt, in diesem Moment, spähen unsere Infiltratoren die feindlichen Linien aus und versuchen, an die Pläne des Feindes heranzukommen. Clan Casagrande repariert seine Schäden und rüstet sich auf. Wir gehen davon aus, dass der zweite Schlag ebenfalls in Messina stattfindet. Sehr wahrscheinlich wird er mit Unterstützung anderer feindlicher Clans erfolgen.

DON LIBERO: Ist denn bekannt, welche Gruppen sich Ombretta Montanari angeschlossen haben?

DON NIMO: Meine Kontakte aus den Reihen ihrer Führung haben mir eine Liste zukommen lassen. Neben dem Clan Montanari selbst sind die Clans Picciotteria aus Kalabrien, Dos Rudos von den Südregionen, Derra aus Palermo und zuletzt auch noch die Regierungspartei Benito Mussolinis.

GENNARO: Mussolini ist auf Montanaris Seite? Das ist gar nicht gut, Don Nimo. Es hieß, Personen aus der Führungsebene, aber Mussolini ist eine Nummer zu groß.

DON NIMO: Knickst du ein, Michelangelo?

GENNARO: Ich knicke nicht ein, Don Nimo. Aber ich kenne meine Grenzen.

GRÄFIN VON ROVERE: Benito Mussolini wird nicht direkt in diesen Krieg involviert sein. Er wird seine Handlanger aussenden, die sich die Hände schmutzig machen werden.

VIOLANDA GRECO: Woher wissen Sie das?

GRÄFIN VON ROVERE: Benito Mussolini ist mein Patensohn – oder er ist es zumindest einmal gewesen.

GENNARO: Wie rührend. Das ändert nichts daran, dass wir praktisch der Regierung gegenüber stehen werden. Bereitet das niemandem Sorgen? Wir gegen Italien – das ist ein Himmelfahrtskommando.

DON NIMO: Giacomo Matteotti hätte gesagt, Italien gegen die Faschisten.

GENNARO: Unglücklicherweise ist er tot und kann uns nicht weiterhelfen.

DON LIBERO: Wenn ich kurz mein Wort in diese Runde einwerfen dürfte. Ich behaupte, diese Operation könnte gelingen, selbst wenn das gesamte italienische Militär auf Seiten Montanaris steht.

DON NIMO: Das sehen wir genauso.

GENNARO: Und wie sieht der Weg zu dieser gelungenen Operation aus, Don Libero?

DON LIBERO: Es ist eine simple Strategie. Dadurch, dass Montanari und ihre Komplizen den ersten Schlag ausgeführt haben, befinden wir uns momentan in der Defensive. Nutzen wir diese Rolle aus, können wir ohne personelle Verluste obsiegen. Der Knackpunkt liegt in den Barrikaden. Wir müssen uns verbarrikadieren – in den Städten, in den Festungen und Häusern. Wir müssen breite, undurchdringbare Wälle errichten und so lange Stellung halten, bis Montanari keine Ressourcen mehr zur Verfügung hat. Wir merzen sie aus, indem wir nur defensiv spielen.

GRÄFIN VON ROVERE: Das ist in der Tat ein gut durchdachter Plan, Don Libero.

DON NIMO: Bedeutet das, Clan Lorravi ist auf unserer Seite?

DON LIBERO: *zögert erst, aber steht dann entschlossen auf* Die Alleanza hat mein Wort und meine Waffen. Gehen wir bis zum bitteren Ende.

VIOLANDA GRECO: Prosit.

DON NIMO: Sehr gut. Es freut mich, dass wir zusammenarbeiten werden, Libero.

DON LIBERO: Tun wir es für unsere Heimat, für unsere Familien.

DON NIMO: Genau deshalb haben wir uns zur Alleanza vereint. Auch gibt uns das die Kraft, jene zu überwältigen, die uns und unsere harmonische Welt bedrohen. Wir wissen nicht, ob sie uns gelingt, die erfolgreiche Verteidigung – doch es ist es wert, es zumindest versucht zu haben.

DON LIBERO: Wohl wahr. Das habe ich auch gedacht.

GENNARO: Schön, wir sind nun um einen Clan stärker geworden. Aber das heißt noch lange nicht, dass wir es mit der Regierung aufnehmen können.

GRÄFIN VON ROVERE: Wie bereits gesagt, ich bin fest davon überzeugt, dass die Faschisten nur einen Handlanger hierherschicken und nicht ihre gesamte Streitmacht. Es ist unsere Aufgabe herauszufinden, wer dieser oder diese

Handlanger sind und wie wir sie am effizientesten aus dem Spiel bringen können.

DON NIMO: Matteotti hätte uns diesbezüglich einen großen Vorteil verschafft, doch wir müssen nun ohne ihn auskommen.

GRÄFIN VON ROVERE: Deshalb müssen wir ein paar Strippen ziehen und Kontakt aufnehmen mit einflussreichen Agitatoren.

DON LIBERO: Das kann ich übernehmen. Ich weiß sogar ganz genau, an wen ich mich wenden werde.

GRÄFIN VON ROVERE: Sehr gut. Sorge dafür, dass die Welt von den Untaten der Faschisten erfährt. Wir müssen jedes Mittel nutzen, das uns zur Verfügung steht, um gegen die Regierungspartei vorzugehen.

GENNARO: *schüttelt aufschnaufend den Kopf*

DON NIMO: An dieser Stelle sei erwähnt, dass unser Primärziel das feindliche Bündnis der Montanaris ist. Wenn wir es schaffen, die verbündeten Clans zu beseitigen und die Regierungspartei aus diesem Konflikt herauszuhalten, ist der Kampf nur gegen die Montanaris ein Leichtes für uns.

VIOLANDA GRECO: Euer Ziel ist es also, die Montanaris zu isolieren?

GRÄFIN VON ROVERE: Ganz genau. Seit dem Fall – dem wortwörtlichen Fall *zwinkert Don Nimo zu* – von Salvatrice Montanari ist der Clan nur noch eine Ruine und Schrotthalde für ehrlose Feiglinge und staatenlose Piraten. Sie selbst haben kaum noch Macht. Doch ihr Bestreben, uns Roveres und

Moros zu vernichten, weil wir für ihren Untergang verantwortlich waren, dieser Hass, diese Rachsucht hält sie am Leben und gibt ihnen die Kraft, andere Clans, für die wir ein Dorn im Auge sind, zu versammeln und gegen uns zu verbünden. Wir müssen ihre Kraft brechen.

DON NIMO: Lasst uns nun den Plan in die Tat umsetzen. Es gibt vieles zu tun, meine Damen und Herren, und nur wenig Zeit dafür. Jede Sekunde, die wir für die Vorbereitung verbrauchen, marschiert der Feind weiter auf uns zu.

DON LIBERO: *steht mit erhobener Faust auf* Auf gehts!

VIOLANDA GRECO: Ich bin dabei!

GENNARO: Ich doch auch, ich doch auch. Allerdings bin ich immer noch sehr beunruhigt, Don Nimo. Ich sage das, damit Sie das wissen.

DON NIMO: Das wird sich gewiss ändern, Michelangelo.

GRÄFIN VON ROVERE: Ich bitte Cardinaldi, dafür zu sorgen, dass die Automobile bereitgemacht werden.

DON NIMO: Sehr gut.

GRÄFIN VON ROVERE: Wir trennen uns nun und begeben uns alle zu unseren Kommandoposten. Möge unser Sieg ruhmreich sein.

Die Mafiosi verlassen die Halle. Ernesto hält Don Nimo auf.

DON NIMO: Was gibt es, mein Sohn? Geht es dir gut?

ERNESTO: Ja, danke, dass du fragst, Papa. Ich… ich wollte dich um etwas bitten.

DON NIMO: Ja?

ERNESTO: Also, es ist keine Bitte, sondern mehr ein Wunsch.

DON NIMO: Sag schon, mein Sohn.

ERNESTO: Ich möchte mit dir kommen. Ich möchte an deiner Seite in den Krieg ziehen, zusammen mit dir für unsere Familie kämpfen!

Don Nimo senkt schmunzelnd den Kopf und tätschelt Ernesto die Schulter.

DON NIMO: Wie lieb von dir, mein kleiner Junge. Doch Papa wird das alleine tun. Außerdem, ich würde es nicht wollen. Oft genug hattest du dich in Gefahr begeben. Ich will nicht, dass dir etwas passiert.

ERNESTO: *blickt betrübt und enttäuscht auf den Boden*

DON NIMO: Bleibe hier bei Mamma. Beschütze sie, beschütze Rosa und Tante Lanna, beschütze deine Ehefrau – beschütze sie hier, hier bei ihnen, hier auf Santa Fortezza. Das ist deine heiligste Aufgabe, mein Sohn.

ERNESTO: Ich weiß. Dann bleibe ich wohl hier.

DON NIMO: Das ist das Beste. Hier brauchen wir dich am meisten.

ERNESTO: Bitte, Papa, komm wieder ganz schnell und heil zurück.

DON NIMO: Ich verspreche es. Und ich werde wiederkommen, so wie ich schon einmal zurückgekehrt bin.

Sie verlassen den Raum. Draußen im Korridor sind Lanna und die Contessa.

LANNA: Ich habe ganz vergessen, dass ich noch nach Antonio sehen wollte. Ich habe ihn seit der Hochzeit nicht mehr gesehen.

GRÄFIN VON ROVERE: Der gute Anno wird sich bestimmt finden. Hast du in seinem Zimmer nachgesehen?

LANNA: Ich möchte das gleich tun.

GRÄFIN VON ROVERE: Gut, ich komme mit dir. Es gibt da etwas, das wir drei besprechen müssen.

ERNESTO: Doch keine allzu ernsten Angelegenheiten, hoffe ich? *Grinst* Was hat Anno verbrochen?

LANNA: Hat er etwas verbrochen?

GRÄFIN VON ROVERE: Nein nein, er hat nichts verbrochen. Komm, Lanna, gehen wir zu ihm.

DON NIMO: Donatella.

GRÄFIN VON ROVERE: Ja, Geronimo?

DON NIMO: Ich verabschiede mich. Sogleich werde ich mit Gennaro nach Palermo fahren.

GRÄFIN VON ROVERE: Glaubst du, dass sie Palermo angreifen werden?

DON NIMO: Es ist der wichtigste Standort, natürlich.

GRÄFIN VON ROVERE: Gut. Tut, was ihr könnt, aber bleibt am Leben. Das meine ich ernst, Geronimo.

DON NIMO: Ich weiß, meine Geliebte. Passt auf euch alle auf. Die Zukunft ist ungewisser denn je. Seid auf alles gefasst und bewahrt Haltung – komme, was wolle.

GRÄFIN VON ROVERE, ERNESTO und LANNA: Komme, was wolle.

Vierte Szene

Im Gemach von Rombrasteux sind Celeste und Roro versammelt. Ihre Gemüter sind erdrückt. Celeste sitzt auf dem Bett und wischt Tränen mit einem Mouchoir ab, Roro packt Taschen und Koffer.

MADAME CELESTE: Dann hast du es endgültig beschlossen?

RORO: *kühl, aber immer noch getroffen* Ich bitte dich, tu nicht so, als würde es dich interessieren.

MADAME CELESTE: Und was, wenn es mich interessiert?

RORO: Du hast mir deinen Ring zurückgegeben, Celeste, deinen Ehering, der unseren Bund verewigen sollte.

MADAME CELESTE: Ich habe dir meinen Ring zurückgegeben? Du warst es, der ihn mir genommen hat. Ich wollte nie, dass es so weit kommt. Aber du hast mir keine Wahl gelassen.

RORO: Keine Wahl gelassen? Celeste, hörst du dir überhaupt zu? Du bist es doch, die auf uns, auf das wir und auf das uns, keinen Wert mehr legt, die sich nicht mehr für unsere Familie interessiert, sondern nur noch diese Mafiosi im Kopf hat.

MADAME CELESTE: Solltest du es vergessen haben, auch unsere Tochter ist nun ein Teil dieser Mafiosi.

RORO: *schmeißt eine Zeitschrift weg* Nein. Ich weigere mich zu akzeptieren, dass unser kleines Mädchen zu einer Marionette ehrloser Krimineller verwandelt wurde. Ich, Celeste, ich – wenn du dich überhaupt noch für meine Gefühle interessierst – ich war von Anfang an dagegen. Ich meine diesen Briefwechsel, den du mit der Gräfin hattest, dann diese

Treffen und letzten Endes diese Ehe selbst. Laura. *Er hält inne.*
Ich meine – Laure. Laure hat es nicht verdient, in den Dreck
geschmissen zu werden.

MADAME CELESTE: Sei still, du empathieloser Baumstamm.
Du sprichst von deinen Gefühlen, aber was ist mit meinen
Gefühlen? Was ist mit Lauras Gefühlen und den Gefühlen der
Roveres? Hör auf, dich wie ein Egoist zu benehmen.

RORO: Ich bin nicht der Egoist. *Hebt abrupt die Hände* Halt, ich
will diese Art der Konversation nicht führen. Letztlich dreht
sich alles um denselben Kreis. *Packt weiter seine Sachen ein*

MADAME CELESTE: *tränt* So endet es also.

RORO: *stöhnt* Jetzt verhalte dich nicht so melancholisch, Weib.
Das passt gar nicht zu dir.

MADAME CELESTE: *schluchzt* Wie nett, Robert.

RORO: *ächzt verärgert*

MADAME CELESTE: *fällt ins Bett und atmet lang und
kummervoll aus*

RORO: O Gott, wie peinlich.

MADAME CELESTE: *bricht in Tränen aus*

RORO: Wie peinlich. Einfach nur peinlich.

*Roro hat seine Sachen gepackt, hat sich umgekleidet und verlässt das
Zimmer.*

RORO: Ich kehre nach Paris zurück. Du erreichst mich über
das Sekretariat. Lebe wohl.

*Er verlässt das Zimmer. Celeste steht auf und blickt erbleicht auf die
zugefallene Tür.*

MADAME CELESTE: Roro?

Doch es regt sich nichts.

MADAME CELESTE: *sinkt zu Boden* Roro…

Hinter der Tür im Flur steht Roro und stellt seine Koffer auf dem Boden ab. Er führt seine Hände an seine Augen – voll Tränen.

RORO: O Celeste, es tut mir so schrecklich leid.

Ein paar Diener des Hauses erscheinen, nehmen Roro sein Gepäck ab und führen ihn aus dem Haus. Draußen steigt er in ein Automobil und fährt weg.

Celeste bleibt allein in ihrem Gemach – allein und einsam.

Fünfte Szene

Im Flur des Schlosses, der zum Schlafzimmer von Antonio führt, begeben sich die Contessa und Lanna gerade dorthin.

LANNA: Darüber wirst du dir gewiss keine Sorgen machen müssen, liebes Schwesterherz.

GRÄFIN VON ROVERE: Aber das weiß ich doch, Lanna, das weiß ich doch. Was täte ich nur ohne dich? Du gibst mir Mut in Zeiten, die allen Mut rauben.

LANNA: Dafür sind schließlich Schwester da, oder nicht?

Beide grinsen sich an. Sie stehen nun vor Antonios Schlafzimmer und klopfen an der Tür.

LANNA: Antonio, mein Schatz, ich bin es, Mamma.

Sie klopfen ein weiteres Mal.

LANNA: Tante Tella ist auch hier. Wir wollten nur nach dir sehen und ob denn alles in Ordnung bei dir ist.

Keine Antwort.

GRÄFIN VON ROVERE: Lass uns rein oder wir kommen von allein.

Keine Antwort. Die Contessa schiebt Lanna beiseite.

GRÄFIN VON ROVERE: Überlass das mir. *Mit einem Ruck öffnet sie die Tür*

Die beiden stürzen in Antonios Zimmer, doch er ist nirgends zu sehen.

LANNA: Er ist nicht hier.

GRÄFIN VON ROVERE: Er versteckt sich.

LANNA: Vor wem denn?

GRÄFIN VON ROVERE: Vor den Bolschewisten, Lanna.

LANNA: *verwirrt*

GRÄFIN VON ROVERE: Natürlich versteckt er sich vor uns, du Dussel.

LANNA: Aber wieso sollte er sich vor uns verstecken?

GRÄFIN VON ROVERE: Na weil er den Konsequenzen ausweichen will, die seiner Untat folgen.

LANNA: Konsequenzen? Untat? Aber Tella, was hat denn Antonio gemacht? Erzähl es mir, ich will es wissen, auf der Stelle.

GRÄFIN VON ROVERE: Zuerst finden wir Antonio und danach bereden wir alles zu dritt.

LANNA: Dann müssen wir ihn nur noch finden.

GRÄFIN VON ROVERE: Wo ist Cardinaldi, wenn man ihn braucht?

Cardinaldi erscheint.

CARDINALDI: Wie kann ich dienen, vostra eccellenza?

GRÄFIN VON ROVERE: Ah, Cardinaldi, gut. Sagen Sie mir, wo sich Neffe Antonio befindet.

CARDINALDI: Eines der Hausmädchen berichtete mir, ihn bei den Badezimmern gesehen zu haben.

GRÄFIN VON ROVERE: *zu Lanna* Da haben wirs. Er nimmt ein Bad ein. *Zu Cardinaldi* Danke.

Cardinaldi verschwindet geneigten Hauptes. Die beiden Damen begeben sich zu den Badezimmern. Vor einem Zimmer mit verschlossener Tür bleiben sie stehen. Sie klopfen.

LANNA: Antonio, mein Schatz, hier sind deine Tante Tella und deine liebe Mamma. Würdest du uns reinlassen?

Keine Antwort.

LANNA: Antonio, bist du da drinnen?

Keine Antwort.

GRÄFIN VON ROVERE: Wenn du uns nicht antwortest,
kommen wir rein – mit Gewalt.

Keine Antwort.

LANNA: Wir wollen nur sehen, ob alles in Ordnung bei dir
ist, mein Sohn.

GRÄFIN VON ROVERE: Und ein bisschen reden. *Sie öffnet die
Tür mit Gewalt*

*Die beiden stürzen ins Badezimmer. In der vollen Badewanne liegt
Antonio – seine Unterarme aufgeschlitzt, das Wasser rötlich
verfärbt.*

*Die Contessa und Lanna realisieren, was sich hier abspielt. Lanna
verliert das Bewusstsein und stürzt zu Boden mit dem Kopf gegen
die Wand. Donatella eilt zu ihr und stützt sie. Sie schreit, sie ruft
um Hilfe. Cardinaldi erscheint mit Dienstboten. Einer von ihnen eilt
zum Telefonapparat und ruft nach dem Arzt. Die anderen zerren
den totbleichen Corpus von Antonio Papa aus dem Blutwasser der
Wanne, während die Contessa und Cardinaldi darum kämpfen,
Lanna zu wecken und ihre Blutung am Kopf zu stoppen.*

Sechste Szene

Palermo, Hauptstadt Siziliens. Auf den großen Straßen des Corleone-Territoriums sind Barrikaden aufgestellt worden. Naheliegende Gebäude sind zu Wehrtürmen umgebaut. Mobile Wagen mit Schützen stehen in den Gassen zur Abfahrt bereit. Nahe den Barrikaden, in einem Feldlager, sind Don Nimo, Violanda Greco und Michelangelo Gennaro eingetroffen. Ein kommandierender Mafioso weiht sie in die aktuelle Lage ein.

KOMMANDANT: Don Michelangelo, Don Nimo, Signora Greco, wir haben unsere Verteidigung aufgebaut und die peripheren Gebiete unseres Territoriums undurchdringbar verbarrikadiert. Späher haben unruhige Aktivitäten von Seiten des Derra-Gebietes wahrgenommen. Noch sind wir nicht angegriffen worden, doch wir gehen davon aus, dass der Feind bereits mobil ist und in nächster Bälde angreifen wird.

GENNARO: Gut. Es läuft alles nach Plan, nicht wahr, Don Nimo?

DON NIMO: So kann man es sehen, ja. Was ist mit der lokalen Polizei und der Miliz?

KOMMANDANT: Sie haben ihre Truppen abgezogen.

VIOLANDA GRECO: Diese Feiglinge wollen sich nicht in unsere Angelegenheiten einmischen.

GENNARO: Besser für uns.

DON NIMO: In der Tat. So können wir uns ausschließlich auf Montanari konzentrieren.

VIOLANDA GRECO: Und der Feind auf uns.

KOMMANDANT: Auch die Einwohner Palermos haben sich in ihre Häuser zurückgezogen, die Randgebiete sind vollkommen evakuiert.

DON NIMO: Sehr gut. Es dürfen keine Zivilisten zu Schaden kommen. Auf keinen Fall. Dieser Krieg ist eine Angelegenheit zwischen den Montanaris und uns. Nichts weiter.

GENNARO: So gerissen, wie die Montanaris sind, werden sie sicherlich Geißeln nehmen und diese als Schutzschild verwenden. Ethik und Tugend werden uns also nichts bringen, Don Nimo.

DON NIMO: Dazu wird es nicht kommen.

GENNARO: Wenn Sie sich so sicher sind.

Ein paar bewehrte Mafiosi eilen ins Feldlager.

KUNDSCHAFTER: Don Michelangelo, Comandante, der Feind hat den Angriff gestartet. Gepanzerte Automobile haben die Hauptstraße im Süden durchbrochen und steuern ungehindert auf uns zu.

DON NIMO: Es geht los. Wir müssen uns in Stellung bringen und sofort zurückschlagen.

KOMMANDANT: Alle Mann bereit machen zur Blockade feindlicher Sturmtruppen.

DON NIMO: *zu Gennaro und Greco* Ihr solltet hierbleiben, um die Gesamtlage im Überblick zu behalten.

GENNARO: Und Sie?

DON NIMO: Ich ziehe mit den Männern los. Ich will den Montanaris auf den Straßen begegnen.

VIOLANDA GRECO: *nimmt ein Gewehr in ihre Hand* Nimm einen Zweisitz, Don Nimo. Ich werde dir den Rücken freihalten.

GENNARO: Ich komme ebenfalls mit. An der Front kämpft es sich am besten.

DON NIMO: Wie ihr wollt.

Vor dem Feldlager stehen mehrere Motorräder. Don Nimo, Violanda Greco, Michelangelo Gennaro und ein Mafiosi-Trupp besteigen sie und fahren mit ohrenbetäubendem Getöse und kratzig rauchigen Abgasen die Straße davon nach Norden, von wo allmählich der Hall feindlichen Schussfeuers zu hören ist.

Während der Fahrt unterhalten sich Don Nimo und Violanda Greco, die im Beisitz von Nimos Motorrad sitzt und ihr Gewehr lädt.

VIOLANDA GRECO: Sei ehrlich, Nimo. Werden wir diesen Tag heute überleben?

DON NIMO: Ich bin immer ehrlich, Violanda. Aber ich halte nichts von solchen Gedanken.

VIOLANDA GRECO: Natürlich. Ich auch nicht.

DON NIMO: Was zählt, sind die eigene Fähigkeiten und das Vertrauen auf sie. Sage mir, vertraust du deinen Fähigkeiten?

VIOLANDA GRECO: *hält ihr Gewehr in die Höhe* Ich werde es dir in Bälde demonstrieren.

DON NIMO: Gut. Denn ich möchte wirklich nicht von hinten erschossen werden.

VIOLANDA GRECO: Und du siehst zu, dass du uns nicht gegen die Wand fährst, Don Nimo.

Auf einmal ertönt markerschütternder Lärm. Aus einer Seitenstraße biegen mehrere gepanzerte Automobile ein und kommt der Motorradkolonne mit ausgefahrenen Geschützen entgegen.

GENNARO: Haltet sie auf, versperrt ihnen den Weg.

Einige Mafiosi halten ihre Motorräder und bilden einen Wall. Die Restlichen fahren auf die näherkommenden Automobile zu, die das Feuer eröffnen.

DON NIMO: Schießt zurück, zielt auf die Reifen.

VIOLANDA GRECO: *visiert die Fahrerseite eines der vordersten Automobile an, feuert eine Salve ab und trifft den Fahrer one-shot; der Wagen schlängelt erst und donnert dann mit Krach und Lärm gegen ein Gebäude*

DON NIMO: So geht das auch.

Doch die gepanzerten Automobile biegen auf einmal in eine Gasse ein und verschwinden. Die Motorradkolonne nimmt die Verfolgung auf.

DON NIMO: Wir dürfen nicht zulassen, dass sie fliehen.

GENNARO: Sie fahren in Richtung des Feldlagers. Odoardo, Vittore, Carolina, zu mir – wir nehmen die Via Altofonte und sperren ihnen den Weg ab.

Gennaro und ein paar Mafiosi spalten sich von der Kolonne ab und nehmen einen anderen Weg, während Don Nimo, Violanda Greco und die restlichen Mafiosi die gepanzerten Automobile verfolgen. Deren Geschütze haben sich nach hinten ausgerichtet und zielen nun auf die Motorradkolonne.

DON NIMO: Regenformation – sofort aufspalten, weicht dem Feindbeschuss aus und feuert zurück.

Die Kolonne spaltet sich stante pede auf und weicht dem Beschuss der Geschütze aus. Ein paar Motorräder werden dennoch getroffen, kommen ins Schleudern und fallen auseinander.

DON NIMO: Schießt zurück, zielt auf die Schützen.

Die Kolonne kontert den Beschuss. Ein feindlicher Schütze wird außer Gefecht gesetzt.

VIOLANDA GRECO: Don Nimo, so kommen wir nicht weiter. In dieser Situation sind wir ihnen unterlegen.

DON NIMO: *lenkt das Motorrad wild umher, um dem Beschuss auszuweichen* Wir müssen standhaft bleiben. Gennaro wird ihnen bald den Weg versperren. Dann haben wir sie.

VIOLANDA GRECO: *schießt und trifft einen weiteren Schützen* Gennaro lässt sich viel Zeit.

Weit hinter der Motorradkolonne erscheinen weitere gepanzerte Automobile mit Geschützen, die nun der Kolonne auf den Fersen sind.

VIOLANDA GRECO: *sieht nach hinten* Nimo, wir sind eingekesselt.

DON NIMO: *wirft einen raschen Blick nach hinten* Formation beibehalten, Feuer einstellen. Konzentriert euch darauf, nicht getroffen zu werden.

Die feindliche Kolonne hinter ihnen eröffnet ebenfalls das Feuer. Die heldenhaften Mafiosi werden von allen Seiten beschossen.

VIOLANDA GRECO: *duckt sich* Sieh zu, dass du nicht getroffen wirst, Don Nimo.

Einige Mafiosi werden getroffen und fallen von ihren Motorrädern.

DON NIMO: Das ist im Moment nur sehr schwer.

Weit vorne am Ende der Straße biegt ein großer Lastwagen ein und versperrt den Weg. Aus Seitenstraßen fahren Gennaros Motorradkolonne heraus und bringen sich in Position.

VIOLANDA GRECO: Gennaro ist da. Jetzt haben wir sie.

Die gepanzerten Automobile vor Don Nimos Kolonne beginnen zu bremsen und visieren Gennaros Blockade an.

DON NIMO: Schießt! Schießt auf die Schützen.

Die heldenhaften Mafiosi eröffnen das Feuer und schießen mehrere feindliche Schützen nieder. So wie die gepanzerten Automobile halt machten, bremsten auch Nimos Kolonne und die Automobile hinter ihnen.

DON NIMO: Geht sofort in Deckung.

Die Mafiosi steigen von ihren Motorrädern ab und suchen in nahestehenden Gebäuden Deckung; Don Nimo und Violanda Greco verstecken sich in einem Kleiderladen und feuern durch das Schaufenster. Aus den gepanzerten Automobilen steigen feindliche Mafiosi aus und schießen auf Gennaros Blockade.

VIOLANDA GRECO: Nimo, schau dort.

Aus einem der gepanzerten Wagen steigt Indigo Montanari mit Revolvern in den Händen aus.

DON NIMO: Das ist eine der Montanarischwestern.

VIOLANDA GRECO: Ich dachte, Ombretta Montanari würde den Angriff leiten.

DON NIMO: Wenn Indigo hier ist, wird Ombretta nicht weit sein. Wir müssen sie einfangen. Als Geißel wird sie uns von besserem Nutzen sein.

Auf den Dächern der naheliegenden Gebäude tauchen Greco-Mafiosi auf und feuern von oben auf die Feinde herab.

VIOLANDA GRECO: Das sind meine Leute. Jetzt wird uns nichts mehr aufhalten.

Indigo Montanari hastet duckend zu einem Motorrad, besteigt es und fährt weg, durch eine Lücke in Gennaros Blockade hindurch.

DON NIMO: Sie flieht. Violanda, gib mir Rückendeckung.

Don Nimo springt durch das Schaufenster und eilt zu einem Motorrad.

VIOLANDA GRECO: *schießt in verschiedene Richtungen* Nimo, was hast du vor?

DON NIMO: Indigo darf nicht fliehen. Ich werde sie aufhalten. *Mit Brummen und Motorgetöse fährt er los und nimmt die Verfolgung Indigo Montanaris auf*

Siebente Szene

Im Krankenzimmer von Santa Fortezza Delle Nubi haben sich die Contessa und Ernesto um Lanna versammelt, die tiefschlummernd im Krankenbett liegt.

GRÄFIN VON ROVERE: Ich verstehe nicht, wie das geschehen konnte. *Fasst sich an die Stirn und schüttelt den Kopf* Dass ausgerechnet Antonio so etwas machen würde. Ich verstehe es nicht. Wie konnte es dazu kommen?

ERNESTO: Mamma, wir konnten es nicht wissen. Offensichtlich ging es Anno nicht gut. Er hat aber nie mit uns gesprochen, hat nichts erzählt.

GRÄFIN VON ROVERE: *nimmt Lannas Hand und fühlt ihren Puls* Es muss ihm sehr schlecht gegangen sein. Und diesen Schmerz, dieses Leid, hat er nun auf uns alle projiziert.

ERNESTO: Ich bin zuversichtlich, dass alles wieder gut wird.

GRÄFIN VON ROVERE: Der Dottore versicherte, er würde am Leben bleiben. Doch die Folgeschäden seines Suizidversuches könnten gravierend ausfallen.

ERNESTO: Wir werden damit klarkommen.

GRÄFIN VON ROVERE: Wir – ja. Lanna… *sie atmet zitternd auf* eine Mutter, die zugesehen hat, wie ihr Kind sich das Leben nehmen wollte… nein, Lanna wird nicht damit klarkommen. Ich spüre es, ich kann fühlen, wie stark der Riss, wie tief die Wunde in ihrer Seele ist, die Antonio ihr zugefügt hat.

ERNESTO: *schweigt*

GRÄFIN VON ROVERE: O Lanna, wach bitte wieder auf. Meine liebe kleine Schwester. Komm zu uns zurück.

LANNA: *schlummert weiterhin tief und fest*

GRÄFIN VON ROVERE: *lässt Lannas Hand los und seufzt*

ERNESTO: Ist etwas, Mamma?

GRÄFIN VON ROVERE: Es ist nichts, mein Sohn. Manchmal… ich habe das Gefühl, manchmal machtlos zu sein. Ich will etwas tun, aber es gibt nichts, das ich tun kann. Dabei stehen mir angeblich so viele Möglichkeiten zur Verfügung.

ERNESTO: Ich verstehe dich sehr gut. Ich fühle manchmal auch so.

GRÄFIN VON ROVERE: Möglicherweise kommen wir ab und an zu solchen Momenten, in denen wir uns eingestehen müssen, nicht nur nichts machen zu können, sondern auch nichts machen zu sollen. Vielleicht ist es eine höhere Macht, an der nun alles hängt.

ERNESTO: Du klingst schon fast religiös.

GRÄFIN VON ROVERE: Religiös? Nein. Realistisch? Ja. Denkst du nicht, dass wir den Strom mancher Ereignisse schlicht und ergreifend nicht beeinflussen können?

ERNESTO: Schon, aber wir nichts hindert uns daran, es zumindest zu versuchen.

GRÄFIN VON ROVERE: Ja – und nein. Einen Strom kann man nur mit Steinen aufhalten, seine Richtung ändern ist gar unmöglich. Sind allerdings nirgendwo Steine greifbar, ist der Strom unaufhaltbar.

ERNESTO: Dann holen wir uns einfach die Steine von anderswo.

GRÄFIN VON ROVERE: *grinst* Wenn das nur ginge.

ERNESTO: Ich bin optimistisch – ich glaube fest daran, dass wir aus unserer Lage wieder rauskommen. Und ehesten kann ich dazu beitragen, indem ich an die Front gehe, zu Papa.

GRÄFIN VON ROVERE: Keine Widerrede, Salvatore. Du gehst nicht. Punkt. Das bedarf weder der Diskussion noch der Gedanken.

ERNESTO: Meinetwegen.

Lanna rührt sich auf einmal aufwachend und lebendig. Die Contessa und Ernesto schenken ihr alle Aufmerksamkeit.

GRÄFIN VON ROVERE: Lanna, Lanna! Hörst du mich? Lanna, hörst du mich? Geht es dir gut?

ERNESTO: Tante Lanna, wie geht es dir?

LANNA: *stöhnt und öffnet mühsam die Augen*

GRÄFIN VON ROVERE: Wir sind hier bei dir, Lanna.

LANNA: *streckt sich und richtet sich auf* Du liebe Zeit. Donatella.

GRÄFIN VON ROVERE: Ja, Schwesterherz? Sag schon, wie fühlst du dich?

LANNA: Hm, ich weiß nicht. Erschöpft. Aber wieso bist du auf einmal so besorgt? Ist etwas mit Nonna passiert?

GRÄFIN VON ROVERE: Nonna?

LANNA: Ja, sie wollte doch nach Rom, um da diese Sache – ich weiß nicht mehr, was es war.

GRÄFIN VON ROVERE: *tritt verdutzt einen Schritt zurück*

ERNESTO: Mamma, wovon spricht Tante Lanna?

GRÄFIN VON ROVERE: *langsam wandelt sich ihr Gemüt in ein schockiertes* Sie spricht über etwas, das zwanzig Jahre in der Vergangenheit liegt.

ERNESTO: Was?

LANNA: Ich schließe mich dem jungen Herren an: Was?

GRÄFIN VON ROVERE: Lanna, weißt du, wo du bist?

LANNA: Natürlich. Das ist das Krankenzimmer von Santa Fortezza. Wieso?

GRÄFIN VON ROVERE: Welches Jahr haben wir?

LANNA: 1904.

Die Contessa und Ernesto werfen sich sprachlose Blicke zu.

LANNA: Aber Donatella, wieso fragst du mich das? Was ist los mit dir?

ERNESTO: Tante Lanna hat doch nicht… sie hat doch nicht-

GRÄFIN VON ROVERE: Ihre Erinnerungen verloren? Doch, es hat den Anschein, als wäre genau das passiert.

LANNA: Was? Wovon sprichst du da, Tella? Ich verstehe dich nicht. Bitte erkläre es mir doch.

GRÄFIN VON ROVERE: *fasst sich an den Kopf* Das ist gar nicht gut. Das ist wirklich nicht gut.

LANNA: *fasst sich ebenfalls am Kopf* Aua, wieso tut denn mein Kopf auf einmal so weh?

ERNESTO: Soll ich nach einem Arzt rufen?

GRÄFIN VON ROVERE: Ja bitte. Und Ernesto, bitte beeil dich – Lannas Zustand bereitet mir große Sorge.

LANNA: *sieht abwechselnd die Contessa und Ernesto an* Komisch, dein Sohn heißt doch auch Ernesto. Wer ist denn überhaupt dieser Mann hier?

GRÄFIN VON ROVERE: Lanna, das hier…

ERNESTO: Ich *bin* Ernesto.

LANNA: Wie jetzt?

GRÄFIN VON ROVERE: Das ist mein Sohn, Ernesto, dein Neffe.

LANNA: *lacht* Ernesto ist gerade mal vier Jahre alt. Hör auf mit den Scherzen. Oder übst du etwa ein Theaterstück ein? Das ist ja was ganz Neues.

GRÄFIN VON ROVERE: Lanna. Das ist mein Ernst. Mein voller Ernst.

LANNA: *sieht die beiden besorgt und verzweifelt an*

GRÄFIN VON ROVERE: Etwas ganz schlimmes läuft hier, Lanna. Du hast deine Erinnerungen verloren.

LANNA: Aber… aber… ich verstehe nicht.

GRÄFIN VON ROVERE: Wir haben 1924, Lanna, neunzehnhundertvierundzwanzig.

LANNA: Neunzehnhundertvierundzwanzig? Das kann nicht sein, das glaube ich nicht. Neunzehnhundertvierundzwanzig?!

GRÄFIN VON ROVERE: Ernesto, geh und hole einen Arzt. Das ist wirklich schlimm, wirklich schlimm.

Ernesto ab.

LANNA: Neunzehnhundertvierundzwanzig…

Achte Szene

Ruhig sind die Gewässer des Mittelmeers, warm vom Glanz des Sonnenlichts, Wellen wie die Winde, leichte Brisen, feines Hauchen, die Luft so kühl und frisch, das Wasser salzig und nass. Es ist beinahe wie in einer Idylle, in einem Gemälde, das in gemalter Stille seine wahre Wirkung entfaltet, ein Sommertraum am Meer, der Blick verloren in den Weiten. Nur die Wolken hoch oben im Himmel, seidenweiß und flauschig. Schweben sanft auf der erdigen Kugel. Und da – Zugvögel, die in den Norden fliegen. Gleichmäßig flatternd und auch ungewöhnlich hastig gleiten sie durch die hohen Lüfte, mit ihren grauen Flügeln schlagen sie sich durch die weißen Wolkenwinde. Dichter und dichter, immer dichter wird der Zug der wilden Vögel, sie flattern übereinander, nebeneinander, untereinander, aufeinander, wie ein wüstes Dickicht steigen sie empor, während ihre eisernen Federn zum Meere hinabgleiten. Aus einer großen Röhre, aus zweien, steigen sie empor. Es ist das metallene Biest, das den atemlosen Rauch, den schwärzlichen Dampf hoch in das Oben aus seinen ehernen Abgasröhren speit, ein stählernes Kriegsschiff, das sich träge schnaufend durch die fliehenden Wasser drängt und dringt, Gefahr und Bedrohung verzerren die Atmosphäre, der tote Geist der Industrie, der Waffen und der Vernichtung, dessen fleischgewordene Verkörperung auf der Brücke steht und eisigen Blickes und bedrohlicher Positur zu den Weiten schaut, wo sich sein Ziel befindet, jenes Ziel, das er unablässig, mit gespreizten Krallen und scharfen

Reißzähnen jagt. Dieses Biest – er ist der Spitzenpredator. Und seine Beute erzittert beim Ruf seines Namens:

Cesare Mori.

CESARE MORI: Minister di Giorgio, wie kann ich Ihnen behilflich sein?

DI GIORGIO: *liest von einem Dokument* Cesare Mori, ich übergebe Ihnen mein Schiff unter Aufsicht des Kriegsministers. Die Besatzung steht unter seinem Kommando. Ich bitte Sie, diese meine Anordnung zu respektieren, und wünsche Ihnen viel Erfolg.

CESARE MORI: Herr Minister, was ist das?

DI GIORGIO: Das ist vom Ammiraglio. Ich hoffe doch, dass Sie nun verstehen, wer hier die Autoritätsperson ist.

CESARE MORI: Minister di Giorgio, um es ein letztes Mal klarzustellen: Es geht mir nicht um Autoritäten. Ich bin einzig und allein hier, um unserem Führer zu dienen und ihm zufriedenstellende Resultate zu bringen. Ihre Anwesenheit schert mich nicht. Sie sind nur ein Gast – daher bitte ich Sie, sich nicht einzumischen. *Kehrt dem Minister den Rücken und schaut wieder zum Horizont* Ich empfehle Ihnen, es sich bequem zu machen und der Party zuzusehen.

DI GIORGIO: Party? So nennen Sie das? Mori, wir sind auf einem Kriegsschiff. Sie bringen den Krieg nach Sizilien.

CESARE MORI: Falsch, Herr Minister. Der Krieg ist – genau in diesem Augenblick – bereits dort. Das einzige, was ich dorthin bringen werde, verehrter Minister, ist Ordnung. Ordnung und Stabilität.

Neunte Szene

Dicht auf den Fersen Indigo Montanaris. Während die Straßen Palermos umkämpft sind und sich die Gruppierungen um die Alleanza unter Kommando von Michelangelo Gennaro und Violanda Greco und um das Esercito di Liberazione angeführt von Montanaripersonal gnadenlos bekriegen, verfolgt Don Nimo die Schwester des Montanari-Oberhaupt: die Assassine Indigo Montanari. Er ist ihren Spuren bis ins Innerste einer großen Bibliothek gefolgt, in der er nun von Säule zu Säule, von Bücherregal zu Bücherregal schleicht und nach dem Versteck der im Schatten lauernden Killerin Ausschau hält:

DON NIMO: *lädt seine Pistole nach und späht in einen Gang zwischen zwei Regalen hinein*

Von ganz nah ertönen leise Geräusche, ein leises Schleifen und Ziehen.

DON NIMO: *in Gedanken* Ich sollte die Ausgänge im Blick behalten – sie darf nicht entkommen.

INDIGO MONTANARIS STIMME: Närrischer Tor! Du bist mir gefolgt – jetzt wirst du büßen.

Don Nimo schaut sich um. Ein altes Knarren ertönt von weit her – nach und nach scheint es näherzukommen, bis Nimo bemerkt, dass das Regel neben ihm kippt. Explosiv springt er in den Gang hinaus, während das Regal gegen ein anderes fällt und die anderen wie Dominosteine fallen. Er rappelt sich auf und zückt seine Pistole. Am anderen Ende des Ganges steht Indigo Montanari und zielt ihren beiden Revolvern auf den Moro-Capo.

INDIGO MONTANARI: Es endet, Don Nimo, hier und jetzt.

Doch ehe sie fortfahren kann, schießt Don Nimo, verfehlt sie aber.

INDIGO MONTANARI: *mit weit aufgerissenen Augen* Du hast mich doch nicht etwa verfehlt?

DON NIMO: Du warst nicht mein Ziel.

Indigo Montanari schaut nach oben, da kracht ein Kronleuchter gegen sie und haut sie zu Boden. Don Nimo schreitet zu ihr. Ihre Revolver liegen vor ihr auf dem Boden, er stößt sie weg und packt Indigo an den Schultern.

DON NIMO: Sag mir, was ist eure Strategie? Wie sieht euer Plan aus?

INDIGO MONTANARI: *lacht höhnisch*

DON NIMO: *holt aus und schlägt sie mit der Faust zu Boden*

INDIGO MONTANARI: *stöhnt und ächzt*

DON NIMO: Letzte Chance, Montanari.

Doch Indigo regt sich plötzlich nicht mehr. Don Nimo tritt sie gegen die Schulter, als sie jählings sein Bein ergreift und ihm eine Klinge ins Fleisch rammt.

DON NIMO: *schreit auf*

INDIGO MONTANARI: *erhebt sich vom Boden und versetzt Nimo einen Tritt in den Bauch*

Don Nimo taumelt nach hinten, kniet nieder zu Boden und reißt die Klinge aus seinem Bein.

INDIGO MONTANARI: Komm. Zeige mir, was für ein Mann du bist.

DON NIMO: *erhebt sich und wirft die Klinge beiseite* Du bist kein Gegner für mich.

INDIGO MONTANARI: Lächerlich. Du bist wie jeder andere. Aber wisse, alle meine Opfer waren immer Männer. Und ich war ihnen überlegen – jedes Mal und auch dieses Mal. *Sie holt aus und wirft mehrere Wurfklingen in Don Nimos Richtung, der ihnen jedoch mit Leichtigkeit ausweicht*

DON NIMO: *geht auf Indigo zu*

INDIGO MONTANARI: *macht kehrt und rennt in einen Gang zwischen Bücherregalen hinein*

Don Nimo folgt ihr und rennt ebenfalls in den Gang hinein, als plötzlich weitere Wurfklingen auf ihn zusteuern. Geschwind nimmt er ein Buch aus einem Regal und fängt sie wie mit einem Schild ab. Indigo wirft weitere Wurfklingen, die Nimo alle mit weiteren Büchern abfängt.

INDIGO MONTANARI: *zückt zwei Klingen aus ihren Ärmeln und sprintet auf Don Nimo zu*

DON NIMO: Deine Waffen werden dir nichts bringen.

Indigo fällt auf Don Nimo ein und sticht mit den Klingen zu. Don Nimo weicht jedem Angriff aus, pariert jeden Schlag mit bloßen Händen. Indigo führt weitere Angriffe aus, lässt auf einmal beide Klingen fallen, zückt ein Säcklein aus ihrem Ärmel und sprüht ein Extrakt auf Don Nimo. Dieser taumelt, hält sich an den Regalen fest, fällt aber auf den Boden.

INDIGO MONTANARI: *zieht ihr Oberteil aus und greift nach dem Schwert, das an ihren Rücken befestigt war*

Während Don Nimo das Extrakt aus seinen Augen zu wischen versucht, springt Indigo hoch und fällt mit dem Schwert auf Don

Nimo. Jedoch hat dieser indes eine Enzyklopädie aus dem Regal neben ihm gezogen und hält sie als Schild gegen das Schwert.

INDIGO MONTANARI: Wieso stirbst du nicht, Mann!

DON NIMO: *ergreift ihr Bein mit seinen Füßen und schleudert sie zu Boden* Ich bin nun mal kein einfacher Mann. *Er hüpft auf die Beine und baut sich vor Indigo auf* Ich bin ein Ehemann – das macht den Unterschied. *Er nimmt Indigos Schwert und richtet es gegen sie* Und jetzt erzählst du mir, was ich wissen will.

Zehnte Szene

Im Kommandositz des Clans Casagrande, der Festung Miga in Messina, haben sich die Anführer des Clans, unter anderem Quadri Giano mit seiner Gemahlin Romina Giano, felsenfest verbarrikadiert und halten kontinuierlichen Angriffen feindlicher Clans stand. In einem Bürozimmer sprechen Quadri und Romina Giano und Boss Marco miteinander.

QUADRI GIANO: Wir dürfen unsere Defensivstellung nicht verlassen. Es ist uns bekannt geworden, dass Messina das Ziel des feindlichen Clans ist. Daher ist es nur sinnvoll, dass wir den Kampf absitzen.

BOSS MARCO: Das halte ich für unehrenhaft. Ein Mafioso stirbt im Gefecht und nicht hinter den Mauern seiner Burg.

QUADRI GIANO: Wir reden nicht vom Sterben, Boss. Sondern vom Überleben. Nur die, die den Krieg überleben, sind die wahrhaftigen Sieger.

BOSS MARCO: Das hängt stark ab-

Ein Corporal stürmt hinein.

CORPORAL: Bitte entschuldigt mein Eindringen. Ich habe Nachricht von Comandante Marino von der Front.

BOSS MARCO: Sprich.

CORPORAL: Der Comandante bat mich, Sie über die Lage zu informieren.

QUADRI GIANO: Und? Wie sieht die Lage aus?

CORPORAL: *atmet keuchend und schnaufend*

BOSS MARCO: Nun antworte schon, Corporal.

CORPORAL: *wischt sich den Schweiß von der Stirn* Es ist alles still. Die Sturmtruppen des Feindes haben sich zurückgezogen. Der Comandante ist höchst besorgt wegen dieses Umstands.

BOSS MARCO: Deshalb hast du mich während meiner Besprechung mit dem Consigliere unterbrochen? Nutzloser Bauer. Kehre auf deinen Posten zurück.

QUADRI GIANO: Halt, mein Boss. Das ist eine wichtige Information. *Zum Corporal* Hat der Comandante seine Gedanken dazu geäußert?

CORPORAL: Nur, dass es mehr schlimm als gut für uns ist.

BOSS MARCO: Was soll das? Der Feind zieht sich zurück. Wir haben Stärke bewiesen. Sollen sie nur fliehen wie die Hunde. Vielleicht sollten wir sie Jagen? Ja, stellt eine Jagdgruppe zusammen.

QUADRI GIANO: Nein. Das wäre unklug. Boss Marco, erinnern Sie sich an Don Nimos Worte: abwarten und zusehen.

BOSS MARCO: Diesen Wortlaut hat er sicher nicht benutzt.

QUADRI GIANO: Aber so ähnlich. Wie dem auch sei. Ich teile die Bedenken des Comandante. Jetzt, wo sich der feindlich Clan aus der Stadt zurückgezogen hat, müssen wir umso vorsichtiger sein. Möglicherweise ändern sie ihre Strategie oder sammeln ihre Kräfte für einen noch größeren Schlag.

BOSS MARCO: Nun gut. *Zum Corporal* Sorge dafür, dass ein weiteres Regiment zu Comandante Marino an die Front kommt. Wir stärken seine Flanke.

CORPORAL: s*alutiert und verschwindet geschwind*

QUADRI GIANO: Romina und ich werden nach der Festungsbesatzung sehen. Wir müssen rund um die Uhr achtsam sein.

BOSS MARCO: *nickt*

Quadri und Romina Giano verlassen das Bürozimmer und laufen in einen Korridor hinaus.

ROMINA GIANO: Du sorgst dich, mein Geliebter.

QUADRI GIANO: *gelassen W*as sagst du? Nein. *Wedelt grinsend mit der Hand ab* Ich doch nicht.

ROMINA GIANO: Ich kenne dich, Quadri. Du bist mehr als besorgt.

QUADRI GIANO: *ehrlich* Doch, du hast recht.

ROMINA GIANO: Was bedrückt dich, Quadri?

QUADRI GIANO: Vielleicht übertreibe ich, aber es ist kein gutes Zeichen, ich meine den Abzug der Feindtruppen.

ROMINA GIANO: Wieso ist es kein gutes Zeichen?

Ehe Quadri antworten konnte ertönt ein krachender Lärm und Boden, Wände, Wand und Decke beginnen bedrohlich zu zittern, zu beben und zu atmen, wie ein kranker Corpus, der vorm Zerfalle steht.

ROMINA GIANO: Was… was war das?

Als plötzlich ein weiteres Mal markerschütternder Lärm in beider Gehör dringt und der Boden unter ihren Füßen zu brechen scheint, stürzen sie nieder auf die Knie, während Gemälde und Kerzenhalter von den Wänden fallen.

ROMINA GIANO: Quadri, was passiert hier?

Weiter vorne den Korridor entlang sind Fenster mit Ausblick auf die Stadt und das Meer. Quadri steht auf, hilft seiner Gemahlin hoch und schreitet mit ihr dorthin. Sie blicken hinaus.

QUADRI GIANO: Das ist... ein Kriegsschiff.

ROMINA GIANO: *traut ihren Augen und Quadris Worten nicht* Ein Kriegsschiff?

QUADRI GIANO: Ein Kriegsschiff. *Dreht sich um zu seiner Gemahlin* Romina, wir müssen schleunigst Donatella und Geronimo hierüber informieren. Sie müssen erfahren, was auf sie zukommt – was auf uns alle zukommt.

ROMINA GIANO: *nickt überfordert*

QUADRI GIANO: Du kennst dich hier besser aus, wo ist der nächste Telefonapparat?

ROMINA GIANO: Nicht weit. Folge mir.

Romina führt Quadri zum nächsten Telefonapparat, wo sie Verbindung herstellen zum Hause Santa Fortezza Delle Nubi.

CARDINALDIS STIMME: Santa Fortezza, Cardinaldi spricht hier.

QUADRI GIANO: Cardinaldi, Gott sei Dank konnten wir euch erreichen. Sie müssen der Gräfin eine wichtige Botschaft übermitteln.

CARDINALDIS STIMME: Einen Moment, Signore Giano. Sie können es sua eccellenza selbst übermitteln.

STIMME DER GRÄFIN: Ja, Quadri, was ist geschehen?

QUADRI GIANO: Etwas Furchtbares. Donatella, wir werden bombardiert. Ein Kriegsschiff liegt vor Messina und schießt ununterbrochen auf die Festung.

STIMME DER GRÄFIN: Bitte was? Ein Kriegsschiff? Wie kann das sein, wovon redest du?

QUADRI GIANO: Es ist wahr. Ein Kriegsschiff greift uns an. Dies ist der Gewaltakt der Faschisten, das ist ihre Unterstützung für Clan Montanari.

STIMME DER GRÄFIN: Zieht euch zurück, Quadri. Der gesamte Clan Casagrande soll von da verschwinden.

QUADRI GIANO: Nein, Donatella, wir sind Männer und Frauen von Ehre. So leicht verscheucht man uns nicht, schon gar nicht aus unserer Heimat. Aber was noch wichtiger ist: Informiere Nimo darüber. Er schwebt in großer Gefahr. Denn sobald die Faschisten Messina dem Erdboden gleichgemacht haben, werden sie ihr Augenmerk auf Palermo richten.

STIMME DER GRÄFIN: s*chockiert* Darauf haben wir uns nicht vorbereitet.

QUADRI GIANO: Das ist jetzt irrelevant. Wir müssen uns nun diesem Umstand anpassen. Anders geht es nicht.

STIMME DER GRÄFIN: Gut. Ich werde mich nach Palermo begeben und Geronimo warnen. Und von dir erwarte ich-

Doch plötzlich bricht die Verbindung ab und ein weiteres Beben, eine weitere Explosion bringt die Wände zum Rütteln und Wackeln.

QUADRI GIANO: Romina, komm. Wir gehen zur Kommandobrücke. Es ist dort viel sicherer. Und wir werden dort gebraucht.

ROMINA GIANO: *hält ihn auf* Quadri, mein Geliebter.

QUADRI GIANO: Ja, meine Geliebte?

ROMINA GIANO: Bleib hier, bei mir. Halte mich fest, wie du es zu unserer ersten Begegnung tatest.

Sie umarmen sich und halten inne, während die großen Geschütze des Kriegsschiffes eine weitere Salve todbringender Vernichtung abfeuern.

Elfte Szene

In einer Stadtbibliothek in Palermo hat Don Nimo Indigo
Montanari gefasst und will sie nun zur Rede stellen. Sie liegt
geschlagen auf dem Boden, Don Nimo hat sein Schwert gegen
sie gerichtet und verlangt nun Antworten auf all seine Fragen.

DON NIMO: Du bist die Schwester Ombretta Montanaris, du
kennst jede Einzelheiten, du kennst den Plan dieses Angriffs –
leugne es nicht. Deshalb frage ich dich ein allerletztes Mal:
Was ist euer Ziel? Worauf habt ihr es abgesehen? Ist es Rache,
Vergeltung für die Morde vergangener Tage? Oder
Machtsucht, Größenwahnsinn? Sprich oder diese Klinge
rammt dein Herz.

INDIGO MONTANARI: *lacht* Ein Narr bist du, di Moro.

DON NIMO: Sprich. Ich warne dich ein letztes Mal.

INDIGO MONTANARI: Sag mir, Don Nimo, wie oft haben
sich die italienischen Clans vereinigt im Hohen Hause
Anselms?

DON NIMO: Kein einziges Mal. Zwei Einigungsversuche hat
es gegeben, alle scheiterten.

INDIGO MONTANARI: Richtig, sehr richtig. Und wieso
scheiterten sie? Sag, wieso?

DON NIMO: Das tut nichts zur Sache.

INDIGO MONTANARI: Und ob es das tut. Salvatrice
Montanari sah es kommen, sie sah alles kommen. Sie hatte die
Vision einer gespaltenen Welt, eine zerbrochene Welt, deren
Splitter nie mehr zusammengefügt würden, sie kannte die

Wahrheit der Zukunft – und sie wollte es beenden, wie ihre Vorgänger es versucht hatten. Doch alle scheiterten sie.

DON NIMO: Salvatrice Montanari war eine Wahnsinnige und die Welt atmet erleichtert auf, da sie tot ist. Und Montanaris Vorgänger waren unreife Machthaber, die aus Unglück und Liebestrauma Streit mit den Roveres hatten.

INDIGO MONTANARI: Lügen, alles Lügen. Salvatrice und ihre Vorgänger hatten eine Abneigung gegen Familie Rovere, weil diese Feindschaft ihnen in ihrem Blut lag und liegt. Die Roveres und nun auch die Moros sind Gift, ein Geschwür, das die natürliche Ordnung der Dinge befallen hat und von innen heraus zerfressen will. Ihr seid ein Anhauf kranker Parasiten.

DON NIMO: *holt aus und rammt das Schwert in Indigos rechten Arm*

INDIGO MONTANARI: *schreit weinend auf*

DON NIMO: Nein, ihr seid es, die den Clanfrieden stören und immer nur Krieg suchen, Krieg und Zerstörung.

INDIGO MONTANARI: *stöhnt* Es ist sinnlos, mit dir zu reden. Deine Einseitigkeit benebelt dein Verständnis und wird dir noch irgendwann zum Verhängnis werden, Don Nimo. So wie auch euer schönes Santa Fortezza Delle Nubi, euer prunkes Luftschloss, bald nur noch in Geschichtsbüchern auftauchen wird.

DON NIMO: Was sagst du da?

Auf einmal erscheinen von vorne und hinten Schläger von Montanari und umzingeln Don Nimo.

INDIGO MONTANARI: Na endlich, wieso hat das so lange gedauert?

DON NIMO: *zieht das Schwert aus Indigos Arm und fokussiert sich auf die Schläger*

Der Schläger hinter Don Nimo holt aus und greift ihn mit einem Schlagstock an. Don Nimo weicht aus und kontert. Während er im Kampf verwickelt ist, eilt der andere Schläger zu Indigo und hilft ihr, vom Boden aufzustehen.

INDIGO MONTANARI: *zum Schläger* Geh und rufe Verstärkung. Wir müssen Don Nimo zu Fall bringen mit allem, was wir zu geben haben – geh jetzt.

Don Nimo und der Schläger mit dem Schlagstock kämpfen sich hinaus in den offenen Lesesaal der Bibliothek. Indigo Montanari zieht einen Schuh aus, entfernt die Sohle und zieht ein Handmesser heraus. Bedrohlich ruhig nähert sie sich den prügelnden Kerlen im Lesesaal, die sich mit ihren Waffen duellieren, mit ihren Fäusten behauen und mit freiliegenden Bücher bewerfen.

INDIGO MONTANARI: Das ist das Ende, Don Nimo. Dein Ende. *Sie stürmt los und führt einen Angriff aus*

Don Nimo kontert einen Schlag des Schlägers und wirft ihn zur Seite, weicht dem Sprungangriff der Killer-Schwester aus und attackiert sie mit mehreren Schwerthieben, denen sie geschickt ausweicht. Der Schläger rappelt sich auf und nähert sich Nimo von der anderen Seite.

INDIGO MONTANARI: *lacht siegessicher diabolisch*

DON NIMO: *wischt sich Blut von der Lippe weg* Wenn es so sein soll – ich nehme es mit euch beiden auf.

Gleichzeitig führen Indigo und der Schläger ihren Angriff gegen Don Nimo aus. Dieser duckt sich, stößt den Schläger weg und blockt die Messerhiebe von Indigo, pariert und entwaffnet die Montanarifrau. Erneut schlägt der Schläger zu, Don Nimo weicht aus, kontert und versucht eine weitere Entwaffnung, doch der Schläger bremst Nimo ab, indem er ihn an der Schwerthand ergreift und ihm seinen massiven Schädel ins Gesicht rammt. Don Nimo taumelt nach hinten und fällt in einen Stuhl. Der Schläger nimmt das Schwert und schlägt auf Nimo zu, dieser rollt vom Stuhl und tritt seitlich gegen das Knie des Schlägers, der zu Boden kniet und aufstöhnt. Don Nimo ergreift den Stuhl, auf dem er gesessen ist, und donnert ihn auf den Schläger. Beide zerbrechen. Indes hat Indigo ihr Handmesser erhoben und sprintet auf Don Nimo zu. Ehe sie auf ihn einfallen kann, duckt sich Don Nimo und weicht Indigo aus. Gleichzeitig nimmt er das Schwert wieder auf und richtet es gegen die Killerin.

DON NIMO: Ich fürchte, Donna Indigo, das Ende wird wohl deines sein.

INDIGO MONTANARI: *faucht ihn wutkochend an* Niemals!
Indigo dreht sich um und rennt vor dem Moro-Capo weg. Seufzend richtet Nimo sein Schwert auf. Er nimmt Anlauf, sprintet los und wirft das Schwert wie einen Speer auf die fliehende Indigo.
Direkt in den Rücken trifft sie das Schwert und durchbohrt ihren Körper, dass die Klingenspitze blutig rot vorne heraussticht.
Beinahe gleitend fällt Indigo Montanari zu Boden und regt sich nicht mehr. Der Kampf ist gewonnen, die Gegnerin gefallen.

DON NIMO: *stöhnend und ächzend kniet er zu Boden und fässt sich gegen die Brust; der Kampf hat ihn stark versehrt*

Schritte ertönen, Worte der Eile fallen. Violanda Greco, Michelangelo Gennaro und ein paar Bündnismafiosi betreten den Lesesaal.

VIOLANDA GRECO: Dort ist er. *Sie eilt zu ihm*

GENNARO: *sieht sich im Raum um Don* Nimo, geht es Ihnen gut?

DON NIMO: Wie sieht es da draußen aus? Wie verläuft die Schlacht?

VIOLANDA GRECO: Die Schlacht haben wir vorerst gewonnen. Die Derra-Sturmtruppen haben wir besiegt, die Verstärkung vertrieben. Claudia Montanari, die den Ansturm geführt hat, haben wir festgenommen. Sie befindet sich beim Kommandanten im Feldlager.

DON NIMO: Das ist gut. Denn *der Schmerz frisst ihm die Seele; er stöhnt und schüttelt*

VIOLANDA GRECO: Wir bringen dich zu einem Arzt. So kannst du nicht weitermachen.

DON NIMO: Still, Violanda. Jetzt, wo Palermo vorerst gesichert ist, müssen wir unsere Kräfte woandershin verlagern.

VIOLANDA GRECO: Was meinst du? Wohin denn?

DON NIMO: Ich habe Indigo verhören können.

GENNARO: *sieht die durchbohrte Indigo tot da liegen* O ja, das haben Sie wohl.

295

DON NIMO: Ich bin der festen Überzeugung, dass das Hauptziel des ganzen Angriffs weder Messina noch Palermo noch sonst eine Stadt auf Sizilien gewesen ist. Von Anfang an haben sie es auf Santa Fortezza abgesehen – auf das Mafiaschloss der Familie Rovere im Südosten von Syrakus. Dort wird der Hammer am härtesten fallen.

VIOLANDA GRECO: Santa Fortezza… das ergibt Sinn.

DON NIMO: *steht auf und lässt sich von Violanda stützen* Wir müssen sofort aufbrechen. Womöglich hat der Angriff bereits begonnen. Wenn wir rechtzeitig ankommen, können wir vielleicht das Schlimmste verhindern.

GENNARO: Was ist denn das Schlimmste?

DON NIMO: Wenn meiner Familie etwas passiert.

Don Nimo, Violanda Greco und Michelangelo Gennaro samt den Bündnismafiosi verlassen die Bibliothek und begeben sich zum Feldlager, wo der Kommandant sie erwartet.

GENNARO: Die Stadt ist vorerst gesichert. Gibt es weitere Informationen von der Peripherie?

KOMMANDANT: Sire, es ist jemand hier, eine Frau, die sich als Contessa vorgestellt hat – sie fragt nach Don Nimo.

DON NIMO: *mit geweiteten Augen und hoffnungsvollem Blick* Donatella.

Zwölfte Szene

Don Nimo verlässt das Feldlager, auf dessen Vorplatz in den Barrikaden er der Contessa della Rovere begegnet.

DON NIMO: Donatella, amore mio.

GRÄFIN VON ROVERE: *dreht sich um kommt ihm umarmend entgegen* Geronimo. Aber, was ist mit dir passiert? Du bist völlig verletzt und verprügelt.

DON NIMO: Ich danke dem Herrn, dass ich dich heil und lebendig sehe. Was führt dich hierher? Denn ich fürchte, wir müssen nach Santa Fortezza zurückkehren.

GRÄFIN VON ROVERE: Ich bin hier, um dich zu warnen. Quadri hat mich kontaktiert. Messina wird von einem Kriegsschiff überrannt – jetzt sind sie auf dem Weg hierher zu dir, nach Palermo.

DON NIMO: Ein Kriegsschiff? Wirklich?

GRÄFIN VON ROVERE: Ich habe die Schüsse mit meinen eigenen Ohren hören können.

DON NIMO: *entsetzt* Das ist nicht gut, das ist wirklich nicht gut. Donatella, sie werden nicht hierherkommen. Ihr Ziel, ihr Hauptziel war von Anfang an Santa Fortezza.

GRÄFIN VON ROVERE: Was?

DON NIMO: Ich habe es von einer Montanarischwester erfahren. Wir müssen schnellstens dorthin zurückkehren. Jetzt sofort.

GRÄFIN VON ROVERE: *realisierend* O Gott, Ernesto, Laura, Lanna… nein, o nein.

DON NIMO: Beruhige dich, Donatella. Wenn wir es rechtzeitig schaffen, können wir sie alle retten. Womit bist du hergekommen?

GRÄFIN VON ROVERE: Mit unserem Hochzeitsauto. Ich wollte so schnell wie möglich herkommen. Folge mir, ich habe es hier in der Nähe geparkt.

Die Contessa führt Don Nimo zu ihrem Hochzeitsauto, sie steigen ein und fahren los.

GRÄFIN VON ROVERE: Nimo, wie konnten wir das übersehen? Es war doch von Anfang an klar, dass sie es auf unser Schloss abzielen.

DON NIMO: Das weiß ich nicht. Allerdings weiß ich, dass ich sehr lange nicht mehr in diesem Automobil gesessen bin. Und doch sind all die Erinnerungen geblieben und spielen sich vor meinen Augen ab – gerade jetzt, in diesem Moment.

GRÄFIN VON ROVERE: *schmunzelt und wird danach wieder seriös* Lass uns schnell nach Santa Fortezza zurückkehren.

Dreizehnte Szene

Im stillen Schlösslein der Roverefamilie haben sich Ernesto, Laura, Luigi und Lara Palumbo, Rosa und Lanna in einer großen Bibliothek des Hauses versammelt. Lanna hat auf einer Weinottomane Platz genommen und lässt sich von Cardinaldi ein Glas Trockenen einschenken.

LANNA: Wie seltsam. Ich glaube euch ja, aber ich finde es sehr merkwürdig, dass ich alles auf einmal vergessen konnte.

ERNESTO: Du warst mit dem Kopf gegen die Wand gefallen.

LANNA: In der Tat. Wieso das nur passiert ist?

Stille.

ERNESTO: Das wird schon wieder, ganz bestimmt. Wir werden dich wieder zur guten alten Tante Lanna machen.

LANNA: A propos alt – wie sehe ich eigentlich aus, so nach zwanzig Jahren?

ROSA: Stimmt, du hast dich ja in Erinnerung, wie du vor zwanzig Jahren warst.

LANNA: *wirkt besorgt*

ROSA: Cardinaldi, bringen Sie Tante Lanna einen Handspiegel.

Cardinaldi gehorcht.

LANNA: Aber ich verstehe immer noch nicht, wie das möglich ist. Das fühlt sich an wie Zeitreise. Hättet ihr mir nicht die Tageszeitung gezeigt, hätte ich euch immer noch nicht geglaubt.

LAURA: Sie müssen sich sicher desorientiert fühlen, Tante Lanna.

LANNA: Und wer bist du eigentlich? Dich kenne ich nicht.

LAURA: Ich bin Ernestos Gemahlin.

LANNA: *überrascht* Gemahlin? O welch glückliche Bescherung. Das freut mich so für dich, Neffe Erno. So schnell vergeht die Zeit, dass die nächste Generation schon verheiratet ist. *Lacht* Demnächst werden durch diese Hallen kleine Roveres herumlungern und nach Lollipops, Karamell und Schokodrops fragen. O wie ich mich freue.

ERNESTO: Du kommst gleich zum Nachwuchs, typisch für dich.

LANNA: *kratzt sich am Kopf* Aber… jemand fehlt doch, oder nicht? *Ehe sie weiterspricht, erscheint Cardinaldi mit einem Handspiegel.*

ROSA: So, jetzt kannst du dich anschauen. *Nimmt Cardinaldi den Spiegel ab und reicht ihn Lanna*

LANNA: s*chaut in den Spiegel und legt ihn nach einer Millionstel Sekunde weg*

ROSA: Was ist, Tantchen?

LANNA: *schüttelt den Kopf* Ich habe genug gesehen.

ROSA: So schlimm kann es doch nicht sein.

LANNA: O doch, außerdem kann ich es fühlen. Mein Gesäß hat nicht mehr dieses Polster, wenn ihr versteht.

ROSA: *lacht*

LAURA: Aber Tante Lanna, es gehört sich nicht, so offen über so etwas zu sprechen.

LANNA: Wir leben nicht im elften Jahrhundert, Schätzchen. Wie dem auch sei. Was ich sagen wollte, oder eher fragen wollte: Wo ist Achille? Wo ist mein Mann?

Schweres Schweigen. Schwere Stille.

LANNA: Was? Was habt ihr auf einmal?

ROSA: Es ist leider nicht ganz einfach, Tantchen.

ERNESTO: Es gab einen Krieg, einen großen Krieg, in Europa, nein, auf der gesamten Welt.

LANNA: Einen Weltkrieg?

ERNESTO: So ist es. Er dauerte etwa vier Jahre.

LUIGI: Von 1914 bis 1918.

LANNA: Och, so lange.

ERNESTO: Ja, Onkel Achille war Kommandant einer Alpendivision. Er war an der Isonzofront.

LANNA: Das glaube ich. Achille ist ein ehrenhafter Kämpfer, ein Soldat mit Anstand und Mut, unerschütterlich in seinen Überzeugungen, und doch auch herzlich, herzlich und menschlich.

ERNESTO: Ja, das ist wahr. Aber-

Bevor Ernesto erzählen kann, was tatsächlich mit Lannas Gemahl geschehen war, ertönt ein schriller Lärm, ein langgezogener Lärm, der immer lauter, immer näher, immer dichter zu hallen scheint; es ist das Geschoss der metallenen Bestie, der verdammnissähenden Ozeanmaschinerie, die ihre Dämpfe und ihren Rauch abstößt in die blauen Himmel, die ganz schnell verfärben und Asche regnen lassen.

ROSA: Was war das?

Eine Explosion, ein Beben, der Raum erzittert, die Wände vibrieren, die Decke bröselt, die Bücher aus den Regalen fallen. Und erneut ertönt der Schrecken schriller Schüsse pfeifend und klingelnd, bis sie hinniederprasseln auf ihr Ziel mit Wucht und vielen Flammen, die Mauer, Stein und Stahl zerstückeln alle zusammen.

ERNESTO: Wir werden angegriffen, wir werden bombardiert.

Die Ebenen beben, die Decke drängt sich weiter hinab, die Regale sind noch kaum mit Büchern.

CARDINALDI: Folgen Sie mir alle zum Kerker. Folgen Sie mir alle zum Kerker!

ERNESTO: *zu Laura* Bleib an meiner Seite, mein Engel.

LAURA: *klammert sich an ihn* Immer.

Ernesto, Laura, Lanna, Rosa, Luigi und Lara Palumbo folgen Cardinaldi hinaus in die Korridore.

LARA PALUMBO: Aber Luigi, was geschieht hier nur?

LUIGI: Ich weiß es nicht, mein Liebling.

ERNESTO: Es ist der Krieg. Er hat uns erreicht – hier in unserem Heim, auf Santa Fortezza.

Von draußen dröhnen die Töne des Schreckens, die Töne der Schmerzen und der Vernichtung.

LAURA: Ernesto, aber meine Eltern, sie sind wahrscheinlich noch in ihren Gemächern.

ERNESTO: Ich werde dich zum Kerker begleiten und danach zu ihnen gehen.

ROSA: Ich sehe nach Großtante und Großonkel.

LUIGI: Und ich werde meine Familie holen.

Rosa und Luigi trennen sich von der Gruppe. Cardinaldi führt
Ernesto, Laura, Lanna und Lara Palumbo zum Kerker des Schlosses.

CARDINALDI: *schließt die schwere Eisentüre auf* Hier sind Sie
alle sicher. Es gibt eine Vorratskammer mit Verpflegung,
Wasser und frischen Tüchern.

LANNA: Wie kommt es, dass wir im Kerker frische Tücher
haben?

CARDINALDI: Wir wechseln sie Tag für Tag.

LANNA: Wie… komisch.

ERNESTO: Laura, warte hier zusammen mit den anderen auf
mich. Ich werde deine Eltern heil und gesund herbringen;
dann sind wir alle in Sicherheit.

LAURA: Ich vertraue dir.

Ernesto läuft davon, die Treppen nach oben ins Erdgeschoss. Im
gleichen Moment hält das Hochzeitsmobil mit der Contessa und
Don Nimo vor dem Eingang des Schlosses. Sie steigen aus und
schauen hinaus aufs Meer. Ein totgraues Kriegsschiff steht wie ein
wundscharfer Steinmonolith in der Weite des Blau und feuert seine
explosiven Geschosse ab.

GRÄFIN VON ROVERE: Da ist es, das Kriegsschiff, vor dem
Quadri uns gewarnt hat.

DON NIMO: Und wir kommen gerade noch rechtzeitig.

Cardinaldi erscheint am Eingang des Schlosses, mit ihm einige
Roveremafiosi.

CARDINALDI: Vostra eccellenza, Don Nimo. Wir werden von
einem Kriegsschiff der Marina Militare attackiert. Große Teile

des Ostflügels sind stark beschädigt, der Uhrenturm am Nordflügel steht kurz vor dem Zusammenbruch.

Weitere Schüsse fallen und treffen den Uhrenturm am Nordflügel des Schlosses. Krachend und zerberstend fällt er auseinander und seine Trümmer zu Boden.

CARDINALDI: Ich korrigiere, der Uhrenturm am Nordflügel ist zusammengebrochen.

Von Landseite dröhnt Motorgetöse.

GRÄFIN VON ROVERE: Hört ihr das? Das sind Fahrzeuge, sie kommen immer näher.

DON NIMO: Das ist der Feind, sie wollen uns einkreisen. Mit mobilen Truppen an Land und mit dem Schiff auf See. Cardinaldi, sammeln Sie die Palastgarde und errichten Sie einen Schutzwall vor dem Schloss. Wir dürfen nicht in die Lage eines Kesselkampfes kommen.

CARDINALDI: *nickt gehorchend und verschwindet im Schloss*

GRÄFIN VON ROVERE: Wir müssen alle schnellstens aus dem Schloss bringen. Es ist hier nicht mehr sicher.

DON NIMO: Geh, warne alle, trommle sie zusammen und bringe sie nach draußen. Ich werde die Wagen vorfahren lassen – dann können wir von hier fliehen.

GRÄFIN VON ROVERE: Einverstanden. Los gehts.

Die Contessa betritt das Schloss, gleichzeitig erscheint Cardinaldi mit der bewehrten Palastgarde.

CARDINALDI: Wir sind bereit, Don Nimo.

DON NIMO: Sehr gut. Ich möchte, dass Sie alle Eingänge und Einfahrten mit unseren Feldlastern versperren, um den feindlichen Mobiltruppen den Weg zu versperren. Ein Trupp aus vier Mann soll an jedem Eingang ins Schloss postiert werden, niemand darf es betreten. Und stellen Sie Verbindung zu Quadri Giano her ich will seine Seetruppen hier haben.

CARDINALDI und DIE PALASTGARDE: Zu Befehl!

Libero Lorravi verlässt das Schloss und geht auf Don Nimo zu.

DON LIBERO: Nimo, mein alter Freund. Was dagegen, wenn ich aushelfe?

DON NIMO: Libero, bin ich froh, dich zu sehen. Deine Hilfe ist mehr als Willkommen.

DON LIBERO: Ich habe ein paar Schläger dabei, die würden sich freuen, dem Montanariabschaum ein paar Hiebe zu verpassen.

DON NIMO: Gut, denn gerade sind die Montanaris auf dem Weg hierher.

Auf dem Kriegsschiff vor der syrakischen Küste wird ein Begleitboot vom Schiff abgeseilt. Als zu Wasser, düst es los zur Strandküste, unterhalb der Steilküste, auf deren Gipfel sich das Schloss erstreckt. Das Boot erreicht die Küste und legt an. Schwer bewaffnete Militärsoldaten steigen aus und stellen sich in zwei Reihen auf. Cesare Mori in seiner Kriegsuniform fasst Fuß auf der Strandküste und geht zwischen den Soldatenreihen hindurch – eine umschattete Aura umhüllt ihn, eine gefährliche Gräue durchzieht die Lande.

CESARE MORI: Ombretta Montanari wird sogleich eintreffen und den Feind auf den Vorplätzen des Schlosses angreifen. Wenn das der Fall ist, greift ihr aus dem Hinterhalt an. Es muss kurz und schnell geschehen, damit sie sich nicht neu formieren können. Zielt auf ihre Köpfe.

Mit einem Kriegesruf salutieren die Militärsoldaten und sprinten los in den Wald, durch den man die Vorplätze des Schlosses erreichen kann.

CESARE MORI: Es wird Zeit, diese Tragödie zu beenden.

Im Südflügel des Schlosses, wo sich die Gemächer der Rombrasteux befinden, eilt Ernesto zum Zimmer am Ende des Flures – das Zimmer der Rombrasteux.

ERNESTO: *klopft laut an der Tür* Mutter Celeste, Vater Roro, ihr müsst schnell mitkommen. Wir werden angegriffen.

Die Klänge des Gefechts ertönen von draußen.

ERNESTO: *klopft noch stärker, schlägt die Tür fast zusammen* Bitte beeilt euch!

Doch er bekommt keine Antwort.

ERNESTO: *greift zur Klinke und öffnet die Tür; er betritt das Zimmer und sieht sich um*

Celeste liegt auf dem Bett und starrt mit rötlichen Augen auf die Decken, ihr Maquillage ist ihr an der Seite über die Wange geronnen.

MADAME CELESTE: Hallo, Ernesto.

ERNESTO: Mutter Celeste, du musst schnell mit mir mitkommen. Wir werden angegriffen, hörst du es? Wo ist Vater Roro?

MADAME CELESTE: *mit zittriger Stimme* Vater Roro?

Die Wände beben.

ERNESTO: Mutter Celeste, steh auf, wir müssen schnell nach unten in den Kerker.

MADAME CELESTE: *steht vom Bett auf und sieht übers Fenster nach draußen* Vater Roro ist weg, er ist nicht mehr hier.

ERNESTO: Was bedeutet das?

MADAME CELESTE: Das bedeutet, dass er uns verlassen hat, dass er uns im Stich gelassen hat – seiner Eitelkeit, um seiner Selbst willen. Er ist Egoist, weißt du? Das war er schon immer, ich weiß es. Und jetzt, wo er nicht mehr Mittelpunkt unserer kleinen Familie ist, sondern Laura unser Goldstück, jetzt ist sein Charakter beschädigt, er ist verletzt. Deshalb ist er fortgegangen, um uns vor seinem Ego zu schützen und mit sich selbst ins Reine zu kommen.

ERNESTO: Aber… das ist doch schrecklich. Wieso hätte er das machen sollen? Kein Vater, kein Ehemann verlässt seine Familie.

MADAME CELESTE: Das denke ich genauso. Aber Robert ist nun mal, wer er ist. Und dagegen kann man nichts machen. Auf gehts, mein guter Ernesto, gehen wir in diesen Kerker. Geht es Laura gut?

ERNESTO: Ich schütze sie mit meinem Leben.

MADAME CELESTE: *schmunzelt und tätschelt ihm die Schulter* Dann bin ich froh, dass meine Tochter einen Gemahl besitzt, der nicht so ist wie der meine. Das freut mich mehr als alles andere.

ERNESTO: Danke, Mutter Celeste.

Sie verlassen das Zimmer und begeben sich über die Treppen in das Untergeschoss zum Kerker. An der schweren Eisentüre klopfen sie, Cardinaldi öffnet die Türe.

CARDINALDI: Ah, Don Ernesto, gut dass Sie da sind. Sua eccellenza erwartet Sie.

Ernesto und Madame Celeste betreten den Kerkerraum. Die Contessa spricht dort zu Rosa, Laura, Lanna, der Familie Palumbo und Großtante und Großonkel.

GRÄFIN VON ROVERE: Ernesto, Celeste, gut. Ihr seid genau zum richtigen Zeitpunkt gekommen.

ERNESTO: Mamma, du bist wieder da! Was ist geschehen, es hieß doch, dieses Kriegsschiff würde Palermo angreifen.

GRÄFIN VON ROVERE: Dein Vater hat herausgefunden, dass Santa Fortezza von Anfang an das Hauptziel des gesamten Angriffskrieges war. Aus diesem Grund müssen wir alle weg von hier.

ERNESTO: Was? Du willst, dass wir fliehen? Vor Montanari?

GRÄFIN VON ROVERE: Dein Papa und ich wollen, dass dieses Kriegsschiff dort draußen und die Schar an Militärsoldaten, die bestimmt an der nächsten Ecke warten, unserer Familie nichts antun. Wenn du dich beschweren möchtest, geh zu deinem Papa. Wir bereiten uns auf die Flucht vor.

ERNESTO: Papa ist auch hier?

GRÄFIN VON ROVERE: Er ist auf den Vorplätzen und bereitet die Fluchtwagen vor.

Es klopft an der Tür. Cardinaldi öffnet. Libero Lorravi betritt verwundet und angeschossen den Raum, ein Mafioso stützt ihn.

GRÄFIN VON ROVERE: Libero, was ist geschehen?

DON LIBERO: Nichts Schlimmes, keine Panik. Nur eine kleine Fleischwunde. Allerdings werden wir dort oben heftig unter Beschuss gesetzt. Donatella, wir können die Stellung nicht lange halten. Nimo bittet dich um Unterstützung.

GRÄFIN VON ROVERE: Ich werde unverzüglich zu ihm gehen.

ERNESTO: Halt, Mamma, lass mich ihm helfen. Ich bin voller Energie und kann es mit jedem Montanari aufnehmen.

GRÄFIN VON ROVERE: Nein, mein Sohn, du wirst einer noch wichtigeren Aufgabe nachgehen. Du wirst dafür sorgen, dass die Flucht von hier problemlos vonstattengeht. Sorge dafür, dass niemand verletzt wird und alle heil aus Syrakus rauskommen. Hast du mich verstanden?

ERNESTO: *enttäuscht aber akzeptierend* Wenn du es möchtest.

GRÄFIN VON ROVERE: Danke, mein Sohn. Ich weiß, du schaffst es. Und mache dir keine Sorgen um deinen Papa und mich – wir bringen diese Sache ganz schnell zu Ende. Am Ende wird Montanari besiegt und werden die Faschisten aus Sizilien vertrieben sein.

ERNESTO: Das hoffe ich doch.

GRÄFIN VON ROVERE: *zu Libero* Wo ist deine Familie? Sind sie in Sicherheit?

DON LIBERO: Sie waren mit dem Bürgermeister abgereist und sollten in Bälde wieder in Kalabrien sein. Ich wollte nicht, dass sie in diese Schlacht involviert sind.

GRÄFIN VON ROVERE: Gut. Dann mache ich mich auf den Weg zu Geronimo.

DON LIBERO: Viel Erfolg dort draußen, den wirst du brauchen.

Die Contessa bricht auf, Cardinaldi folgt ihr.

CARDINALDI: Vostra eccellenza, ich habe Euch, der Familie und dem Hause mein ganzes Leben lang gedient – und ich bin mehr als gewillt und bereit, es mit meinem Leben zu verteidigen.

GRÄFIN VON ROVERE: Ich danke Ihnen, Cardinaldi, jede Hilfe ist mir willkommen. Aber bleiben Sie bitte am Leben, mein alter Freund.

CARDINALDI: Euer Wunsch ist mir Befehl, Contessa.

Die Contessa und Cardinaldi begeben sich ins Erdgeschoss und übers Foyer nach draußen auf die Vorplätze, wo die Schlacht ein verheerendes Ausmaß einnimmt. Laster und Automobile stehen kreuz und quer auf den Plätzen und spucken lodernd Feuerbrände, Soldaten und Mafiosi feuern auf die Barrikaden der von Don Nimo angeführten Bündnismafiosi. Asche und Rauch wimmern über den Köpfen, der Himmel hat sich in einen dunklen Feuernebel verwandelt, wild, wüst und höllengleich.

GRÄFIN VON ROVERE: Das ist der Krieg, den ich jahrelang zu verhindern versucht habe. Jetzt ist er hier, vor unserer Haustüre.

Don Nimo erscheint und drängt die Contessa und Cardinaldi in Deckung.

DON NIMO: Passt auf! Bleibt immer in Deckung, Militärsoldaten sind hier im Gefecht, sie haben schwere Gewehre und Präzisionsbüchsen. Sie haben uns von der Flanke überwältigt und stark dezimiert.

GRÄFIN VON ROVERE: Wie lange halten wir noch durch?

Ein Laster in der Ferne explodiert und schießt Feuersäulen in die Höhe.

DON NIMO: Nicht mehr lange.

GRÄFIN VON ROVERE: Dann ziehen wir uns zurück. Im Schloss sind wir vorerst sicherer. Lassen wir sie hereinkommen, im Innern können wir sie deutlich einfacher bekämpfen.

DON NIMO: Ich verstehe, worauf du hinauswillst. Und die Familie?

GRÄFIN VON ROVERE: Ernesto wird sie über den Geheimgang aus dem Schloss führen.

DON NIMO: Auf gehts.

Die Contessa und Don Nimo rufen die Bündnismafiosi zum Rückzug auf. Sie verlassen rasch die Plätze und verschwinden im Schloss, während die Feinde sie ununterbrochen befeuern. Nachdem die Vorplätze geleert sind, fahren die Panzerwagen des Clans Montanari vor und halten vor dem Haupteingang des Schlosses. Ombretta Montanari steigt in Begleitung zweier Assassinen aus.

OMBRETTA MONTANARI: Sichert die Plätze und Ausfahrten. Ich will, dass niemand dieses Schloss verlassen kann.

Auf einmal wird die Umgebung still, als wäre die Zeit stehen geblieben, die Rauch- und Qualmschwaden im grauen Himmel scheinen zu gefrieren und der Lärm des Gefechts erschweigt. Cesare Mori erscheint zwischen den brennenden Trümmern zweier Laster und bewegt sich auf Ombretta Montanari zu.

OMBRETTA MONTANARI: Mori, Ihre Soldaten haben hervorragende Arbeit geleistet.

CESARE MORI: Sie sind die Elite der Elite, meine besten Kämpfer.

OMBRETTA MONTANARI: So sieht es aus.

CESARE MORI: Haben Sie die Fahrtrouten außerhalb und im Wald gesichert?

OMBRETTA MONTANARI: Mein Bruder Moreno hat eine Blockade errichtet. Niemand wird an ihm vorbeikommen, niemand kann diese Gegend verlassen.

CESARE MORI: Moreno Montanari?

OMBRETTA MONTANARI: Ja. Aber zu einer Flucht wird es wohl nicht kommen. Diese Feiglinge von Moro und Rovere haben sich ins Innere des Schlosses zurückgezogen. Wir wollen sie ausräuchern.

CESARE MORI: Nein. Ab hier übernehmen wir.

Die Militärsoldaten versammeln sich hinter Mori und bilden eine Reihe.

CESARE MORI: *zückt eine Luger P08 und lädt sie nach* Wir stürmen das Schloss. Unsere Zielpersonen sind Geronimo di Moro und Donatella della Rovere. Erschießt sie bei Sichtkontakt – sie dürfen dieses Schloss nicht lebend verlassen.

Die Militärsoldaten salutieren mit einem Kriegsruf und positionieren sich marschbereit.

OMBRETTA MONTANARI: Sie wollen sie töten?

CESARE MORI: Danach sieht es wohl aus.

OMBRETTA MONTANARI: Gut, ich habe nichts dagegen. Aber ich werde mitkommen. Ich möchte di Moro mit meinen eigenen Händen erschlagen. Er hat meine Geschwister auf dem Gewissen.

CESARE MORI: Und genau deshalb bevorzuge ich ausgebildete Soldaten – sie lassen sich nicht von ihren Gefühlen leiten.

OMBRETTA MONTANARI: Rache ist keine Schwäche.

CESARE MORI: Doch sie kann zu einer Schwäche werden. Ob Sie nun mitkommen oder nicht, wir brechen jetzt auf.

OMBRETTA MONTANARI: Ich werde die Nachhut bilden.

Die Militärsoldaten und Cesare Mori an vorderster Front stürmen ins Schloss hinein, Ombretta Montanari und ihre Assassinen folgen. Im Innern des Schlosses haben sich die Contessa, Don Nimo und die Bündnismafiosi auf die Galerie im ersten Obergeschoss begeben, von wo aus sie Sicht auf den Foyerraum haben.

GRÄFIN VON ROVERE: *flüsternd* Hörst du das? Sie stürmen das Schloss, sie kommen.

DON NIMO: *gibt den Bündnismafiosi Zeichen*

Leise wie die Schatten selbst stürmen dunkle Gestalten mit schweren Gewehren hinein.

DON NIMO: *laut brüllend* Feuer!

Und die Bündnismafiosi eröffnen das Feuer und schießen nieder ins Foyer, wo Militärsoldaten auseinandersprinten und Deckung suchen. Nach wenigen Augenblicken erwidern diese das Feuer und ein Schussgemetzel entsteht. Von unten ist Cesare Moris Stimme zu hören.

CESARE MORIS STIMME: Das ist ein Hinterhalt, durchbrecht ihre Stellung.

Im gleichen Zug werfen einige Soldaten Handgranaten hoch auf die Galerie.

DON NIMO: *packt die Contessa und schirmt sie ab* Granaten, in Deckung!

Feuerschweifend wuchtig explodieren die Granaten und werfen einige Mafiosi gegen Wand und Boden. Teppiche und Holzsäulen fangen Feuer und brennen.

GRÄFIN VON ROVERE: Nimo, wir müssen von hier weg.

DON NIMO: Über die vierte Bibliothek.

Cardinaldi erscheint duckend.

CARDINALDI: Nein, der Weg ist versperrt, Montanari Handlanger warten dort. Ich schlage vor, über den Museumssaal zu fliehen.

DON NIMO: Gute Idee – der führt zur Kapellhalle.

GRÄFIN VON ROVERE: Und von dort aus gelangen wir in den Wald.

Die Contessa, Don Nimo, Cardinaldi und die verbliebenen Bündnismafiosi treten die Flucht an. Vom Foyerraum hört man Moris Stimme dröhnen.

CESARE MORIS STIMME: Nehmt die Verfolgung auf!

Unsere Helden schlängeln sich also durch die Korridore des ersten Stocks und gelangen über eine Wendeltreppe hinunter zum Gang, der in den Museumssaal führt.

GRÄFIN VON ROVERE: Sie folgen uns – sie sind schon ganz nah.

CARDINALDI: *zu den Bündnismafiosi* Männer, zu mir! *Zur Contessa und Don Nimo* Geht Ihr voraus, durch den Museumssaal in den Geheimgang. Um ihn zu öffnen, müsst Ihr das Siegel auf dem Brustharnisch des Ritters neben dem Waldbären betätigen – dann entriegelt sich hinter ihnen eine Bodenöffnung, das ist der Geheimgang. Unterdessen werden die Männer und ich diese Militärsoldaten aufhalten.

GRÄFIN VON ROVERE: Lasst euch nicht zu viel Zeit, kommt uns schnell hinterher. Vergiss nicht, Cardinaldi, es ist nicht die Zeit, sich zu opfern.

CARDINALDI: Bitte geht, Contessa, ich bitte Euch.

Während die Contessa und Don Nimo den Museumssaal betreten, eilen Cardinaldi und die Bündnismafiosi hinter die Wendeltreppe in Deckung, von wo aus sie die Feinde in einen Hinterhalt locken wollen.

DON NIMO: *öffnet die Türe zum Museumssaal* Du weißt, dass Cardinaldi nicht zurückkehren wird.

GRÄFIN VON ROVERE: Ich weiß – und ich wünschte, ich könnte es verhindern.

Eilende Schritte ertönen von der Wendeltreppe. Die Militärsoldaten und Cesare Mori erscheinen.

CESARE MORI: Dort sind sie. Greift an!

Ehe die Militärsoldaten auf die Contessa und Don Nimo zielen können, eröffnen Cardinaldi und die Bündnismafiosi hinter der Wendeltreppe das Feuer und treiben die Feinde auseinander. Die Contessa und Don Nimo rennen in den Museumssaal.

CESARE MORI: *ignoriert das Feindfeuer und folgt dem Ehepaar in den Museumssaal*

Im Museumssaal selbst, in dem mehrere ausgestopfte Wildtiere, besetzte Waffenhalter und Rüstungsmonturen zur Schau ausgestellt sind, sind die Contessa und Don Nimo beim Ritter mit dem Waldbären angekommen. Sie betätigen das Siegel auf dem Brustharnisch – es klickt und klackt, die Luke ist entriegelt.

Ein Schuss ertönt plötzlich und hallt durch den Saal. Die Contessa und Don Nimo schauen zum Saaleingang, wo Cesare Mori steht und seine Pistole nach oben hält.

CESARE MORI: Endlich. Donatella della Rovere. Und Geronimo di Moro.

DON NIMO: Cesare Mori.

CESARE MORI: Ihr kennt mich? Gut. Dann muss ich mich nicht vorstellen. *Er steckt seine Pistole weg und schreitet durch den Saal in die Saalmitte*

DON NIMO: Sie sollten uns besser nicht unterschätzen, Mori. Sie haben sich in einen Krieg verwickelt, der Ihnen und Ihren Männern das Leben kosten wird.

CESARE MORI: Das glaube ich nicht, nein. Zu gegebener Zeit werden alle euresgleichen hingerichtet werden – mit mir als Scharfrichter. Alles weitere, diese Intrigen und Ränke zwischen euch und den anderen Clans, all dies ist mir gleichgültig.

DON NIMO: Dann schlage ich vor, dass Sie gehen. Gehen Sie einfach und lassen diese Angelegenheit ruhen. Noch muss es zu keinem Blutvergießen kommen.

CESARE MORI: Das Blutvergießen hat längst angefangen, verehrter Capo. Sie müssen nur aus dem Fenster schauen – dort auf den Vorplätzen, da liegen sie, die Leichen eures Verbrechertums.

GRÄFIN VON ROVERE: *zu Nimo* Lass es sein, er ist hier, um uns zu töten.

CESARE MORI: Hören Sie auf Ihre Frau, Geronimo. Ideal für alle wäre es, wenn ihr euch einfach ergebt.

DON NIMO: Das ganz bestimmt nicht.

Durch die Eingangstür stürmt Ombretta Montanari mit ihren zwei Assassinen herein.

OMBRETTA MONTANARI: Mori, Ihre Truppen sind im Gefecht mit den Feindtruppen verwickelt, sie-

Ombretta bemerkt die Contessa und Don Nimo beim Ritter mit dem Waldbären und bleibt abrupt stehen. Moro und Rovere. *Ihr Hass eruptiert*

DON NIMO: Ombretta, endlich bist du hier.

OMBRETTA MONTANARI: Endlich bin ich hier? Endlich bist du hier – hier, wo ich dich töten kann! *Zu ihren Assassinen* Tötet sie!

Ohne einen winzigen Atemzug zu machen, sprinten die Assassinen los, in ihren Händen halsschneidende Klingen.

DON NIMO: *entnimmt dem Ritter neben dem Waldbären Schwert und Schild und stellt sich vor Donatella* Du brauchst schon etwas mehr, um uns aufzuhalten, Ombretta.

Die Assassinen greifen Don Nimo, er blockt und wehrt sie ab, kontert mit mächtigen Hieben und schneidet einen der Assassine mit einem Schlag entzwei.

DON NIMO: Nutzlos.

Der andere Assassine hastet, duckt und keucht – er ist leichtes Spiel für Don Nimo.

DON NIMO: *entwaffnet ihn, schlägt ihn mit dem Schild zu Boden und enthauptet ihn* Wertlos.

CESARE MORI: *zu Ombretta Montanari* Wie es scheint, scheinen Ihre Attentäter keine hervorragende Arbeit geleistet zu haben.

OMBRETTA MONTANARI: *faucht wutkochend, tritt an einen Waffenständer und nimmt einen Langdolch und einen Flegel* Ich werde es persönlich erledigen.

GRÄFIN VON ROVERE: *entnimmt einem Ritter neben einer Steinsäule eine Gleve und positioniert sich neben Don Nimo* Du wirst es mit uns beiden aufnehmen müssen.

OMBRETTA MONTANARI: *zu Mori* Wollen Sie mir nicht helfen?

CESARE MORI: *nimmt ein Rapier aus dem Waffenständer* Offensichtlich schaffen Sie es nicht ohne Hilfe.

Die Geschosse der eisernen Meeresbestie ertönen draußen, die Wände beben, die Skulpturen zittern; plötzlich knallt es und die hohen Fenster zerbersten zu kleinsten Scherben und prasseln nieder auf den Boden wie Regen, dessen Tropfen im Fall zu Eise gefrieren und wie Zapfen hinabspeeren. Im selben Momentum stürmen die Kontrahenten aufeinander zu – und der Aufeinanderprall ihrer Klingen und Schwerter entfacht brennend heiße Funken und dröhnt wie durchdringender Donner.

Vierzehnte Szene

Im Kerker des Hauses Santa Fortezza Delle Nubi, das unter konstantem Feindbeschuss durch das von Kriegsminister Antonio di Giorgio befehligte Kriegsschiff vor den Gewässern steht, koordiniert Ernesto die Flucht. Zusammen mit ihm sind Laura, Lanna, Rosa, Familie Palumbo, Madame Celeste, Libero Lorravi, Großtante und Großonkel. Die Wände und Decke beben, Steinchen rieseln von der Decke herab.

ERNESTO: Wir müssen uns beeilen. Uns bleibt nicht viel Zeit – Mamma und Papa vertrauen darauf, dass wir von hier fliehen.

Es bebt noch heftiger.

GROßONKEL: Wahrlich, dort oben geht schrecklich vor sich!

GROßTANTE: Du, Protestant, wo ist dein Optimismus?

GROßONKEL: Der Protestantismus hat wenig mit Optimismus zu tun, Imelda. Es ist sogar unsere höchste Pflicht, nicht optimistisch zu sein. Gott allein ist Optimist – und darauf kommt es an.

DON LIBERO: *bindet sich seine Wunden* Das hört sich mir sehr katholisch an.

GROßONKEL: *mit weit aufgerissenen Augen* Selbst Luzifer würde mich nicht katholisch hören. *Schließt seine Augen* Aber nun, jetzt kann ich sterben.

GROßTANTE: So ein Unfug.

ERNESTO: Freunde, bitte. Kommen wir zum wichtigsten Punkt – zum einzigen: die Flucht. Wir fliehen über den Geheimgang neben den Treppen. Dafür werden wir den

Kerker verlassen müssen und uns über den Korridor zu den Treppen begeben.

LANNA: Worauf warten wir noch?

ERNESTO: Wir warten, bis alle wirklich bereit sind.

ROSA: Das sind wir wohl.

ERNESTO: Gut. Ich gehe vor. Wenn der Korridor frei ist, gebe ich ein Zeichen und ihr folgt mir auf der Stelle. Habt ihr verstanden? Wir dürfen keine Zeit verlieren.

DON LIBERO: Nehmen wir an, wir schaffen es aus dem Schloss, wohin dann mit uns? Die gesamte Umgebung ist wahrscheinlich blockiert von den Handlangern Montanari und der Seeweg ist blockiert, das Kriegsschiff wird uns pulverisieren, wenn wir uns der Küste nähern.

ERNESTO: Es gibt einen geheimen Weg, einen kleinen Tunnel unterhalb des Waldes – er wurde für genau solche Situationen geschaffen. Der Tunnel führt uns zu einer abgelegenen Hütte, einem Geheimversteck, wo sich auch ein Automobil befindet, mit dem wir von Syrakus verschwinden können.

DON LIBERO: Gut.

LAURA: Ernesto, wohin gehen wir? Ich meine, wenn wir Syrakus verlassen haben.

LANNA: Das ist eine sehr gute Frage.

ERNESTO: Das kann ich nicht sagen, ich weiß es nicht.

DON LIBERO: Bis dahin werden sicherlich die Contessa und Don Nimo zu uns stoßen – dann werden wir dies gemeinsam beschließen können.

Fünfzehnte Szene

Im Museumssaal duellieren Don Nimo mit Cesare Mori und die Contessa mit Ombretta Montanari. Die Eingangstüren schlagen auf und Cardinaldi mit verbliebenen Bündnismafiosi und Palastgarde, die erfolgreich die faschistischen Militärsoldaten besiegt haben, stürmt hinein.

OMBRETTA MONTANARI: *führt einen mächtigen Angriff auf die Contessa aus* Mori, sie werden uns überrennen.

CESARE MORI: *blockt Angriffe von Don Nimo* Halten Sie die Stellung, gleich wird meine Verstärkung eintreffen.

OMBRETTA MONTANARI: *entwaffnet die Contessa und stößt sie gegen eine Skulptur* Vergiss es. Ich bin weg.

Während Cardinaldi und seine Männer hineinstürmen und Cesare Mori umzingeln, flieht Ombretta Montanari durch den Geheimgang hinter dem Ritter mit dem Waldbären

GRÄFIN VON ROVERE: *rappelt sich auf* Nimo, Ombretta flieht!

DON NIMO: *zu Cardinaldi* Nehmt Mori gefangen. *Zur Contessa* Bleibe du hier, ich gehe ihr nach. *Er rennt los in den Geheimgang und verschwindet*

GRÄFIN VON ROVERE: *zu Cardinaldi* Gute Arbeit, mein alter Freund.

CARDINALDI: Es ist mir eine Ehre, Contessa. *Verneigt sich*

GRÄFIN VON ROVERE: Und nun zu Ihnen, Mori.

Die Contessa nähert sich Mori mit musterndem, ernstem Blick.

GRÄFIN VON ROVERE: Sie sehen mir sehr geschlagen aus. Das bedeutet wohl, Sie haben verloren.

CESARE MORI: Verloren? Nein. Das ist lediglich ein vorläufiger Rückfall.

Während sich die Gräfin des vorläufig besiegten Cesare Moris annimmt, verfolgt Don Nimo Ombretta Montanari bis in die Kapellhalle des Schlosses hinein, in die der Geheimgang führt. Im Kirchenschiff schreitet er von Säule zu Säule, um in Deckung zu bleiben.

DON NIMO: *lädt seine Pistole nach und späht zum Altar*

Ein leises Knarren und Knacken kommt von der Decke.

DON NIMO: *bleibt hinter einer Säule in Deckung und lauscht den Geräuschen der Stille*

Nichts. Es ist leise und still, nichts zu hören. Weder von draußen noch von hier drinnen.

DON NIMO: *friert ein und lauscht weiter*

Erneut ertönt ein leicht überhörbares Knarren und Knacken. Don Nimo schaut hoch zur Decke, die von einem hölzernen Gerüst getragen wird.

DON NIMO: *in Gedanken* Ob sie sich auf das Dach begeben hat?

Nun hallen schleichende Geräusche von der anderen Seite des Kirchenschiffs. Don Nimo lenkt seinen Blick dorthin, zur Orgel auf der Hauptempore. Erst erkennt er nichts, bis etwas glänzend metallenes über der Balustrade aufleuchtet.

Ein Schuss. Don Nimo weicht zurück hinter die Säule. Weitere Schüsse folgen.

DON NIMO: Gib auf, es gibt kein Entkommen für dich! *Er lugt aus seiner Deckung heraus und feuert einen Schuss in Richtung der Hauptempore ab.*

OMBRETTA MONTANARIS STIMME: Niemals! Lieber sterbe ich, als vor einem Moro niederzuknien.

Weitere Schüsse werden abgefeuert. Bewegung ist auf der Hauptempore zu hören.

DON NIMO: *hastet zur nächsten Säule und gibt einen Schuss ab.* Das lässt sich arrangieren. *Lädt seine Waffe nach*

OMBRETTA MONTANARIS STIMME: *lacht* Du törichter Narr.

DON NIMO: *sprintet weiter zur immer nächsten Säule*

OMBRETTA MONTANARIS STIMME: Dass du mir gefolgt bist, wird dir zum Verhängnis. Denn ich habe dich genau da, wo ich dich haben will.

Don Nimo ist nun fast bei den Treppen angekommen, die hoch zur Empore führen. Doch Nimo hält inne, er hebt seine Nase und nimmt einen stechenden Geruch war.

OMBRETTA MONTANARIS STIMME: *lacht*

Don Nimo schaut sich um – auf seiner Stirn funkeln Schweißperlen. Ruckartig sprintet er los zum Treppenaufgang und hoch zu den Emporen.

OMBRETTA MONTANARIS STIMME: *mit verführerischer Stimme* Ja. Ja! Komm her, komm zu mir. Ich erwarte dich.

Don Nimo sprintet schwitzend und schnaufend die Treppen hoch, seine Handfeuerwaffe schussbereit. Er kommt auf der Hauptempore an. Mit gezielter Waffe tritt er hervor und betrachtet die Orgel –

lodernd gießt sie Flammen, schwarz verkohlt, Pfeifen rauchen
dunkles Gift.

OMBRETTA MONTANARIS STIMME: Willkommen, Don
Nimo

Er dreht sich um, fällt ans Geländer und blickt hinaus ins
Kirchenschiff. Ein Meer aus heiligen Flammen, das sich über die
Teppiche und das Gestühl gezogen hat, das die unerschütterlichen
Säulen verschlingt und den Altar vernichtet, die Fenster zu Rissen
und Scherben sprengt, ein Feuer, das sich hoch nach oben zieht und
reckt, alles nimmt in seinen unablässigen Sog hungervoller Münder.

OMBRETTA MONTANARIS STIMME: … im Fegefeuer eurer
Sünden.

Don Nimo ringt nach Luft, doch atmet er nur die Gase göttlicher
Gefängnis – sein Gesicht schwarz vom Rauch, seine Augen tränend
blutend.

DON NIMO: Nein *er atmet schwerfällig ein* die Flammen
meiner Sünden, sind das nicht. Doch die Rache jener Richter,
die euch gerichtet haben zum Tode im Schlund gefallener
Engel.

Die Feuer breiten sich schnell aus und ragen hoch zur Hauptempore.
Don Nimo tritt vom Geländer weg und sieht sich um. Neben einem
Vorhang erkennt er in der Formation der Wand eine Leiter weiter
nach oben. Rasch eilt er zu ihr und klettert hoch, während die Feuer
die Emporen zerbeißen und verschlingen.

OMBRETTA MONTANARIS STIMME: *lacht* Allmählich wird
es heiß, Don Nimo.

DON NIMO: *klettert weiter* Zeige dich, Tochter von Sodom und Gomorrha.

Don Nimo kommt nun auf dem Boden des Daches an, einem hölzernen Gerüst aus festen Balken. Weit vorne, wo die Ketten des Kronleuchters befestigt sind, ragt die Dunkelheit einer Gestalt aus den Schatten empor, das Meer aus goldroten Flammen zu ihren Füßen.

DON NIMO: Zeige dich, Fürstin der Blasphemie.

Die Feuer unter ihnen erstarken und werfen ihr zehrendes Licht hoch zu ihnen, die die Gestalt in den Schatten erhellt. Don Nimo erkennt das vernarbte Gesicht der Ombretta Montanari.

DON NIMO: Endlich…

OMBRETTA MONTANARI: Ja, endlich.

DON NIMO: Jetzt wirst du nirgendwohin fliehen können. Hier und heute wirst du sterben, Ombretta. Dafür bürge ich mit meinem Leben.

OMBRETTA MONTANARI: *das höllische Funkeln ihrer Augen leuchtet auf im Feuersturm unter ihnen* Dann gehen wir gemeinsam unter.

Ombretta Montanari und Don Nimo stürmen aufeinander zu – inmitten des Zentrums treffen ihre Fäuste donnernd und gischtend aufeinander, sie ziehen Klingen und schneiden und stechen sich, die Stärke ihrer Schläge wächst aus dem Zorn ihres Zwists, während Flammenarme und Feuersäulen durch die Lüfte des Kirchenschiffs sich erheben und wirbeln. Sie taumeln, da die Balken, auf denen sie stehen, dünn und schmal sind. Doch ihr Kampf geht weiter – und sie duellieren, wie ein Vulkan aus der Erde geragt seine glutheiße Lava

*und seinen schwarzen Ascherauch ausspuckt in den Himmel, der
gegen ihn kämpft mit Regenwolken, Sturm und Blitzen, ein wüstes
Gefecht der vernichtenden Elemente.*

DON NIMO: *schlägt Montanari in einem geeigneten Moment die
Klinge ab und entwaffnet sie*

OMBRETTA MONTANARI: *springt einen Balken zurück*

DON NIMO: *hustet, weil das Flammenmeer unter ihnen die Luft
aus dem Saal saugt*

OMBRETTA MONTANARI: Ersticken wirst du, weil die
Feuer deiner Sünden dir die Luft rauben.

DON NIMO: Doch zuvor erlöse ich die Welt von deinem
zerstörerischen Angesicht.

*Jählings bebt die Halle, die Wände zittern, die Decke beginnt zu
bröseln. Das Kriegsschiff draußen vor der Küste feuert unerbittlich
auf das himmlische Schloss.*

DON NIMO: Sage mir, Ombretta…

*Während Steine von der Decke fallen und der Feuerozean unter
ihnen in die Höhe wellt stehen sie sich tödlich still gegenüber, nur
eine leichte Brise durchläuft ihren Showdown.*

DON NIMO: Das alles, nur um Vergeltung zu üben? Ist das
der Grund für all diese Zerstörung, für all die Morde? War es
das wert, Ombretta?

OMBRETTA MONTANARI: *lacht – und auch das Flammenmeer
scheint mir ihr zu lachen –* Du denkst, du würdest alle
Antworten auf deine Fragen bei mir finden? Welch ein Irrtum.
Denn egal was man euch erzählt, ihr seid außerstande, es zu
begreifen.

DON NIMO: Dann hoffe ich, dass diese Intrigen zusammen mit dir untergehen werden – auf dass die Welt von morgen befreit sein wird von eurer Existenz.

OMBRETTA MONTANARI: *richtet sich auf und breitet die Arme aus* Wir teilen dieselben Gedanken, welch eine Überraschung. *Nun geht sie in die Knie, hebt ihren Blick auf Don Nimo, der seine Klinge gegen sie gerichtet hat, und stürmt mit einem großen Sprung auf Don Nimo – sie fällt auf ihn ein und rammt dabei seine Klinge, doch gleichsam reißt sie ihn mit, sie fallen beide von den Balken und in die Tiefen des Feuerschlunds, der sie gleißend und beißend verschlingt.*

Im Foyer von Santa Fortezza Delle Nubi haben sich die Contessa, Cardinaldi, Cesare Mori (gefangen) und verbliebene Bündnismafiosi und die Palastgarde versammelt.

CARDINALDI: Die Vorplätze scheinen frei zu sein. Wir können zu den Ställen vorrücken.

GRÄFIN VON ROVERE: Und zur Sicherheit haben wir Mori als Geißel.

Cesare Mori lacht.

GRÄFIN VON ROVERE: Was gibt es da zu lachen?

Es bebt wieder, das Kriegsschiff hört nicht auf mit seinem Bombardement.

CARDINALDI: Vostra eccellenza, wir dürfen nicht länger warten.

GRÄFIN VON ROVERE: Ich hoffe, Ernesto hat alle heil rausgebracht. Wenn sie nämlich noch hier sind, müssen wir sie mitnehmen.

CARDINALDI: Gut, geht, Contessa, begebt Euch in Sicherheit. Ich werde in den Kerker gehen und nachsehen, ob die Familie noch da ist.

GRÄFIN VON ROVERE: Danke, Cardinaldi. Wirklich.

CARDINALDI: Geht, jetzt!

Cardinaldi verschwindet rasch. Cesare Mori fängt erneut zu lachen an.

GRÄFIN VON ROVERE: Was?

CESARE MORI: Ich rate davon ab, das Schloss zu verlassen. Meine Verstärkung müsste soeben eingetroffen sein. Sie erwarten uns draußen auf den Vorplätzen – und sie werden schießen, ob Sie mich als Geißel haben oder nicht.

GRÄFIN VON ROVERE: Sie lügen.

CESARE MORI: Schauen Sie. *Deutet auf ein Fenster*

Doch es bebt erneut – und plötzlich dröhnt lauter Krach, ein schweres Fallen, harte Blöcke, und die Decke über ihnen stürzt ein. Schwere Trümmer zerstören die Türen und blockieren den Ausgang, ein Teil der Galerie stürzt ein und blockiert die Korridore zum Speisesaal und zu den Bibliotheken.

Und grauer Rauch, ein Nebel aus Dreck und Staub, verschlingt die Luft. Die Contessa, von der Erschütterung auf den Boden gezogen, rappelt sich hustend und keuchend auf, sieht sich um. Und was sie vernimmt, ist das Heulen und Jammern ihrer Genossen, der Mafiosi, die unter den Trümmern begraben oder mit getrennten Gliedern die

Lieder des Todes ersingen. Von Cesare Mori ist keine Spur zu sehen.

In der Kapellhalle des Schlosses, wo die Flammenmeere Raum und
Zeit verschlungen haben, liegen die leblosen Trümmer und Reste der
lodernden Asche auf dem Boden. Doch inmitten alles Verbrannten
da regt sich etwas, da regt sich jemand. Don Nimo, begraben unter
abgebranntem Holz, erstreckt seine Hand in blutigen Wunden. Er
ist noch am Leben – und es scheint, als packe ihn jemand an der
Hand. Don Nimo befreit sich von den Trümmern und erhebt sein
Haupt auf dieser heiligen Feuertribüne. Schwarz im Gesicht,
verblutete Augen, zerkratzte Wangen und beschlagene Brauen, sein
Körper voll Wunden und tiefen Frakturen. Doch er hebt seinen Fuß
und geht einen Schreit, immer weiter, immer mehr schreitet er
voran.

Im Ostflügel des ersten Stocks, im Bürozimmer von Don Nimo, der
am aller wenigsten beschädigte Raum im Ostflügel, erscheint Cesare
Mori und begibt sich zum Bureau. Er öffnet einige Schubladen,
kramt in Papieren und Kisten, nimmt einige Dokumente und Akten
hervor. Auf dem Bureau legt er sie in einer Reihe aus und setzt sich
auf den Drehstuhl vor dem Bureau.

CESARE MORI: Na sieh mal einer an – das beantwortet all
meine Fragen, und wird unseren Führer zufriedenstellen. Der
gesamte Plan, alle Intrigen des Moro Clans, die Fäden, die

Geronimo di Moro zieht und gezogen hat – alles in diesen Papieren, beinahe wie in einem Roman.

Still, totenstill, betritt jemand Weiteres den Raum.

CESARE MORI: Und die Rolle des Giacomo Matteotti. Alles verbindet sich zu einem Punkt.

Die Gestalt, die soeben eingetreten ist, nähert sich Mori.

CESARE MORI: Jedoch, e*r grübelt* hier ist ein Fehler, eine Anomalie, die nicht hätte sein sollen – ein Fehler in der Matrix.

Die Gestalt steht nun beinahe hinter Cesare Mori.

CESARE MORI: Die Vermählung von einem gewissen Ernesto und einer gewissen Laure. Was hat das zu bedeuten? Das ergibt keinen Sinn, *er blättert die Papiere umher* was bedeutet Rückzug? Welchen Sinn hat Rückzug?

Die Gestalt hustet schwarze Asche. Mori auf seinem Drehstuhl dreht sich nun um und fährt mit seinem Blick hoch zur Gestalt, die vor ihm steht.

CESARE MORI: Gut. Gut, dass Sie da sind.

Mori dreht sich wieder um und tippt auf ein Dokument.

CESARE MORI: Ich möchte, dass Sie mir sagen, was es mit dieser Hochzeit und mit diesem Rückzug auf sich hat. Oder sind Sie aus einem anderen Grund hier, Don Nimo?

DON NIMO: *atmet schwer ein*

CESARE MORI: Sie sollten sich beeilen, bald wird mein Kriegsschiff das Schloss dem Erdboden gleichmachen. Bis dahin sollten Sie mir alles erzählt haben, was ich wissen muss.

DON NIMO: Sie... Sie wollen wissen, was eine Hochzeit und was ein Rückzug zu bedeuten hat?

CESARE MORI: Es steht in Ihrem Plan, Geronimo, hier in Ihren Dokumenten. Ihr Plan scheint vollkommen aufgegangen zu sein, obwohl Sie verlieren. Und das liegt an dieser Hochzeit. Sagen Sie mir, was sie bedeutet.

DON NIMO: *lacht, aber er spuckt nur Asche* Sie denken zu sehr militärisch, Mori, zu sehr militärisch.

Ein kurzer Augenblick der Stille.

CESARE MORI: Wie schade, dass Sie so unkooperativ sind. Das kann man von Persönlichkeiten wie Moreno Montanari oder Antonino di Giorgio nicht behaupten, habe ich nicht recht? Wie raffiniert, und doch simpel. Das gefällt mir.

DON NIMO: Diese Namen bringen Ihnen nichts mehr. Sie haben ihren Dienst getan und spielen keine Rolle mehr.

CESARE MORI: In Ihrem kleinen Rollenspiel vielleicht nicht. Aber in meiner Welt schon. Deshalb stimmt es mich höchst glücklich, diese Papiere mitzunehmen und sie unserem Führer vorlegen zu dürfen. *Sammelt die Papiere ein und legt sie in eine Akte* Jetzt ist der Zeitpunkt gekommen, in dem wir uns verabschieden – oder auch nicht.

Auf einmal stürmt die Contessa ins Bürozimmer hinein.

GRÄFIN VON ROVERE: Halt!

Alle halten inne und widmen ihr die Aufmerksamkeit.

GRÄFIN VON ROVERE: Halt. Keine Bewegung, Mori.

CESARE MORI: Soll mich das einschüchtern?

Ehe die Contessa antworten oder etwas unternehmen kann, zückt Mori seine Pistole und visiert Don Nimos Haupt an, der ganz verbrannt und verkokelt neben ihm steht und sich zur Contessa umdreht.

GRÄFIN VON ROVERE: Halt, Mori, stopp! Wir können das alles bereden.

CESARE MORI: Es bedarf keiner Beredung.

DON NIMO: Donatella, ich-

In jenem Moment drückt Cesare Mori ab und schießt Don Nimo in den Hinterkopf. Mit einer Blutfontäne fällt Geronimo di Moro erst auf die Knie, sein letzter Blick Donatella gewidmet, der Liebe seines Lebens, ehe er zu Boden gleitet und – verstirbt.

Fünfter Akt

Niederlage

Erste Szene – Im Walde vor dem Schlosse

Ernesto hat es geschafft, zusammen mit Laura, Lanna, Rosa, Madame Celeste, Familie Palumbo, Libero Lorravi, Großtante und Großonkel aus dem Rovereschloss Santa Fortezza Delle Nubi zu entkommen. Sie fliehen nun durch den Wald in Richtung der Ställe.

DON LIBERO: Es läuft nicht wie geplant. Der Tunnel, der uns zu diesem Geheimversteck führen sollte, ist begraben.

ERNESTO: Deshalb gehen wir ja auch einen anderen Weg. Rasch, es ist nicht mehr weit bis zu den Ställen. Von da aus können wir mit den Wagen fliehen, sofern dort keine Feinde sind.

Sie hasten durch Gebüsch und zwischen den Bäumen. Von den Vorplätzen des Schlosses hallen Schusswechsel und Explosionen, die Geschosse des Kriegsschiffs sind mit ohrenbetäubender Lautstärke zu hören.

DON LIBERO: *stolpert über eine herausragende Wurzel und fällt stöhnend zu Boden*

ERNESTO: Luigi, hilf mir, Don Libero zu stützen.

Luigi eilt herbei, gemeinsam ziehen sie Libero hoch und stützen ihn beim Laufen.

DON LIBERO: Das wäre doch nicht nötig gewesen – aber danke.

Die Schüsse werden immer lauter.

GROßONKEL: *zu Rosa* Danke dir, Kind, dass du mich führst. Aber wäre ich nicht an diesen elenden Stuhl gefesselt, ich würde in die Schlacht gehen und jeden, der uns bedroht, mit meinen bloßen Fingernägeln erstechen.

GROSSTANTE: Das wirst du nicht, Salvatore.

Aus dem Gebusch in der Ferne taucht eine Wache der Palastgarde auf und rennt mit Schrecken im Gesicht der Familie entgegen. Er wedelt mit seinen Armen und ruft etwas.

LUIGI: Was sagt er?

ERNESTO: Ich kann ihn nicht hören. *Rufend zur Wache* Was gibt es? Was ist passiert?

WACHE: Kehrt um! Kehrt um! Es gibt kein Entkommen!

Doch ehe die Wache noch etwas sagen kann, fällt ein Schuss und trifft sie mitten durch die Brust. Stolpernd fliegt sie zu Boden und ergießt sich in Blut.

Die Helden bleiben abrupt stehen und schauen sich um.

ERNESTO: Der Feind – er ist hier.

Aus den Gebüschen unweit neben ihnen taucht eine Militäroffizierin mit einem Sturmgewehr auf. Sie zielt mit höhnischer Miene auf die Helden.

MILITÄROFFIZIERIN: Das wars.

Plötzlich stürmt eine Gestalt auf die Offizierin und überwältigt sie. Es ist Cardinaldi, der sie zu Boden wirft und auf sie einschlägt.

ERNESTO: Cardinaldi!

CARDINALDI: Don Ernesto, bringen Sie die Familie schnell zu den Ställen. Ich werde Ihnen Rückendeckung geben. *Er setzt die Offizierin außer Gefecht und eignet sich ihr Sturmgewehr an*

ERNESTO: *nickt* Auf gehts.

Sie eilen weiter, mit Cardinaldi als Unterstützung. Im tiefen Gras bleibt der Rollstuhl des Großonkels stecken.

ROSA: Ich kann ihn nicht weiterziehen. Die Räder haben sich im Gestrüpp verfangen.

GROßTANTE: Salvatore, streng deine Beinmuskeln an. *Zu Rosa* Komm, wir werden ihn stützen. Wir müssen zu Fuß weiter.

Rosa und die Großtante nehmen den Großonkel aus seinem Rollstuhl und tragen ihn, er selbst versucht krächzend und keuchend, mitzuhelfen.

GROßONKEL: Es tut mir leid – meine Beine, sie wollen nicht.

Der Großonkel ist zu schwer und die beiden Frauen zu schwach. Zu dritt fallen sie auf den Boden.

ERNESTO: Halt, bleibt alle stehen.

Alle halten an.

ERNESTO: Wir sind zu viele Verletzte. Cardinaldi, bleiben Sie hier und beschützen Sie alle. Luigi und ich begeben uns zu den Ställen, holen zwei Automobile und kommen hierher.

CARDINALDI: Einverstanden.

LUIGI: Los gehts.

LAURA: Warte, Ernesto, ich werde mit dir kommen.

Ernesto, Luigi und Laura laufen los. Die jungen Menschen sind flinker und schneller, bald erreichen sie die Ställen; doch die Schüsse und Explosionen scheinen kein Ende zu nehmen.

LAURA: Ernesto, was wenn wir es nicht schaffen? Was wenn es uns nicht gelingt, von hier zu fliehen?

ERNESTO: Die Flucht ist keine Option, sie ist unsere einzige Chance. Deshalb bin ich der festen Überzeugung, dass sie uns gelingt. Wir dürfen nur nicht aufhören, an uns zu glauben.

Sie sind nun fast angekommen. Große Büsche versperren ihnen den Weg. Sie müssen sich durchquetschen. Doch auf der anderen Seite erwartet sie das Chaos der Schlacht.

Vor den Ställen, in denen Automobile stehen, hat sich ein regelrechter Kampfschauplatz entwickelt. Militärsoldaten mit ihren technologischen Waffen und bewehrte Mafiosi hinter Wagenbarrikaden beschießen einander. Zerstörte und umgekippte Wagen brennen, Bäume haben Feuer gefangen oder sind zu Boden gefallen, Granaten werden durch die Lüfte geworfen und explodieren beim Aufprall, Sturmtruppen auf Motorrädern fahren umher und feuern auf die Flanken der Gegner.

LUIGI: Das ist Krieg, Ernesto, purer, wahrer Krieg.

ERNESTO: s*chluckt schwer*

LAURA: Aber wieso bekriegen sich die Soldaten und die Montanaris? Das sind nicht unsere Leute.

ERNESTO: Stimmt. Ich sehe keinen unserer Männer.

LUIGI: Dann sind die Soldaten doch nicht auf der Seite von Montanari.

ERNESTO: Das gehört wohl alles zum Plan der Faschisten. Doch das spielt jetzt keine Rolle. Der Weg zu den Wagen steht frei, sprinten wir jetzt los und schnappen uns welche.

Sie sprinten los mitten im Kriegsschauplatz. Bei den Ställen angekommen, steigen sie in zwei Automobile ein, starten die

Motoren und fahren los. Die Meute, die Krieg führt, scheint sie nicht zu beachten.

ERNESTO: *zu Laura, die neben ihm sitzt* Duck dich, ich will nicht, dass du getroffen wirst.

LAURA: Ich werde nicht getroffen – du glaubst doch nicht, ich würde dich alleine auf der Welt lassen, jetzt wo wir ein Ehepaar sind.

ERNESTO: *schmunzelt*

Sie fahren in den Wald hinein, dort wo das Gestrüpp nicht zu dicht ist, und erreichen die Familie, die Cardinaldi mit Sturmgewehr beschützt.

ERNESTO: Da sind wir.

Sie stellen die Wagen ab und steigen aus.

CARDINALDI: Niemand hat uns angegriffen, Don Ernesto. Niemand ist verletzt.

ERNESTO: Gut, das ist gut. Alle Mann sofort einsteigen! Wir verlassen Santa Fortezza jetzt.

Alle gehorchen Ernesto und steigen in die Automobile ein. Madame Celeste und Lanna setzen sich nebeneinander hin.

MADAME CELESTE: Es ist ein gutes Gefühl, Sicherheit endlich greifbar zu sehen, nicht?

LANNA: Ich weiß nicht, ich fühle mich nicht sicher. Und daran wird sich so schnell nicht viel ändern.

ERNESTO: *zu Luigi* Ich fahre voraus, folge mir und bleib nirgendwo stehen.

LUIGI: Ich tue, was du von mir verlangst.

Sie fahren los, während die Schlacht noch tobt und die Geschosse des Kriegsschiffs unerbittlich auf das Schloss und das Umfeld einschlagen mit donnerndem Lärm, hinaus auf die Hauptstraße, die aus den Vorplätzen von Santa Fortezza führt.

LAURA: Was ist mit Don Nimo und mit Mutter Tella?

ERNESTO: *schweigt*

LAURA: Glaubst du, sie haben es geschafft und erwarten uns?

ERNESTO: Wo sollten sie uns denn erwarten?

Am Einfahrtstor der Zaunmauer, die die Vorplätze umrahmt, erscheint eine Frau, die etwas auf ihrer Schulter trägt.

LAURA: Was ist das?

Sie kommen den Einfahrtstor näher. Ernesto erkennt seine Mutter und hält unverzüglich an. Luigi hinter ihm hält seinen Wagen ebenfalls an. Die Contessa kommt ihnen schweren Schrittes entgegen. Ernesto steigt aus und hilft seiner Mutter.

ERNESTO: Mamma! *Sieht sich an, was sie auf den Schultern trägt, es ist der Körper eines Menschen* Mamma, was ist das? Wo ist Papa? Wo ist er? *Er fängt an zu weinen*

DONATELLA: *legt den Corpus auf dem Boden ab* Es… tut mir leid, mein Sohn. *Auch sie tränt*

Madame Celeste und Lanna schauen aus dem Automobil.

LANNA: Was ist da? Was geschieht da?

MADAME CELESTE: *fasst sich erschrocken an den Mund* O nein.

Sie steigen ebenfalls aus.

ERNESTO: *kniet nieder zum Leichnam seines Vaters und schlägt mit erbitterten Wunden auf den Boden* Das darf nicht sein.

Im Hintergrund ist Santa Fortezza Delle Nubi zu sehen in all seiner Pracht. Im Hintergrund ist Santa Fortezza Delle Nubi zu sehen in all seinen Verletzungen. Im Hintergrund ist Santa Fortezza Delle Nubi zu sehen – wie es getroffen wird von den letzten Geschossen des metallenen Meeresmonsters, wie es erschüttert, wie es trümmert. Im Hintergrund ist Santa Fortezza Delle Nubi zu sehen, das heilige, himmlische Luftschloss, Hause der Familien Rovere und Moro, Domizil der Ehre und der Tugend. Im Hintergrund ist Santa Fortezza Delle Nubi zu sehen, wie es einbricht, wie es zusammenbricht – wie es einstürzt und in Scherben zerfällt.

Zweite Szene – Am nächsten Tag

Der Himmel hat seine Farbe verloren, es ist gräulich und neblig, die Sonne scheint nicht. Nur die trüben Wolken ziehen über die Lande von Syrakus – und ein Regen, ein Regen aus Asche so schwarz wie der Tod, verbrannt wie die Reste verschlingenden Feuers, ein Regen der Reue, ein Regen der Rastlosigkeit.

Santa Fortezza Delle Nubi, nur noch eine Ruine aus Trümmern und Scherben, nur noch ein Relikt aus alter Zeit, eine Erinnerung an vergangene Tage.

Und inmitten der Trümmer und Scherben, den Zeugen der vernichtenden Racheakten, stehen Ernesto und Laura und blicken über die tränende Reste des einst prachtvollen Palastes, den sie in der nun so fern erscheinenden Vergangenheit Heimat nannten.

LAURA: *schaut mitleidvoll ihren Gemahl an* Ernesto… an was denkst du?

ERNESTO: *ballt eine Hand zur Faust und wischt sich mit der anderen Tränen an den Wangen weg*

LAURA: *nimmt seine Faust in ihre Hände* Es ist in Ordnung, Ernesto, es ist in Ordnung zu weinen.

ERNESTO: *senkt sein Haupt* Es ist alles weg, Laura, unser Haus ist zerstört, unsere Heimat im Feuer des Feindes verbrannt, Papa ist…

LAURA: *sie streichelt ihm die Schulter*

ERNESTO: Ich empfinde Reue. Ich bereue es zutiefst, ich bereue es, nichts getan zu haben. Ich hatte alle Möglichkeiten

343

zu helfen. Ich hätte uns, ich hätte unser Haus, unser Heim, unsere Heimat, und ich hätte Papa retten können. Ich hätte jeden retten können – hätte ich etwas unternommen. Doch ich habe nichts unternommen. Nichts, rein gar nichts.

LAURA: Ernesto, du bist nicht Schuld an dem, was geschehen ist. Niemand von uns trägt irgendeine Schuld.

ERNESTO: Ich wünschte, dem wäre so. Aber ich danke dir, dass du versuchst, mich zu trösten. Ich danke dir, dass du an meiner Seite bist.

LAURA: Immer.

ERNESTO: Kehren wir zurück zu unserem neuen Heim, kehren wir zurück nach Lacasa.

Sie verlassen die Ruinen von Santa Fortezza. Über die weiten Gefilde einst voll Gold, nun voll Asche, verbrannter Natur, atemloser Stille – alles ist grau, alles ist schwarz und alles ist weiß, aber nicht weiß wie die Unschuld, nicht weiß wie die Hoffnung, sondern weiß wie das Nichts, das die Vernichtung ausgebrütet, weiß wie die Stille, die die Toten begleitet, weiß wie die Kapitulation vor dem Unausweichlichen, weiß wie das Ende, das wirkliche Ende.

Dritte Szene – Im Palazzo Montecitorio, Rom

Im dunklen Kabinett des Duce sind er selbst sowie Cesare Mori versammelt.

CESARE MORI: Die Operation war ein voller Erfolg. *Überreicht ihm Dokumente* Hier können Sie die Pläne der Clans nachvollziehen, auch die Namen der Verräter sind hier verzeichnet.

BENITO MUSSOLINI: Und weiter?

CESARE MORI: Nun, Geronimo di Moro ist tot – ich persönlich habe ihn niedergeschossen. Das Mafiaschloss haben wir mit dem Kriegsschiff zertrümmert, nachdem ich die nötigen Dokumente und Informationen besorgt hatte – Donatella della Rovere ist mit ihm untergegangen. Auch die Clans Dos Rudos und Casagrande sind vollständig vernichtet. Clan Montanari ist zum großen Teil vernichtet, der Rest hat Sizilien verlassen und befindet sich auf der Flucht.

BENITO MUSSOLINI: Aus verlässlichen Quellen habe ich erfahren, dass Donatella della Rovere überlebt hat. Und mit ihr der Rest ihrer Familie.

CESARE MORI: *zieht die Brauen zusammen*

BENITO MUSSOLINI: Ebenso Libero Lorravi, Michelangelo Gennaro, die Greco-Familie, der Derra-Clan und die Picciotteria. Alle sind am Leben und aktiv.

CESARE MORI: Nun, das stimmt, aber unser Hauptziel war es, die führenden Köpfe des sizilianischen Verbrechertums zu liquidieren – und das habe ich getan. Unser Ziel ist erreicht.

BENITO MUSSOLINI: Ist es das? Ich fürchte, ich hatte mich unklar ausgedrückt, als ich davon sprach, die subversiven Kriminellen in Sizilien auszuschalten. Ich möchte mehr als nur die Köpfe von Moro oder Montanari. Ich will sie alle sterben sehen, ich will Recht und Ordnung in Sizilien aufblühen sehen. Ich will Sizilien unter Kontrolle haben und halten. Habe ich mich etwa undeutlich artikuliert? Oder sind meine Wünsche irreal aus Ihrer Sicht, Cesare Mori?

CESARE MORI: Ihre Wünsche sind mir Befehl, das wissen Sie, mein Führer.

BENITO MUSSOLINI: Gut. Dann befehlige ich die erneute Auslöschung dieser Kriminellen. Aber diesmal, Mori, nehmen Sie sich aller an, verstanden?

CESARE MORI: *salutiert*

BENITO MUSSOLINI: Gut, in Zeiten wie diesen dürfen wir es uns nicht leisten, Sizilien in den Händen von Verbrecherlords zu wissen. Und wenn sie nicht mit uns kooperieren, was sie ohnehin nicht tun werden, dann werden sie leiden.

CESARE MORI: Ich werde mit dem größten Vergnügen dafür sorgen, dass genau dies geschieht.

BENITO MUSSOLINI: Sehr gut. Sie werden von Minister Federzoni zum Präfekt von Trapani ernannt – das sollte vorerst ausreichen, um geeignete Maßnahmen in die Wege zu leiten. Danach werden wir sehen, was kommen wird.

CESARE MORI: Sehr wohl, mein Führer. Alles zu Ihrer Zufriedenheit.

Letzte Szene – Auf dem Friedhof von Ragusa, Sizilien

Ein wenig Zeit ist vergangen. Die Tage werden dunkler, es regnet etwas häufiger, auch heute regnet es, die letzten Blätter der Bäume fallen hinnieder zu Boden. Und da, zwischen den grauen Steinen, die sich aus dem nassen dunkelgrünen Gras erheben, gehen drei Damen, sie sind nicht allein, doch einsam. Donatella della Rovere, in schwarz, Paullanna Papa, in schwarz, Celeste Rombrasteux, in schwarz, schreiten Arm in Arm über das grüne Nass; seichte Regentropfen prasseln auf ihre schwarzen Schirme, so als weinte der Himmel. Weit vor ihnen, fast am Rande des Friedhofs, ragt ein frischer Grabstein aus der Erde gewachsen hervor – blühende Blumenpracht liegt vor ihm auf der Erde. Und die drei Damen bleiben stehen. Donatella, zwischen ihnen, sieht nur geradeaus, ihr Brustkorb erzittert und die Augen stauen, als wollten sie eine Tränenwelle verhindern.

LANNA: Tella, wenn du es nicht machen möchtest, musst du es nicht.

TELLA: *schluckt schwer*

CELESTE: Wir können immer gehen. Du musst es nur sagen.

Eine Weile der Stille, eine Weile des Zitterns vergeht.

LANNA: Lass dir Zeit, Tella, wir sind ja bei dir.

TELLA: Danke, Lanna, danke, Celeste. Aber ich denke… *atmet auf* ich denke, ich bin bereit.

Lanna und Celeste schmunzeln sie an.

TELLA: Doch ich muss es alleine machen. Ich hoffe, ihr versteht es.

LANNA: Aber natürlich, Tella. Wenn du es möchtest, werden Celeste und ich in der Kirche auf dich warten.

TELLA: *nickt und versucht dabei, leicht zu lächeln*

Lanna und Celeste lassen Donatella los und entfernen sich von ihr. Jetzt prasseln die Regentropfen nur noch gegen den Regenschirm von Donatella.

TELLA: *atmet tief ein und wieder aus*

Sie wagt nun den ersten Schritt, jetzt den zweiten. Und sie schreitet voran, nähert sich dem am Rande gelegenen Grabstein mit den frischen Blumen.

Sie steht nun vor dem Grabstein. Ihr Blick streng geradeaus ins nichts. Aber ihr Atem zittert stärker denn je.

TELLA: *schluchzt* Geronimo. *Sie schließt die Augen und hält sich die Hand vor den Mund* Mein geliebter Geronimo.

Und eine Weile steht sie da, im Regen, vor dem Grabstein – alleine, und einsam.

TELLA: O Geronimo.

Regen prasselt auf ihren Schirm.

TELLA: Gäbe es nur die Möglichkeit, die Zeit zurückzudrehen, ich hätte alles verändert, ich hätte das verhindert, was nun ist. Und all unsere Zeit scheint plötzlich fern, vergessen und unerreichbar. Ich versuche, mich an alles zu erinnern, an dich – aber die Erinnerung kann ich nicht sehen.

Es donnert in der Ferne.

TELLA: Ich bitte dich um Verzeihung – ich habe dich seit deiner Beerdigung nicht mehr besucht. Ich konnte nicht.

Eigentlich, es gibt so vieles, um das ich dich um Verzeihung bitten möchte. Aber meine Bitten erhörst du nicht mehr, und deine Absolution erhalte ich nicht mehr. Doch das ist nicht wichtig. Wichtig ist nur eines: die Wahrheit, die Wirklichkeit. Und die Wirklichkeit ist: Ich bin hier…

In ihrer Stimme liegt reine Wehmut.

TELLA: Und du bist fort.

Sie schüttelt den Kopf.

TELLA: Dieses Schicksal soll verdammt sein.

Und nach Augenblicken des Mutes senkt sie ihren Blick – und liest auf dem Epitaph:

Don Geronimo di Moro
geboren am 14.04.1874 verstorben am 16.06.1924
Ehemann, Vater, Sohn

Sie fällt hinnieder auf die Graberde und bricht in Tränen aus.

Nicht nur ihren Gemahl hat Donatella an jenem Tag verloren, verloren hat sie auch ihr Herz.

Über den Autor

Philipp Kaul, geboren am 9. März 2005, lebt in Ulm und Tübingen. Er studiert Germanistik, Politikwissenschaft und Bildungswissenschaften im Lehramt an der Eberhard Karls Universität Tübingen.

Ein genaues Datum für den Beginn seiner literarischen Tätigkeit kann man nicht nennen, aber sie hat bereits in der frühen Kindheit angefangen mit kurzen und einfachen Geschichten, unter anderem verfasst an der Schreibmaschine seiner Oma. Inzwischen wagt sich Philipp Kaul mit größtem Elan in die unermesslichen Welten der Schrift und des Papiers und arbeitet an größeren Projekten und Romanen.

Neben den Tragikomödien „Don Moro" und „Die Gräfin von Rovere" ist dieses dramatische Werk seine dritte Publikation bei Books on Demand.

Sein Ziel war und ist es, ein Teil – wenn auch nur ein ganz kleiner Teil – der großen Welt der Literatur zu werden, der Welt, die doch von allen menschlich geschaffenen die verblüffendste ist.

Danksagung

Herzlichsten Dank an meine Familie, an Mama, Oma und mein Schwesterherz. Vielen herzlichen Dank an Frau Dr. Scholz und an Felix Kirsch.

Bisherige Veröffentlichungen bei BoD

„Don Moro", Tragikomödie – November 2022

„Die Gräfin von Rovere", Tragikomödie – August 2023